Рассказы

Павел Засодимский

Рассказы

Copyright © 2022 Indo-European Publishing

ISNB: 978-1-64439-575-2

СОДЕРЖАНИЕ

ТЕРЕХИН СОН

Терентий только что отужинал. Он сидел, молча, и задумчиво смотрел, как жена убирала со стола и сметала с него хлебные крошки.

— А надо быть, завтра придется за хлебом к Кузьмичу идти,— проговорил он, почесывая затылок.

— Да как же... знамо, придется! — отозвалась Марина.— Муки нисколечко нету... хошь бы тебе горсточка осталась... Вся в квашню ушла вчерась.

— Ну, уж и Кузьмич!.. А–ах! — продолжал Терентий, потряхивая головой.— Ужо сдерет он с нас... Без соли солоно станет... Высчитает...

— В этакой голодный год людям — горе, а им, каторжным, раздольице, вишь! Поди, мошну–то набьет... Невпроворот... Леший толстопузый!

— Набьет! Как не набить...— решительно поддакнул Тереха и замолчал.

Жена ушла за перегородку и шибко застучала там кринками.

— Вот разве от начальства из управы пособие выйдет[1],— немного погодя, как бы в утешение себе заговорил Тереха.— Сказывают: будто, выйдет... Вон Васька Хорек говорит: сам онамедиись в городе, на базаре, слышал...

— Дожидайся! — проворчала Марина из–за перегородки.— До той–то поры еще десять раз помрешь...

Опять молчание.

В светце горела лучина, слегка потрескивая и роняя искры на щелеватый пол. Красноватый, брезжущий свет расходился по избе; видны были закоптелые бревенчатые стены, большая закоптелая печь, полати и свесившийся с них край обтерханного овчинного полушубка. Мороз затейливо разрисовал белыми, льдистыми узорами маленькое оконце... Худой и жалкий рыжий кот сидел на лавке и тихо мурлыкал. Явственно было слышно, как на улице заскрипели полозья: знать, проехал кто–нибудь. Терентий наклонился к окну и поглядел в него через просветы, оставшиеся на стеклах кое–где между льдистыми узорами.

---

[1] Высказывается надежда на земскую управу, в обязанности которой входила поддержка крестьян хлебными ссудами в неурожайный год или во время стихийных бедствий.

1

— Вызвездило...— промолвил он.— Видно, опять мороз закрутит...

— И студено же стало у нас нонче в избе! — отозвалась жена, все еще продолжая рыться за перегородкой.— Пряла вечор, так ноженьки просто застыли — не приведи бог! Маёта!.. Как зачнуть ныть — моченьки нет... С полу–то уж больно несет.

— Как не нести! —согласился Тереха.— Вон ведь в углах–то — промерзает... Старое строенье! Известно...

И опять замолчали. Тихо в избе. Только рыжий кот тянет свое однообразное, бесконечное "мры", "мры". И вправду — в избе холодно. Припахивает дымом от лучины.

— Полно возиться–то, будет... спать пора! Петухи, гляди, скоро уж вдругорядь запоют,— проговорил Тереха, позевывая, и изо рта у него повалил белый пар.

— Так чего ж! Спать, так спи! — сказала Марина.— А я сейчас...

Тереха забрался на полати и, зевая и потягиваясь, развалился на них, положив руки под голову. Скоро и жена, погасив лучину, залезла на печь. Еще несколько минут слышно было, как она, позевывая и тяжело вздыхая, проговорила:

— О, господи... пресвятая богородица... спаси и помилуй! О–ох, согрешили, грешные... А–а–ах!..

Позевали, повздыхали, и оба скоро заснули...

Может быть, не всякий читатель знает, что в России есть Обнищаловская волость, а в той волости есть деревня Сидорове, Сидоровы Козы — тож. Деревня подлинно существует... Жил–был в ней и наш Терентий Гуляк. В точности неизвестно, откуда произошло такое его прозвище, хотя всем хорошо известно, что ни Тереха, ни отец его, ни дед не гуляли больше прочих сидоровских мужиков. Впрочем, Тереха не такой великий человек, чтобы стоило заниматься его родословной...

Всю жизнь жил Тереха, перебиваясь кое–как, из кулька в рогожку. То градом весь хлеб у него прибьет, то скотина подохнет, а то в урожайные годы, бывало, торговцы–кулаки опустошат его хозяйство не хуже жучка или саранчи[2]. Оттого–то и жилось ему плохо. Четыре года тому назад он продал последнюю корову, лошадка его еле ноги волочит, худа и тоща, как скелет; мыши, под страхом голодной смерти, давно уже

---

[2] Кулаки, выдавая крестьянину ссуду деньгами или продуктами, заранее договаривались о предельно заниженной цене под будущий урожай. В итоге урожайный год приносил крестьянину убытки, а кулакам, перепродававшим скупленный хлеб,— огромную прибыль.

разбежались из его амбара. Тереха не может собраться с силами избу поправить. Словом, всю жизнь его можно выразить в известном двустишии:

Холодно, странничек, холодно!
Голодно, родименький, голодно³...

Жилось худо, но зато иногда чудесные сны снились Терехе. Один из таких снов пригрезился ему именно в ту ночь, о которой идет здесь рассказ...

Приснилось ему, что он умер... Умер и вдруг почувствовал себя таким легоньким, как пух. Он сам не знает, как выбрался из избы, поднялся на воздух и полетел — не сам собой, а так, словно бы какая-то невидимая сила понесла его. Был вечер. Смеркалось. Когда Тереха пролетал над Сидоровом, в избах кое-где зажигались огни. Он знал, что в последний раз смотрит теперь на эти красные, мигающие огоньки, на эти темные и низкие, словно пришибленные хаты, с серыми соломенными стрехами, на эти жалкие, как будто ощипанные ветлы, на старые, поломанные плетни, на пустые поля, на межи, на луговины, с детства знакомые ему. Он знал, что в последний раз смотрит на все это, и зорко, пристально стал вглядываться сквозь сизый, вечерний сумрак в родимые места. Сильно билось его сердце, как птичка, пойманная врасплох... Вот он видит, как бабушка Василиса тащится откуда-то с прялкой в свою хату. Дядя Егор лошадь на двор застает. Вон Алешка-целовальник стоит на пороге своего питейного, под зелеными, еловыми ветками, привязанными к высокому шесту... Где-то ребятишки кричат... Но вот Сидорово осталось уже в стороне.

Тереха пролетал над церковью, над погостом. Высокая колокольня в серых сумерках казалась ему каким-то белым привиденьем. Эта убогая деревенская церковь, с темной, низенькой дверью, церковь, подернутая зеленоватым мохом и словно вросшая в землю, с истрескавшимися стенами, с полуразвалившеюся кирпичного оградой и с большим серым камнем, лежащим у входа ее с незапамятных времен, давно уже знакома Терехе, с той самой поры, как он стал себя помнить. Это было давно, лет сорок тому назад... На этом самом сером камне он часто сиживал еще малым ребенком, когда, бывало, в праздник, в красный летний день приходил с отцом с матерью

---

³ Строки "Песни убогого странника" из поэмы Н. А. Некрасова "Коробейники".

к Николе, к обедне. А вон за церковью, в полуверстве, высокая лужайка. Здесь весной снег сходит рано и земля скоро просыхает. Эта лужайка рано покрывается зеленой травой, рано украшается первовесенними желтыми цветочками. Жаворонок поет над этою лужайкой... А во дни светлой недели молодые парни и девушки сходятся туда гулять, играют, пляшут, поют песни. Тереха женихом также ходил сюда, на эту высокую лужайку, и здесь, на зеленой мураве, под сияющими весенними небесами, играл он со своей Маришкой. Здоровая, румяная девка была его Маришка, да и он в ту пору был парень "не оборыш"...

А теперь вон на погосте старый знакомый, Матвеич, могилу роет для него. Старается старый... Вишь как! И шапку даже сбросил, чтобы не мешала, повесил на могильный крест. Старый из сил выбивается. Неровно ходит заступ в его усталой руке. С трудом выбрасывает Матвеич из ямы комья желтоватой глины. Тереха пристально всматривается в его морщинистое лицо с седыми нахмуренными бровями. "Добро! Копай, старина, хорошенько, рой глубже, рой! Скоро, гляди, и для тебя этот заступ понадобится... Рой глубже, рой, да смотри не иступи, не наделай на заступе зазубрин"... Так подумалось Терехе. А Матвеич оботрет рукой пот с лица и снова за работу, снова рассыпает по краям могилы комья желтоватой глины, а порой выкидывает заступом и белые человеческие кости... Наступает ночь.

Тереха летит все выше и выше. Земля исчезает... Прости земля, матушка!.. Какие-то седые туманы, как бесконечные, безбрежные моря, наступают, волнуются вокруг Терехи и непроницаемой серой дымкой застилают от него белый свет. Летел-летел Тереха и сам не знает: долго ли, коротко ли летел он, и наконец прилетел на тот свет...

И вот поднимается он на гору. Гора каменистая, довольно крутая и высокая—высокая. Там, высоко, далеко, с вершины ее золотистое сияние разливается, какое бывает иногда на небе в тихий утренний час, на заре, перед солнечным восходом. Узенькая тропинка вьется, бежит по горе вверх, все выше, все дальше. "Экая большущая гора! Батюшки—светы!.." — с великим удивлением подумал Тереха, привыкший дотоле к глади и к широкому, открытому простору своих сидоровских полей и лугов и видавший горы только на раскрашенных картинках, что висят на постоялом дворе у Левонтья. Загнув голову, Тереха посмотрел вверх и вдруг увидал, что перед ним, шагах в трех, по той же узкой, каменистой тропинке тихо, неслышно идет божий ангел и как бы указывает ему дорогу.

Ангел так легко идет по острым, режущим камням, как будто бы плывет, скользит по воздуху. С благоговением, но совершенно спокойно взглядывает на него Тереха. "Ну, что ж такое! Ведь я на том свете теперь",— думает Тереха и, не сводя глаз, смотрит на своего небесного спутника. Ангел как ангел... На нем белая и легкая, развевающаяся одежда; за плечами у него два блестящих крыла необычайной, ослепительной белизны. У него светлые, словно сияющие волосы. На крутых поворотах тропинки Терехе удается видеть его белый лик с легким румянцем, тонким и нежным, как отсвет зари. А глаза большие, голубые, светящиеся неземным огнем. "Мне уж где-то доводилось видать его!" — размышлял Тереха. "Да! Вспомнил..."

Там у них, у Николы, по обеим сторонам церковных ворот устроены калитки. Одна из них заколочена наглухо, а другая служит для прохода богомольцев. На первой калитке масляными красками изображена смерть, отвратительный, желтый скелет, с голым черепом, с темными зияющими впадинами вместо глаз, с оскаленными зубами и с длинной косой в костлявой руке. На другой калитке был написан ангел, вот точь—в—то чь такой, какой теперь шел перед Терехой. Еще мальчуганом Тереха был очень хорошо знаком с этими изображениями; часто и подолгу, бывало, смотрел он на них. Тогда ему казалось, что смерть улыбалась, улыбался и ангел, но от одной улыбки до другой было так же далеко, как от земли до неба. Смерть улыбалась злоехидно, как будто всех приходящих хотела съесть... А у того, у другого, в белом одеянии, кроткая, спокойная улыбка играла на устах. Мальчугану очень нравился этот ангел... Сырость, дожди и зимняя непогодь подпортили живопись на калитках; краска местами вовсе слиняла, местами истрескалась, облупилась... Но прежде, в детстве, Тереха не раз видал этого ангела во сне...

"Это он, ангел—хранитель..." — раздумывал Тереха, идя за своим вожатаем. Он слыхал, что у всякого человека есть свой хранитель—ангел, что этот ангел—хранитель провожает человека после смерти — на тот свет, не дает его в обиду Нечистому, заступается за него перед богом...

Долго Тереха поднимался за ангелом в гору. Наконец они поднялись очень высоко... Сияние, разливавшееся с вершины горы, казалось, приближалось к ним. Тереха тревожнее стал озираться по сторонам... И только тут, в первый раз, пришла ему в голову мысль: куда же это он идет?.. Что же он думал до сей поры? Где была у него голова?.. Жгучее беспокойство вдруг охватило его всего. Тереха не мог осилить своего беспокойства

5

и нетерпения и тотчас же обратился за справками к своему небесному вожатаю.

— Ангел божий! Куда эта тропинка идет? — спросил он.

— Она идет и в рай, и в ад! — тихим, ясным голосом ответил ангел, полуоборачиваясь к Терехе.

Тереха чувствовал, как сильно забилось у него сердце и ноги вдруг стали подкашиваться сами собой. Он вдруг как будто совсем отяжелел, словно десятипудовые гири взвалили ему на плечи.

— И в рай, и в ад... Помилуй, господи! — заплетающимся языком шептал он про себя.

— А мы... то есть, значит... я—то грешный... как то есть насчет того... Куда я—то попаду? — сбивчиво и бестолково спрашивал Тереха своего вожатая.

— А там вон определят... видно будет! — по—прежнему невозмутимо—спокойным, тихим голосом промолвил ангел, кротко, задумчиво посматривая на Тереху своими глубокими, сияющими очами.— Ежели не велики твои грехи — бог милостив... а не то!..

И ангел, грустно понурив голову, отвернулся от Терехи и молча продолжал свой путь. Каждое тихое слово, слетавшее с его уст, нагоняло на Тереху неописанный ужас. Он хотел было второпях перебрать в памяти все свои самые большие грехи, но грехи не давались: память изменила ему в эти роковые мгновения. Только всякая мелочь да вздор лезли теперь в голову... "У дяди Левонтья горох воровал... репу вот тоже... из чужого леса дрова возил... старосту Семена раз уличил в бесчинстве..." Все это — не то! Какие же это большие грехи! Репа да горох сеются для воров,— говорят у них на Сидорове. А потом — дрова из сысоевского леса... Да разве лес—то Сысоева? Лес — божий... Кто ж этого не знает! Спроси хоть всякого крещеного... Младенец ответит, то же скажет... Нет! Разве великие грехи такие бывают? "Смертоубийства не учинял, не грабил, никаких худых делов не вел, так, на приклад скажем: насчет увода коней — ни—и—и боже мой!" Напрасно Тереха ломал себе голову. Думал—думал, припоминал—припоминал, но ни одного "великого" греха не мог он отыскать за собой. А уж как, казалось, добросовестно, усердно рылся и шарил он во всех уголках и закоулках своей мужицкой совести! По ниточке, казалось, перебирал он всю свою прошедшую земную жизнь, заглядывал и туда, и сюда: не завалился ли, мол, где ни на есть какой—нибудь тяжкий давнишний грех. Нет и нет!.. "А то что за грехи..." — подумал Тереха, разглядев, как на ладони, все свое земное прошлое и сняв со своей совести самый строгий и нелицеприятный допрос. "Разве что забыл, разве что из головы вышло..."

Тереха в бессилии опустил на грудь свою отяжелевшую голову и глубоко вздохнул. А тревожная мысль, полная тоски и отчаяния, не оставляла его, не давала ему покоя, холодом веяла на него. "А ну как забыл, просмотрел что-нибудь... Господи, спаси и помилуй!" Для одобренья себя он опять вступил в разговор с ангелом.

— Не ангел ли хранитель ты мой? — умильно спросил его Тереха.

— Да, точно... Я — твой ангел-хранитель! — промолвил тот.

— Заступись! Не оставь...— взмолился бедняга.

— Не бойся, не бойся, Терентий, пока я с тобой...

Сказал и смолк.

Терехе как будто маленько полегчало. С надеждой, с упованьем смотрел он на своего вожатая.

— А теперь я вот что покажу тебе... Смотри!.. Что видишь там? — заговорил ангел, простирая свою белоснежную руку и указывая Терентию направо.

А там, по склону горы, развертывалось чудеснейшее зрелище. Там — восхитительные рощи, без болотных трясин, без кочек, без пней, без обгорелых деревьев, без порубок — веселенькие, чистые рощицы, между ними зеленые луга с густою, сочною, немятою травой; прекрасными цветами покрыты те луга; отливая то золотом, то серебром, текут по ним ручьи и тихие речки... Небо — ясное, голубое. Солнце — ярче и теплее того, что стоит над Сидоровом,— разливает потоки света над этою чудесной, мирной стороной. Ветерок не подувает. Тихо. Кажется, слышно, как цветок к цветку головкой наклоняется... Тихо, только слышно, как вдали, в глубине зеленых, таинственных чащей птички поют... Все в ней для Терехи полно несказанных прелестей и очарования. Все здесь, начиная от малой былинки и кончая золотистым, солнечным лучом, пробивавшимся между зеленою листвой, все дышало спокойствием, миром и в то же время — самою полною, здоровою, могучею жизнью. Ни на картинках, что висят у Левонтья на постоялом дворе, ни в сонных грезах не видал Тереха ничего похожего на эту блаженную, прекрасную сторону.

"Вот где не надо бы умирать-то !" — подумал Тереха и собирался спросить ангела: как прозывается эта тихая, светлая сторонка.

— С этих мест рай начинается... А там — чем дальше, тем лучше пойдет! — сказал ангел, как бы прочитав Терехину мысль и указывая рукой на рощи и луга.

— А теперь сюда повернись! Смотри! Вот сюда, налево,— проговорил ангел.

Тереха посмотрел налево, да так и замер от ужаса — ни жив ни мертв. Налево от тропинки, по склонам горы, расстилалась какая-то мрачная, темная сторона, вся изрытая оврагами и бездонными пропастями. Ни солнце, ни месяц, ни звезды не светят здесь. Небо совершенно темно, словно все оно задернуто черным сукном. Только на самом горизонте полоска светится каким-то синеватым, призрачным светом... Так вот серные спички светятся впотьмах. Земля почти совсем голая, точно засыпана пеплом или золой. Кое-где торчит сухая, темная трава; кое-где черными безобразными пятнами рисуются кусты. Жалкие деревья — голые, почернелые, точно после пожара — зловещею тенью, как великаны, стоят и там и сям. Вода в ручьях и речках — тоже черная, как чернила,— как будто не течет, но кажется неподвижною. Вода в этих каменистых берегах словно застыла, замерла... Серые и черные каменные глыбы и целые утесы и скалы разбросаны повсюду, как будто кто-то нарочно расшвырял их для того, чтобы придать этой картине более дикий, унылый вид. Но все это Тереха мог рассмотреть только с большим трудом сквозь густой сумрак, заволакивающий всю окрестность с этой стороны. Понятно, что не легко ему было всмотреться в эту мрачную мглу со всеми ее призраками. Ведь он только что, сию минуту, еще любовался на радостный свет и блеск райских садов. Чем долее смотрел Тереха, тем более глаза его привыкали к темноте, тем яснее представлялась ему развертывавшаяся перед ним картина... Ему казалось, что над одной из самых больших, ужасных пропастей как будто мерцает красноватое зарево. Из глубины пропасти, как молния, поблескивает порой какой-то зловещий, красновато-желтый свет, режущий глаза, чрезвычайно неприятный. Там, куда Тереха смотрел ранее, вдали тихо птички пели, а здесь откуда-то издалека, как будто со дна пропасти, слышатся глухие стоны, рыдания, вопли; какой-то подземный гул гудит безостановочно, как бесконечные раскаты грома... Тереху так и тянет хоть одним глазком заглянуть в пропасть.

— Встань сюда! — сказал вдруг ангел, указывая Терентью на большой серый камень, лежавший на краю тропинки.— Загляни, не бойся! Посмотри, каково в аду...

8

Обомлел Тереха. "Вот он где, ад–то кромешный..." Как ни страшно было Терехе, но все–таки он поднялся на большой серый камень. Долго собирался он с духом, наконец собрался, взглянул... "Батюшки мои светы!" — чуть не заревел Тереха благим матом и, шатнувшись, едва не повалился с камня.

Страшное зрелище представилось глазам его. При зловещем, красноватом свете адского зарева он увидел, как мучились грешники,— тяжко мучились. Тут встретил Тереха и знакомые лица... Вон черти Кузьмича на сковороде поджаривают. Кузьмич — известный ихний мироед, во всю свою жизнь не дававший пощады ни одному бедняку, сдиравший последнюю рубаху с нищего, грабивший живого и мертвого. Много горя перенесли из–за него сидоровцы, много слез пролили... Вот за то же, видно, теперь он и попал в ад кромешный. Кузьмич совсем голый лежит на большой сковороде, и ежится, и извивается, как угорь. Черные, косматые черти целым роем носятся вокруг него, то и дело подбавляя огня. Адское пламя извивается все выше, выше и лижет края сковороды. Кузьмич корчится от боли; кожа его лопается, и жир из него каплет, течет на сковороду, и так Кузьмич жарится в своем собственном сале. Глаза у него, как у полоумного; мучительные судороги искажают его лицо, рот широко раскрыт, сухие губы беззвучно шевелятся. Огонь разгорается пуще и пуще... Кузьмич задыхается, кривляется, дрожит всем телом.

— Испить бы водицы! Водицы...— стоная и скрипя зубами, шепчет Кузьмич.

Злой, дьявольский хохот слышится ему в ответ. Черти тычут ему в рот горящей засмоленной паклей... Ужасно! Тереха отводит от него глаза и смотрит далее...

А там — опять старый знакомый — Максимка, корчагинский целовальник. Он сидит на лавочке, крепко привязанный, и черти поят его из большого ковша огненной водкой. Он продохнуть не может. Лицо его красное, как огонь. Из носа, изо рта у него так и пышет синеватое пламя. Максимка беспомощно мотает головой...

Да! Не мало крещеного народа споил этот Максимка на своем веку; не мало грехов принял он на душу... И горячо же стало ему теперь, когда самому пришлось огонь ковшиком глотать. Недаром же он так отчаянно, так неистово мотает головой во все стороны. Но нечего делать! Хочешь — не хочешь, пей!

Вот тут и управляющий Андреевской усадьбы, тоже старый знакомый. Этот еще "до воли" мудровал над ними, над сидоровцами. Любил он проявлять над беззащитными свою силу и власть. Больно жестоко дрался он... Сколько народу из-за его милости в Сибирь ушло,— не сочтешь скоро... много ушло и мужиков, и баб. За то теперь ему пришлось не сладко. Он висит вниз головой, подвешенный за свои худые, тонкие ноги к какой-то перекладине, висит, мотается из стороны в сторону и жалобно завывает. Большущей пилой черти пилят ему руки, ноги... Глаза у него чуть не выкатываются, жилы на лбу и висках сильно напряглись, точно лопнуть хотят, лицо — синевато-багровое, и все оно страшно подергивается, словно на пружинах... Он скрипит и скрежещет зубами таково громко, что скрежетом своим почти заглушает визг пилы. Не может только он ничем заглушить дьявольского хохота, что немолчно раздается вокруг него — вверху, внизу и со всех четырех сторон... Отвратительные звуки "го-го-го", "ха-ха-ха" гремят кругом него повсюду, и черти — безобразные, косматые — так и лезут ему прямо в глаза...

Немного подалее Тереха увидал Федоську. Это — непутевая баба, солдатка, из соседней деревни. Из-за ее проделок один парень другому голову раскроил насмерть. Из-за нее старший брат Терехи, Федор, жену свою бросил — смиренное, тихое существо, водой не замутившее; семья пошла по миру. Много горя добрые люди видели от нее... Теперь она цепями прикована к какому-то обрубку, и черти хлещут ее железными, добела раскаленными прутьями. Как хлестнут ее, так у нее из спины и посыплются дождем красные искры. Тереха вспомнил, как однажды при нем кузнец железную полосу расковывал. Тогда у него из-под молота точь-в-точь так же летели, сыпались искры... Теперь разница только в том, что наковальней для чертей служит Федоськина спина.

— Охти мне... тошнехонько! — вопит она, беспомощно порываясь и мечась под сыпавшимися на нее ударами...

Там кто-то в кипящей смоле стоит по пояс, а тут, глядишь, грешник уже прямо в огонь попал,— горит, но не сгорает... Много страхов насмотрелся Тереха. Но все то, что написано здесь, он увидел не вдруг. При каждом новом зрелище мучений, при каждом появлении знакомого лица Тереху ровно варом обдавало с ног до головы. Наконец ему стало невтерпеж, стало так жутко, что он закрыл глаза и отвернулся... Голова у него кружилась, ноги подкашивались. Холодный пот прошибал... Хотя глаза его были закрыты, но ему все еще живо мерещились зловещие огненные языки, сковороды, пилы, раскаленные железные прутья, голые человеческие тела, корчащиеся в страшных судорогах, искаженные лица, широко раскрытые рты или крепко, болезненно сжатые губы, взгляды, полные бесконечного, холодного отчаяния.

— Неужто... неужто?..— коснеющим языком пролепетал Тереха, спускаясь с камня и снова продолжая путь за своим светлым вожатаем.

— Ты смутился, Терентий? Погоди... Бог милостив! — своим тихим, спокойным голосом промолвил ангел, как бы догадавшись о мучительно—тягостной думе Терентия, все еще находившегося в неизвестности насчет того, куда он идет, что ожидает его впереди.

Наконец Тереха и его ангел—хранитель поднялись на самую вершину горы. Тропинка, по которой они шли, уперлась в решетку. Та решетка показалась Терехе чугунного. Блестящие, золоченые шары, украшавшие ее, жаром горели в ярких лучах солнца. Похожую на эту решетку Терехе пришлось видеть в городе, около одной богатой церкви. Только эта решетка, перед которой теперь очутился он, была не в пример выше и красивее той. Из—за нее виднелась зелень деревьев, и припахивало не то какими—то цветами, не то ладаном, но во всяком случае пахло слаще, чем в тех барских хоромах, в какие доводилось ему, бывало, захаживать по делам. Слышно было, как пели птички — зяблики, малиновки, жаворонки...

— Вот и дошли! Видишь ворота? Это — ворота в рай! — промолвил ангел, указывая Терехе на позолоченные ворота, изнутри которых висел громадный замок.

Тереха обомлел. "Дошли!" Что—то теперь будет с его головой? Он так растерялся, что даже забыл перекреститься... Вдруг по ту сторону ворот показался почтенный старец, высокого роста, с седыми серебристыми волосами, с седою бородой. Его густые брови слегка сдвинуты, и все его морщинистое, но благообразное старческое лицо выглядит чрезвычайно серьезно. Широкая голубая одежда сотнями складок спускается с его широких, могучих плеч. Под пазухой у него какая—то красная книга. Большие ключи держит он в руке. Ключи звякают, гремят... Тут вспомнил Тереха, что точно такой же старец написан на одном образе в их деревенской церкви. То же старческое лицо, те же серьезные глаза, такая же голубая одежда, и ключи в руке... словом, все — так же, точь—в—то чь. Тереха часто за обедней смотрел на этот образ. Тогда ему кто—то говорил — чуть ли не прежний их староста-грамотей, Андрей Михайлович, что на том образе написан апостол Петр. "А ключи—то у него эти... видишь? Это у него ключи от райских врат!" —говорили ему тогда. Все теперь в единый миг припомнилось Терехе. Значит, теперь перед ним

11

сам апостол Петр. "Господи! Что мне теперича будет!.. Ой, грехи, грехи мои тяжкие!" — в смятении подумал про себя Тереха.

Старец той порой, гремя ключами, подошел к самым воротам и пристально взглянул на Тереху. Что ты, мол, за человек есть?..

— Как бы справиться, святой апостол, насчет его... Впустят ли его, грешного? — спросил ангел, прислонившись к решетке своим белоснежным крылом.

— Кто он? Крестьянин? — спросил строгим голосом старец, обращаясь к ангелу—хранителю.

— Да! Крестьянин... бедняк! — промолвил тот.

— Гм!.. Как тебя зовут и какой волости ты будешь? — уже совершенно мягким тоном, милостиво спросил Тереху старец.

От пристального его взгляда и от звука его могучего голоса Тереха смешался и окончательно осовел. Он совсем даже позабыл, как его зовут. Вот хоть убей — не вспомнит! Брата у него звали Федором, да... точно... а его... ну, вот — не идет, да и шабаш!

— Его зовут Терентий Гуляк! — подсказал за него ангел.— Он из деревни, Сидорова, Обнищаловской волости...

— Так! Посмотрим...— произнес старец как бы про себя и, раскрыв красную книгу, стал перелистывать ее.

"Пропустит ли он меня, батюшка? Святой апостол божий..." — тревожно, смутно мелькало у Терехи в голове. Затаив дыхание, напряженно следил он за тем, как старец перелистывал свою красную книгу. В ту пору, казалось, вся душа его перешла в глаза... А старец долго—долго, целые века, как показалось Терехе, перелистывал внимательно книгу, наклонив над ней свою седую голову и повторяя про себя: "Терентий... Терентий... Гм!" Тереха дрожал, как осиновый лист на ветру... Птичек стало не слышно. Только слышен был легкий шелест переворачиваемых в книге листов. Ангел стоял молча, неподвижно, слегка склонив к решетке свою голову с белокурыми, сияющими волосами. Его прекрасные, задумчивые глаза, тихие и кроткие, как ясный утренний свет, смотрели то на старца, то на Тереху. Наконец старец остановился,— видно, нашел, что было надо. Положив указательный палец на раскрытую страницу, он проговорил звучным, внятным голосом:

— Терентий Гуляк — крестьянин деревни Сидорова? Так?

— Так точно! — пролепетал Тереха, невольно оживляясь при знакомых звуках.

— В книге Живота ты вписан, Терентий, на хорошем

счету,— сказал торжественно старец.— И прощаются тебе грехи вольные и невольные, яже словом, яже делом, яже ведением и неведением сотворил... Много у тебя грехов, да много ты и потерпел за то на своем веку. Многие грехи твои произошли просто, от темноты мужицкой, а не оттого, что ты сам грешить любил... Сейчас пропущу тебя в рай!

Загремели ключи. Старец стал отпирать ворота. "Батюшки! Что же это я... в этакой-то дерюге, да в рай полез!" — в смущении воскликнул про себя Тереха, глянув на свою особу. Он был босиком, в старой, рваной одёженке, без пояса, без шапки. "Знатьё, натянуть бы хоть новый армячишка! Э—эх!" Тереха устыдился самого себя, своего мужицкого убожества, но долго раздумывать было уже некогда...

— Иди! — проговорил старец, широко растворяя перед ним ворота.

Первым вошел ангел, следом за ним и Тереха... Господи! Вот уж подлинно что рай! Тереха шел по широкой, чистой улице, усыпанной песком. Этак вот песком только в городе усыпают улицы да разве еще большие, столбовые дороги, когда их поправляют перед проездом губернатора... По ту и по другую сторону улицы кусты и деревья — все в зелени, в цветах, а промеж этих деревьев стоят все избы — большие, хорошие... И что это за избы! Господи боже!.. Избы все новые, из толстого, соснового леса,— так и блестят на солнышке. Смотреть — любо—дорого! Все избы отлично проконопачены... "Вишь ты! Знать, моху-то не пожалели!"—с видом знатока рассуждал Тереха, любовно посматривая на строения. Окна в избах большие, светлые, ни единое стеклышко не разбито в них, не заклеено бумагой, не затыкано тряпицей. Крыши — тесовые, отличные,— "хошь катайся на них!". Трубы не корзиночные, не из дранок поделаны, а все кирпичные, высокие, настоящие, как есть — городские. Крыльца с навесами, у окон тоже разные резные раскрашенные фигуры... "Жить в таких избах, да и помирать не надо!" —думал про себя Тереха, любуясь на новые бревенчатые стены, золотом отливавшие среди окружавшей их зелени. "Тепло, поди, в таких избах, ни отколе ветром не пахнет — не дунет... Сухо, поди, с потолка не капнет, ни дождь, ни снег не проймет... Вот-то и оно! Сейчас знать, что рай. Вот они, обители-то райские! Господи, боже милостивый!.. Неужто и все-то здесь этак?" Радостно и светло было на душе у Терехи, как в Христов день. С великим, глубоким умилением осматривался он по сторонам, идя за ангелом, зорко осматривался... И все, на что он ни взглядывал, было очень хорошо. "Нет! Кузьмичевскому поселку далеко до этих хуторов, как я погляжу! Куда те!.." — с уверенностью наконец решил Тереха.

Около изб, под деревьями, на крылечках и под окнами видны были люди, все больше как будто простой, черный народ: мужики и бабы. Но никто не кричал, не бранился... Все такие веселые, счастливые, спокойные; все такие чистые, в чистой хорошей одеже,— ровно в праздник гулять вышли. Тут и старики, и парни, и малые ребята. Ребята играют, бегают и не дерутся... Кто сидит — городской калач ест, кто чай пьет, кто на гармонии играет и песню поет хорошую...

— Н–н–ну и жизнь! Э–ах!—не удержался Тереха, промолвил вслух.

— За то и рай! — заметил ангел.

— Да уж это что и говорить... И видно, что рай! — с жаром подхватил Тереха.

Такой хорошей, привольной жизни ему еще не снилось и во сне.

Вдруг около одной избы он увидал своих сидоровцев, старых знакомых, недавно и давно умерших.

— Ну, ступай хоть в эту избу! Тут земляки твои,— сказал ангел.

Сказал и исчез. Тереха уж более не видал его... И пошел он к избе, указанной ему ангелом. Только что ступил он под тень деревьев, как тотчас же повстречал отца с матерью. Низко поклонился он им до земли, потом они крепко обнялись и поцеловались.

— Вот и ты, родной, перебрался к нам! — сказала ему мать.— Ну, что, как Маринушка твоя поживает? Как наши все?..

— Ничего! Живут помаленьку, бог милует,— отвечал, по обыкновению, Тереха.— А Маринка... да что... вот приказал ей долго жить...

Легкая грусть тронула Тереху за сердце. То была не печаль о покинутой земле, но сожаленье о том, что он не может сейчас же перевести сюда свою хозяйку, верно тоскующую по нем, и вообще всех своих земляков...

В ту минуту к Терехе, весело подпрыгивая и что–то напевая, подбежал мальчуган, совсем белоголовый, с светлыми, льняными волосами, с румяным, разгоревшимся личиком,— знать, шибко возился, плутишка!

— Тятя! Тятя пришел! — весело кричал он, хватая Тереху за полу и приподнимаясь на цыпочки.

— А–а! Мишуха! Иди–ка, иди! — заговорил Тереха и, взяв мальчугана к себе на руки, с счастливой улыбкой, молча посмотрел в его добрые, детские глазки и стал целовать его.

14

(Мишуха умер в дифтерите пять лет тому назад, и Тереха с женой больно скучали по нем. Он был у них единственный сын.)

— Каково же, брат, ты здесь живешь, а? Ну-ка, сказывай! — говорил Тереха, держа сына на руках, как почасту держал он его и при жизни, на земле, когда жена, бывало, уходила к скотине или обряжалась по дому.— Сказывай-ка! — повторил он, ласково гладя Мишуху по его мягким, льняным волосам.

— Живу, тятя, хорошо! Нас здесь много-много,— ответил ему мальчуган, одною ручонкой обвившись вокруг его шеи, а другую запустив ему в бороду.

— А тосковал я по нем — страсть! Только не говорил никому,— заметил Тереха, обращаясь к старикам.

— Ну, пойдем теперь! Там ведь много наших,— проговорил старик, махнув рукой по направлению к избе, и тихо побрел вперед.

— А-а! Терентий? — встретили его сидоровцы.— Здорово, брат, живешь! Давно ли прибыл в наши обители? Недавно! Тэ-э-к!

Терентья повели в избу.

Сначала из сенец, по пути, его завели в чулан, где лежали целые вороха всякой одежи. Тут надели на Тереху все чистое, новую рубаху из "французского" ситца, армяк — тоже новый... Дали ему дубленый, овчинный полушубок с обшивкой из синего сукна, две пары валенок, сапоги, шапку и много всякого приклада. Все лишнее, что в ту минуту не надобилось Терехе, свалили в особый сундук, стоявший тут же, у стены... После того уже Тереху привели в избу...

Светло, чисто, уютно было в этой избе. Широкие белые лавки шли вдоль стен; в переднем углу стоял большой стол, красиво расписанный всякими узорами. За перегородкой — большой, тоже крашеный поставец со стеклянными дверцами, точь-в-точь такой же, какой недавно сделал для себя Никольский поп, отец Василий. Чашек, стаканов, блюдцев и всякой другой посуды в том поставце видимо-невидимо, больше, чем у попа. По стенам в рамках картины наклеены, есть между ними и божественные, есть и "с генералами", всякие. Желтые, золотистые птички летают на воле, садятся то на подоконник, то на воронец и поют чудесно. Птичек, похожих на этих, Тереха в барской усадьбе видал — в клетках. Те хуже пели... Куда! Здесь послушать их, так ровно музыка играет... Потолок в избе — белый, гладко выструганный. Печка большая, хорошая, сложена "по-белому", не дымит, не чадит,— и копоти этой нет, не ест тебе глаза. А бревна–то какие в стене... страсть! Не обхватить! Толстые, белые да сухие,— ни единой щелочки не видать! "Что ж это такое? Господи! Вот рай–то ..." — сотый раз думал Тереха, быстро оглядывая все прелести своего нового жилища. "Да! Тут, брат, можно жить!.."

Согрели самовар, принесли и поставили его на стол. Ну, уж и самовар!.. Одно слово — полутораведерный! Самовар — из желтой меди и блестит, как золото, не то что у Левонтья, на постоялом дворе; у Левонтья самоваришка всегда какой–то грязный, тусклый, весь в зеленых пятнах, без конфорки, с отбитой ручкой... А здесь все в порядке... Подали на стол калачей целую груду и белого пшеничного хлеба, подали сахару и меду, ломоть ржаного хлеба, всяких пирогов нанесли — с рыбой и сладких, блюдо горячей жирной баранины, блюдо вареной рыбы, блюдо — жареной, студню, печеных яиц... И от всего этого вкусный пар так и валит. Ешь, Тереха! Ешь — не хочу, сколько потребуется... "Вон как на том–то свете! Не то что..." — восторженно подумал Тереха и тут же привздохнул, вспомнив о своей хозяйке и о сидоровцах... Они, поди, все еще ожидают "пособия", да ездят в морозные утра в лес за дровами.

Угощеньем распоряжался старый–престарелый дед Памфил. Тереха его до той поры еще и в глаза не видал: дед Памфил помер с лишком ста лет от роду, помер тогда, когда Терехе было только четыре года. Дед Памфил на Сидорове был самым древним стариком, какого только знавали на свете. Он жил при императрице и при трех императорах... Он и теперь, по старой привычке, относился ко всем, как к малым ребятам.

— Кушай, кушай, Тереша, на здоровье! Пей чай–то! — говорил он тихим, ласковым голосом, подвигая к Терентью чашку и блюдце, стогом наполненное крупными кусками сахара.— Пей, как хошь, хошь вприкуску, хошь внакладку... Сахару, паренек, не жалей: у нас его — горы...

И Тереха ел, Тереха пил, пил до девятого пота, наконец скинул свой армячишко, распоясался.

— Ну, земляки... и важнецкое же у вас житье здесь! — сказал он, обращаясь к собеседникам.

— Ничего! Живем хорошо — дружно, артельно,— ответили ему.

Много сидоровцев набралось в избу, все расселись около Терехи, как попало. Многих из них, давно умерших, подобно деду Памфилу, он вовсе не знал. Но тут, конечно, земляки скоро перезнакомились друг с другом. Смотрел Тереха на это сборище, и припомнилось ему, как, бывало,— когда какой–нибудь служивой из сидоровцев возвращался домой на побывку,— в избу к его родным сходился по вечерам народ — поглядеть на солдата, послушать солдатских россказней о чужедальних странах и о всяких диковинках. "Точно, как теперь!" — раздумывал Тереха, посматривая на окружавшие его лица. "Я как точно солдат с войны воротился, а земляки пришли поглядеть на меня да послушать моих сказов про наше боевое житье—бытье..."

Слово за слово, и пошла беседа своим путем.

— Ну, как же, братец, наши там поживают? — спросили, между прочим, Тереху.

— Ничего! Бог милует,— с обычного своего присловия начал Тереха.— Нуждаются, известно... Особливо ноне соскучились больно... Хлеб—то плохо уродился, больно плохо, а тут еще червяк навязался,— согрешили совсем! Закупщики вот тоже по осени больно прижимают... Нужда, не дай бог!

— А как обчество? Что старшина наш поделывает? — спрашивали сидоровцы.— Правленье—то все там же, где и было?..

— Старшина... Да что ему поделывать! Из ума, почитай, совсем выжил...— продолжал Тереха, нимало не удивляясь, что сидоровцы на том свете так любопытствуют насчет земных дел.— А правленье все там же... Собираются скоро, одначе, на другое место переносить. В ту сторону, знаешь, к Кузьмичу, за канаву, где пониже место—то будет... Ну, а обчество — ничего, все по—старому... Только вот, братцы вы мои, нонече этто у нас все больше, значит, на счет "пособия" пошло...

— Т–э–э–эк! — протянул дедушка Памфил. Посидели, помолчали.

— Поскажите же вы мне, братцы, про здешние порядки,— начал Тереха немного погодя.— Я ведь ничего то есть еще не знаю: как и что у вас тут... Примерно: как у вас насчет подушного?

— Какого подушного? Подушного не платим! — ответили ему.

— Значит, валите все в недоимку? — заметил догадливый Тереха.— Ну, это не дело! Недоимки—то, поди, у вас накопилась — туча, во веки не уплатить...

— Чего "не уплатить"? Чего говоришь—то! — перебили его.— Понимаешь: никаких сборов нет! Ну, и недоимки, значит, копить не на чем...

Тереха спорить не решался, смотря на серьезное лицо почтенного дедушки Памфила, сидевшего прямо против него, через стол. Хотя он спорить не решался, но все же с сомнением

17

покачал головой, подумав про себя: "Ну, тут что-нибудь да не так... Без подушного жить разве можно? Это что ж такое?"...

— А начальство здесь как будет... строго? — спросил Терентий.

Старики усмехнулись, как-то жалостливо посмотрев на него: "Эх, мол, дитятко, ничего еще не разумеешь!.."

— Ты думаешь: все так же, как у нас на Сидорове! — снисходительно заметили ему.— Нет, брат! Здесь что барин, что поп, что князь, что крестьянин — все едино-единственно, все живут ровно, по-божески, безобидно...

Тереха только разинул рот и молча развел руками. "Хошь убей, в толк не возьму! Что за оказия! Без начальства, вишь... Ну—у—у!"

— А как у вас насчет дров и всего прочего? — спросил Тереха.

— Да как... очень просто! Бери, сколько хошь, сколько те надоть... запрету нет!

— И работой не нудят?

— Ни—ни, ни боже мой! Работай под силу... не спросят больше, чем у тя мочи есть!

— И все так же живут, в таких же избах? — спросил Тереха.— И я стану жить таким же манером, а?

— Что ты, Тереша, спрашиваешь все такое,— промолвил дедушка Памфил.— Разве ты не знаешь, что сказано в Евангелии про то: как люди будут жить на том свете?.. Все здесь живут так, как видишь... Никаких отличек, дитятко, не полагается!

Старался Тереха припомнить, что сказано в Евангелии, но припомнить ничего не мог — по той простой причине, что слыхал Евангелие только в церкви, да и то слыхал смутно, неявственно и прочитанного уразуметь не мог...

— Вот тоже брани не слышно, и драк у вас нет, никакой такой смуты?..— заговорил опять Терентий, немного погодя.

— Нет у нас этого... не из-за чего нам браниться! — отозвался один из стариков.— Никто чужого века не заедает... без обиды, по-божески...

И он, Тереха, будет жить этак, в этаком раю! Господи!.. Вольно вздохнул он, съежил было по привычке плеча, но вдруг выпрямился и поднял голову. Да! Теперь он в царствии небесном... Прищурившись, задумчиво посмотрел он в окно на свет и блеск райских, сияющих кущей и с глубоким наслаждением представил он себе мысленно бесконечный, неоглядный ряд беспечальных, прекрасных дней. Рядом с ним сидят его отец с матерью, Мишуха лезет к нему на колени. Все спокойны, довольны, счастливы... Все добры, все милостивы друг к другу, и к золотистым птичкам, летающим по избе в золоте солнечных лучей, милостивы ко всякой живой твари. Хотят — работают, устанут — отдыхают. Всего у них вдоволь, никакой черной заботушки на душе... Только хозяйку ему жаль, жаль сидоровцев, горе мыкающих там, внизу. Но наступит час — и те все подойдут к ним в свой черед. Тереха даже прослезился, представив себе то мгновение, когда все отставшие сидоровцы наконец свидятся с ним здесь, на том свете... Тихая радость затеплилась в душе Терехи и всю наполнила ее собой, как дивным, невечерним, неугасимым светом.

— Господи, как хорошо мне! — прошептал он.— Вот она, жизнь-то!

— Терентий! А, Терентий? Чего тя, лешего, не добудишься!..— слышится Терехе сквозь сон.

Насилу, нехотя раскрывает он глаза, прищурившись смотрит и видит... У полатей стоит жена — уже в полушубке, с ведром в одной руке и с горящей лучиной в другой. Красноватый свет лучины больно, неприятно режет Терехе глаза, и он снова закрывает их. Он еще не совсем проснулся и ничего не понимает, что вокруг него делается. Грезы были так хороши, так живы и ярки!.. Несообразною, дикою показалась Терехе та картина, что представилась ему теперь наяву — при красноватом, мигающем огне лучины. Что ж это такое? А рай? Рай-то где же?..

— Ну, вставай, вставай! Смотри: уж светает,— приговаривала жена, выходя из избы.

И вправду: голубоватый рассвет зимнего утра уже брезжил в оконце, разрисованное морозом. В серых утренних сумерках неясно выступали закоптелые стены, с черными рядами моха. Изба за ночь совсем выстудилась. Неохота Терехе начинать опять эту жизнь, неохота подниматься с полатей. А вставать надо, надо идти к Кузьмичу — просить хлеба в долг. Да еще даст ли? А если даст, так душу, поди, вымотает... "Э–эх! Опять пошло..." — подумал Тереха. Вздрагивая от холода, охая и зевая, спустился он с полатей.

Прости—прощай, Терехин рай!

ПРОПАЛ ЧЕЛОВЕК

1

Вечер 16–го августа 1878 года. Небо–облачно, на горизонте залегают сизые тучи и только на западе, где солнце уходит за лесистый край земли, виден голубой клочок ясного неба. Вечерние солнечные лучи озаряют красноватым светом ряд посеревших срубов крестьянских изб, обращенных лицевой стороной к закату. Запад горит и пышет, словно залитый растопленным золотом, и брызги этого растопленного золота, попав на стекла крестьянских оконниц, сверкают и блестят там и сям, как огоньки.

В этот вечер деревня Косичево — в большом волнении... Народ, воротившийся с поля, почти весь собрался у избы Андрея Прохорова. Василий, старший сын Андреев, стоит, прислонившись к углу избы, и, запустив пальцы обеих рук за пояс, низко повязанный у него по животу, задумчиво смотрит по сторонам. Тут же на бревнах сидят старики, переговариваясь с Василием и между собой. Разговор часто прерывается, и в это время, посреди наступающей тишины, слышно, как чирикают воробьи, перелетая со стрехи на стреху, а в поле без умолку трещат кузнечики. Теперь, по заре, все звуки деревенской жизни слышатся явственно. То лошадь заржет, то в лесу кто–то аукнет, то откуда–то издалека донесется песня и оборвется вдруг. Над лесною рекой, Котласом, протекающей за деревней, порой чайка кричит громко, жалобно... Старики задумчиво сидят на бревнах. Василий тоже молчит и вздыхает. По всему видно, что люди встревожены, находятся в недоуменье.

— Ты говоришь: он перебрался спать–то на сарай с пасхи? — спросил один из стариков, поднимая голову и оборачиваясь к Василью.

— Да! Точно...— подтвердил тот.— На фоминой[4] перебрался. Душно, говорит, в избе–то, жарко... да и тараканы одолели. Зим–о–сь не успели поморозить–то их...

— Гм! Как же это никто не слыхал, как он в горнице–то ворочался? — продолжал старик.— Сказываешь: забрал валенки, тулуп, шапку и рубахи...

---

[4] Фомина неделя — красная горка, первая по святой, с фомина понедельника.

20

— Не слыхали... то есть вот как перед богом! — проговорил Василий, слегка выпрямляясь, как будто готовясь принять присягу в правоте своих слов.— Как, погоди, половицы не трещали... трещали! И дверь, поди, тоже скрипела... Да что поделаешь! Ведь знаешь: спим-то мы каково! Вон у меня хозяйка... у ней над ухом-то хошь в трубу труби, так...

— К мельнику-то ходил? — спросил Василья немного погодя другой старик, задумчиво посматривая вдаль своими слезящимися прищуренными глазками. — С кумом-то ведь они жили все в дружбе да в ладу...

— Ой, что ты! Уж такая дружба неразнимая была у них,

что просто...— поддакнул Василий умильным тоном...— Ходил, спрашивал... Не видал, говорит: ко мне, говорит, с ильина дня⁵ не захаживал.

Старик поникнул головой и замолк.

Солнце закатилось, и синеватые сумерки уже окутывали даль своей волшебной полупрозрачной дымкой. Облака к ночи поразбежались; небо немного прояснилось. Сыростью, лесною глушью заметнее потянуло в воздухе.

— В правленье был, объявку подал...— заговорил Василий.— Да ведь как! Три дня прошло — ни слуху ни духу... Просто ума не приложу: что с ним подеялось... Жили мы с ним, кажись, по-божески, никакого вздору у нас не было...

— О, господи! — вздохнул старик, поглаживая свою сивую бороду. — Пропал человек, сгинул... ровно камнем в воду...

— Да вот — поди ты!..— заметил другой из собеседников.— Жил о сю пору, как у Христа за пазухой... Дом — полная те чаша, дочь замуж выдал за хорошего человека, сына только что поженил... Что еще надоть! Все шло таково складно... жить бы да радоваться! А оно вон...

— Да куда девался-то — ты вот что скажи! — молвил сосед.— Ведь не иголка, чай... в щель не забьется... Ну, куда он мог?.. Скажем, так: ежели пошел на богомолье, так почто тайком-то?

— И опять, вишь, всю теплую одежу забрал с собой, рубах эстолько! — возразили из толпы. — Нет уж—какое тут богомолье!..

— Оказия! — промолвил один из мужиков.

— Чудное дело!

Когда народ разошелся по домам, заря уже потухла. Легкие

---

⁵ Ильин день — 20 июля по старому стилю.

дымчатые облака плыли по небу, и бледный месяц выглядывал из-за них на опустевшую и безмолвную деревенскую улицу.

2

Действительно вышло "дело чудное", как говорили мужики, сидевшие на бревнах.

Андрей Прохоров на своем веку, наряду со всеми своими односельцами, конечно, испытал все злоключения и напасти, какими полна жизнь крестьянина. Но он был силен, живуч и потому устоял во всех напастях... Двадцать лет тому назад он погорел; пожар случился ночью, в осеннюю непогодь. Прохоров и его семьяне едва лишь успели выскочить на улицу в одних рубахах. Не однажды у него падал скот, медведь задрал одну корову, да волки загубили несколько овец; не однажды червь поедал озимь и оставлял Прохорову семью без хлеба; не однажды хлеб побивало градом. Все такие беды, от которых стонет грудь и трещит спина крестьянская, трещит и порой ломится...

Но при всех этих обычных бедах и напастях, Андрей Прохоров считался мужиком зажиточным, да и в действительности, пожалуй, был человек зажиточный... Еще ни разу не драли его за недоимки в волостном правленье; у него есть скотина — чем ныне, как известно, не каждый крестьянин может похвалиться; своего хлеба у него почти всегда хватает до самой пасхи, между тем как у многих из его односельцев хлеба едва достает лишь до рождества, а уж много-много до великого поста[6], в продолжение которого и скотина и люди постятся так усердно, что потом — по весне — еле ноги волочат... Прохорова семья, обыкновенно, почти всю зиму питалась настоящим хлебом — выдались только раза три или четыре такие отчаянные голодовки, когда Прохоровой хозяйке приходилось примешивать к муке и отрубям намелко перетертые отростки молодых елей, кору и мох... Одним словом, можно подлинно сказать, что Андрей Прохоров жил припеваючи.

И в семье у него все ладилось. Правда, два года тому назад приключилось горе: схоронил он старуху жену. Но смерть уж, известно, такая гостья, что от нее ни богач, ни нищий ни крестом, ни пестом не отделается... Правда, у него еще умерло в

---

[6] Рождество — 25 декабря по старому стилю.

22

свое время пятеро "младенчиков", но без этого ведь никак нельзя, да это горе — к слову сказать — на Косичеве и за горе не считалось. На Косичеве даже матери не жалеют своих малюток. Помрет ребенок — "слава те, господи", избавились, значит, от лишнего рта, пестовать некого и не за кем ухаживать, от дела отрываючись... Отрубят небольшую осиновую или сосновую плаху, расколют ее почти пополам, обе половины кое-как выдолбят, и в этот гробик, более похожий на корыто, чем на гроб, кладут "покойничка", завернутого в кусок серой холстины, несут в церковь, а оттуда — в могилу. Сегодня ребенок умер, завтра он уже — в земле... Ребят не лечат. Есть, конечно, где-то там "фершал", но где ж его искать, когда за ним ходить, особливо в рабочую пору, то есть в то время, когда именно всего более мрут ребята?.. На Косичеве не дорожат ни своей, ни чужой жизнью, и вообще человеческая жизнь здесь не ценится ни в грош.

Зато четверо ребят, оставшихся в живых у Андрея Прохорова, вышли не какие-нибудь дурни, но все люди здоровые и неглупые. Год тому назад он выдал дочь замуж за хорошего мужика, сыновья все были уже женаты — третьего, младшего, недавно женил. Средний сын, Алексей, уже пятый год в разделе и живет своим хозяйством. Василий с младшим братом, Иваном, остались пока вместе. Оставалось Андрею Прохорову жить под старость лет без печали, "в тихой радости да в веселии. И вдруг он тайком из дому в нощи, как тать, скрывается неизвестно куда и неведомо зачем. Самые хитроумные головы на Косичеве не могли придумать: какая причина заставила Прохорова пуститься в бега на старости лет.

— Диковина! — толковали люди и далее удивления не шли.

С сыновьями и невестками Прохоров жил дружно, никаких ссор и свар между ними не происходило. Односельчане также жили с ним всегда в ладу и относились к нему с почтением, хотя и не всегда слушались его благих советов. Он был издавна радетелем за крестьянский мир. Не раз от лица мира говаривал он с властями, и власти не однажды сулили его самого "упечь туда, куда ворон костей не нашивал". Не раз также посылали его ходоком в город по деревенским делам. Не однажды также случалось, что он защищал "захудалых людишек" от мирской несправедливости, готовившейся обрушиться на них... И этакий-то человек вдруг пропадает, исчезает бесследно.

Было о чем призадуматься старикам, сидевшим на бревнах у Прохоровой избы в тихий августовский вечер. Ясно было только одно, а именно, что он ушел навсегда или, по крайней мере, надолго. Старик, как оказывалось, забрал с собой теплую одежду и свою толстую старинную книгу, которую любил читать в досужее время. Но куда он ушел, зачем ушел? не только никто не мог сказать, никто не мог даже остановиться ни на какой догадке, которая хоть сколько-нибудь шла бы к делу... Но жизнь покатилась своим чередом, и о пропавшем человеке стали мало-помалу забывать в Косичеве.

Шел месяц за месяцем, и прошло два года...

3

Дремучий, беспросветный лес тянется в четырех верстах от Косичева, заходит в другую губернию и раскидывается на все четыре стороны без перерывов на сотни верст. Попадаются в нем местами и береза, и осина, и мелкий олешняк, но более высятся в нем темною тенью лохматые ели, сосны да лиственницы. Большую часть года лес стоит темен и мрачен, то гудит и стонет, то стоит молчаливо, нахмурившись. Только в летнюю пору он оживляется и глядит веселее. Светлою зеленью покрывается кустарник, расцветают цветы, и воздух в лесу наполняется их чудесным ароматом. Косичевцы в этом лесу охотятся на белок, на рябчиков и тетеревей, бьют медведей, а в лесных речках и реках ловится много рыбы. Косичевцы уверены, что никто еще от века не проходил их леса вдоль и поперек.

Но в народе живет предание, что по одной из лесных рек — по Котласу — в старые годы плавали в легких лодочках разбойники, пробираясь для своего промысла на "большую реку", текущую от Великого Устюга к холодному, ледяному морю. Сказывают, что у разбойников на берегу Котласа было устроено становище. И ныне, неподалеку от реки и по самой береговой круче, еще видны в земле какие-то бревна и полусгнившие срубы, попадаются глубокие ямы, словно вырытые человеческими руками, и большие серые камни, сложенные в кучи или разбросанные там и сям по сторонам. Все это теперь, конечно, заросло деревьями, покрылось густым кустарником. Это место в нашей стороне называют Чудиновым Городищем. Дурная слава идет про него в народе. Не любят мои земляки проходить по этому месту в ночную пору или ночевать поблизости от него. Тут, говорят, "чудится, блазнит" — видятся и слышатся всякие страхи... Сказывают, что под Чудиновым Городищем зарыт клад, и с таким ужасным заклятьем, что взять его мудрено всякому крещеному человеку, кому жизнь дорога. Здесь разбойники скрывали свои награбленные сокровища... Из Котласа в "большую реку" они переносили лодки на себе — на расстоянии семи верст. По болотистой топи, расстилающейся в лесу между Котласом и "большой рекой", разбойники проложили для себя узкие— узкие тропинки. Эти тропы были известны только им, по различным приметам. Чужой, посторонний человек ни за что в свете не прошел бы здесь и сгинул бы в болоте самою мучительною смертью, захлебнувшись в зеленой тине, посреди блестящей, роскошной травы, посреди красивых цветов — белых и желтых кувшинок.

Говорят, какая-то купеческая дочь, молодая девушка— красавица, была захвачена разбойниками в плен и, чтобы избавиться от насилий и срама, бросилась в отчаянии в Котлас и утонула. Ее душа с тех пор не находит покоя... Близ Чудинова Городища, в светлые летние ночи, рыбаки издали видят русалку. То она сидит на берегу, вся позакрывшись волнами темно-русых волос, то качается на ветвях какой-нибудь ивы, низко склонившейся над водой,— вся голая, белая, блестящая. Откинув волосы на спину, она держится за иву одной рукой, а другою — плещется в воде и подзывает к себе одинокого рыбака, маня его к себе своими дьявольскими прелестями. То ли она плачет, то ли песни поет — не разберешь...

В чаще леса неподалеку от Котласа — верстах в восьми — тянутся большие прогалины, покрытые редким ельником, кустами вереса и можжевельника, и почти сплошь поросшие белоусом,— поэтому прогалины и известны под именем "белоусовых прогалин", знаменитых тем, что на них растет великое множество рыжиков, волнушек, маслух в сухарей, — одним словом, растет в изобилии тот род грибов, что называется "губиной". Каждый год в конце лета и осени, в дождливую ненастную погоду, когда полевые работы дают передышку, целые ватаги девок и баб отправляются за губиной на "белоусовы прогалины". В иной год, когда рыжиков уродится много, прихватывается даже лошадь с одноколкой, чтобы вывезти на ней из леса грибы.

4

Лето 1880 года было сухое и жаркое, на грибы был "неурод".

Бабы, ходившие на "белоусовы прогалины", на этот раз набрали немного рыжиков, но зато одна из их ватаги случайно сделала в лесу удивительное открытие. Бабы были уже на обратном пути и спешили выбраться из леса до наступления ночи. По их приметам оказывалось, что Котлас от них был недалеко, недалеко было и Чудиново Городище. Вдруг в лесной чаще они наткнулись на высокую груду бурелома и стали обходить ее. Место было трущобистое, мрачное: со всех сторон обступали его темные, вековые сосны и ели, а понизу, меж их стволами, шла густая, непролазная поросль. Такие места любят выбирать медведи для своих берлог. Бабы с трудом пробирались сквозь чащу и с опаской посматривали на вывороченное вверх корнями пеньё. Сучья довольно чувствительно царапали им плечи и хлестали по бокам, но бабы не ругались не смея призывать вслух имя того, кто иной раз пошаливает в лесу. Только и слышались недоконченные речи: "Ах ты"... "А чтоб те!" ... и т. п.

Вдруг посреди навороченного пенья им показался как бы небольшой проход, в виде лазейки. "Не медвежья ли берлога?" — мелькнуло прежде всего у путниц в голове. А было похоже на то... Одна баба — посмелее — прямо подошла к зиявшему отверстию. Лазейка вела в подземелье.

— Бабы! А, бабы? Гляньте–кось сюда! Что здеся–то деется! — вполголоса молвила баба своим товаркам.

Те подошли и при неясном свете сумерек, царствовавших под сводом леса, увидали перед входом в пещеру выжженную землю и на ней кучу пепла и разбросанные уголья.

— Это что ж, бабоньки! Уж не беглый ли тут?

Прислушались, слушали чутко, затаив дыхание, но, кроме смутного шороха, расходившегося вокруг по лесным чащам, бабы ничего не слыхали.

— Загляну? — молвила смелая бабенка, не смогши сдержать своего любопытства, и, сгорбившись, чуть не ползком, пробралась в пещеру.

За нею полезла другая и третья...

Оставшиеся у входа стали разглядывать местность и скоро усмотрели, что на выжженном месте, под нависшими сучьями ели, стояли в козлах три связанные вместе колышка, почерневшие от дыма; к этим кольям был подвешен на железном пруте небольшой чугунный котелок — вроде тех, какие употребляются рабочими, уходящими из дома на дальние сенокосы. Ясное дело, что тут кто-то жил и варил себе варево в этом котелке, и варил уже много раз, о чем можно было заключить по грудам золы и угольев...

Той порой бабы разглядывали пещеру. Здесь прежде всего они увидели один толстый и довольно высокий сосновый обрубок, другой — поменьше и пониже. На высоком обрубке, как бы заменявшем собою стол, лежала какая-то старинная книга в черном кожаном переплете, тут же стоял с водой берестяный чуман[7], а рядом с этим чумашком был оставлен кем-то кусок черствого хлеба. В стороне валялась куча хвороста, покрытого засохшей лесной травой. Груда хвороста, очевидно, служила постелью обитателю этого подземелья. На хворосте нашли еще какую-то грязную затасканную тряпицу. Под сводом пещеры висели на веревочках пучки сушеных трав. Бабы все перетрогали, все перенюхали, но ни чуман, ни книга, ни кусок хлеба, ни рваная тряпица, ни сушеные травы ничего не открыли им, не поведали тайны этого подземного лесного жилья... Хлеб, по-видимому, мог быть испечен с неделю тому назад или даже более: он был почти уже совсем сухой. А вода? Когда она почерпнута из ручья? Бог весть... Во всяком случае можно было думать, что здесь не очень давно кто-то был, что здесь, может быть, даже и теперь еще кто-нибудь живет. Эта пещера под наваленным буреломом была невелика, но жильем могла служить: шага четыре в длину да около трех шагов в ширину, и при этом человек среднего роста не мог бы встать в ней, выпрямившись, без того, чтобы не задеть головой до ее земляного свода.

Бабы с недоумением и тревогой посматривали по сторонам. Им уже захотелось поскорее уйти отсюда. В эту минуту где-то поблизости в лесу птица громко захлопала крыльями, бабы в страхе выползли из пещеры одна за другой и опрометью бросились прочь, продираясь сквозь кусты и валежник.

Дома они, конечно, рассказали о своем необычайном открытии со всеми подробностями и даже не без прикрас. И эта случайно открытая пещера еще долго в деревнях по вечерам служила предметом для разговоров, предположений и догадок.

Всех занимал вопрос, кто живет в подземелье? Беглый, пробирающийся из Сибири на родимую сторону, поспал бы в

---

[7] Род ковшика без ручки. (Прим. авт.)

таком лесном приюте, отдохнул бы, сколько ему угодно, и пустился далее. Но по всему видно, в пещеру кто–то зашел не на перепутье, а прямо поселился в ней. Кто бы это мог быть! Одни думали, что в ней скрывается беглый солдатик, — может быть, даже родом из наших мест. Другие полагали, что в пещере поселился какой–нибудь старец... для чего бы старинной книге быть у беглого солдата? Может быть, какой–нибудь раскольник убег спасаться в наши дремучие леса. В старину, говорят, в наших лесных трущобах бывало немало всяких старцев. Знающие люди и теперь еще указывают на те места, где они жили... Было у нас много разговоров насчет этой пещеры, но никакого толку из этих разговоров не вышло. Тайна лесной пещеры нимало не разъяснялась. Особенно было досадно многим то, что бабы с перепугу не заприметили местонахождения пещеры и не могли толком указать, в какой части леса они нашли ее.

— Ой, дуры, дуры! — ворчали мужики.— Бегут — и сами не знают куда и почто...

— Да, толкуй! — оправдывались бабы.— Как крыльями–то замахало, да зашумело, так просто рученьки–ноженьки затряслись... Таково боязно стало!

— То–то, "боязно"! — передразнивали их мужики.— Тетерька, поди, из куста поднялась, а вы уж... Э–эх!

5

По осени как–то один парень, ходивший на охоту за рябчиками, опять видел в лесу нечто странное, а именно: какого–то высокого, диковинного седого старика. К парню приступили с расспросами: отчего он не подошел к старику и не узнал, почто он бродит тут по лесу. Парень смутился. Надо правду сказать, этот паренек был не очень умен.

— Да так мне что–то не по мысли было! — объяснил он.— В руках у него, вижу, ничего нету, ни кузова, ни ружья... А сам высокий этакий, весь белый да худой... ровно как будто и на человека–то не похож!.. Я думал, что он хочет заманить меня да завести куда ни на есть...

На Косичеве еще многие верят и о сю пору, что он принимает всякие образы для того, чтобы напакостить людям и смущать их. Вспомнились разные случаи... Например, рассказывали, как он однажды, в виде красивой молодухи, завел пьяненького молодца в такую непроходимую чащу, что тот три дня и три ночи кружил все на одном месте — до тех пор, пока не упал замертво. Тут уж случайно нашли его совсем без чувств мимо проходившие охотники и доставили домой чуть живого.

— Целый месяц провалялся бедняга! — заканчивали рассказчики. — Всякую околесную нес... Какую-то красотку поминал да за голову хватался; говорил, что его нечистый кружит...

После того еще двое или трое мужиков видали в лесу какого-то старика, но видали издали. Один из мужиков пошел было к нему, но тот скрылся... Наш лес — что море; юркни в кусты — и поминай как звали! Никакая погоня не догонит, никакой урядник не разыщет... Вот, лет десять тому назад, какие-то два ссыльные в прятки играли в нашем лесу, в Архангельск пробирались, сказывают. Полковник с солдатами приезжал за ними, да что... все пустое! Походили, понюхали нашего лесного воздуха, полазили по пням, по колодам, да и поехали обратно ни с чем.

Так вот и пошла по деревням молва про то, что в лесу, неподалеку от левого берега Котласа, в непролазной чаще, не то в пещере, не то в берлоге медвежьей, поселился какой-то неведомый старец. И опять-таки никто не знал: кто он, откуда и почто забрался в наш лес... Таинственный жилец пещеры, под влиянием живой народной фантазии, начал было уже принимать разные затейливые образы и окрашиваться в сказочный свет. Но тут последовало открытие... И вот уж, поистине сказать, удивилось и загалдело Косичево, когда неизвестно откуда — пошел слух, что старик, скрывающийся в лесу близ Котласа, не кто иной, как наш, два года тому назад пропавший без вести и почти уже забытый односельцами, Андрей Прохоров...

6

Скоро весь околоток узнал, кто жил отшельником в нашем лесу. Сначала, разумеется, косичевцы проведали дорогу к его пещере, а потом мало-помалу стал собираться к нему народ и из других мест. И прежде у нас почитали его, как человека

29

доброго и мудрого, как заступника за всех обиженных, за всех "мирских сирот", а теперь, когда он ушел от людей и уединился в лес, бросив привольное житье, которым мог пользоваться по старости лет, он еще более вырос в глазах деревни,— и нет ничего мудреного, что воображение этих людей, знавших и не знавших его, придало почтенному старцу облик святости.

Видом своим Андрей Прохоров напоминал настоящих отшельников, что некогда уходили в пустыню спасаться от мирских соблазнов и обрекали свою грешную плоть на всевозможные нужды и лишения. Ему было уже под 70 лет; он был высок, широкоплеч, худощав, но еще довольно крепок и при ходьбе лишь слегка горбился. Особенно характерно выглядело его лицо: большой, открытый лоб, изрытый морщинами, круглая лысина на голове, окаймленная седыми вьющимися волосами, седая борода чуть не по пояс, большие голубые глаза, хотя потускневшие от лет, но все еще сохранившие выражение кротости и доброты,— все это, вместе взятое, делало Андрея Прохорова чрезвычайно похожим на ветхозаветных патриархов, на пророков или апостолов, как их изображают художники на картинах. Под его сермягой, опоясанной веревкой, как–то невольно думалось найти железные вериги... При взгляде на него, всякий чувствовал к нему полное доверие. Никто, кажется, не поколебался бы ни на минуту — отдать ему на сохранение самую дорогую вещь или сообщить свою заветную и опасную тайну. В глазах его сказывалась младенчески—чистая, любящая душа, сказывалась бесконечная, всепрощающая доброта, — и все лицо его дышало кротостью и спокойствием, каким бывает проникнут тихо, мирно угасающий ясный летний вечер.

— Мой огонек догорает! — говаривал старик, улыбаясь.

И в словах его не слышалось ни горечи, ни тайной душевной тревоги, но звучала лишь тихая грусть — именно та грусть, что сказывается и чувствуется в погасающих красках вечернего заката... Часто, когда он задумывался, глаза его принимали то молящее, то невыразимо жалостливое выражение,— точно в те минуты проходили перед ним картины каких–то бедствий и горестей людских. Подметившему эти взгляды как–то невольно становилось жутко...

— Ровно он тоскует о чем–то ...— говорили про него.

В числе первых посетителей явился к Прохорову старший сын его Василий и звал его домой.

— Почто я пойду к тебе! — ласково, но решительно говорил он сыну.— Мне здесь хорошо, спокойно, тихо здесь... Не уговаривай ты меня, дитятко, понапрасну! Ступай с богом... живи хорошенько, а пуще — не обижай никого...

Так Василий и ушел от него ни с чем, а хозяйка его с тех пор, от времени до времени, стала носить старику еду. Но теперь Прохоров уже ни в чем не нуждался. Каждый нес ему все, что мог... Но чем он прежде питался в лесу? Побирался ли он по дальним деревням Христовым именем, или кто-нибудь из доброхотов, знавших и скрывавших его местожительство, приносил ему еду,— осталось неизвестно и до сего дня. Только один человек, кажется, мог бы, если бы захотел, сказать это — Иван-мельник, но он упорно молчал...

Много народу ходило к Андрею Прохорову. Один шел к нему за советом, другой за утешеньем, а иному просто хотелось послушать его ободряющих умных речей. Ходили к нему в лес и мужики совещаться об общественных делах, но баб ходило больше. Старик охотно выслушивал всех и со всеми говорил равно ласково, давал всякие житейские советы, утешал, читал им места из Евангелия, поучал жить по правде, в мире и незлобии. Слушатели с умилением внимали ему, разумели каждое его слово и тяжко вздыхали: слова были хорошие, святая правда в них, но людям казалось трудно исполнить их на деле. Старик часто говорил об "умиренье"... Да кто ж "умирит" людей, кто укротит их мелочную, но лютую злобу, кто вырвет из сердец их жгучую зависть? Старик кончал все одними и теми же словами: "Покайтесь, покайтесь, братцы!"

К его пещере иногда собиралось человек по сту, по двести и более. Молва о нашем старце прошла далеко. Из соседних уездов приходил к нему народ... И без всякого уговора, сами собой устраивались сборища в лесу, под открытым небом. Люди приходили с котомками, с кузовками и рассаживались, — как придется. Сидели на земле, на кочках, на пнях, на мшистых колодах... Иной отдыхал с дороги, полулежа в густой траве и опершись на локоть, иной закусывал, посыпая хлеб крупной солью, иной рылся в своем дорожном мешке и вытаскивал оттуда головку луку или чесноку. Вечером разводили костер — и тогда ярким отблеском красного пламени озарялись мшистые, дуплистые стволы столетних деревьев, темные нависшие сучья сосен и елей и безобразно торчащие там и сям вывороченные пни... Эта картина с ее резкими, яркими тонами,— картина, полная таинственности,— своею дикою, мрачною обстановкой невольно уносила мысль к тем далеким временам, когда бродячая Русь — голь перекатная —

31

скрывалась в лесах, спасаясь от преследований лютых волостителей или пускалась на поиски за "Царствием божиим"[8]... При красноватом свете огня, на фоне темной зелени видны были красные, загорелые лица бородатых людей, видны были темные загорелые руки, словно вылитые из бронзы, мускулистые, жилистые, мозолями покрытые руки; видны были сермяги, рубахи—косоворотки холщовые, пестрые, кумачные; пестрядинные и холщовые штаны; видны были босые ноги, ноги в сапогах, в лаптях, завернутые в онучи. Порой выступали из тени взъерошенные, косматые головы, приближались к костру — и охапки сухого валежника летели в огонь. Треск шел по лесу, пламя вспыхивало ярче и все выше и выше взлетало к темному ночному небу...

А по сторонам, куда не досягал свет костра, тени сгущались и местами ложились черными пятнами. Причудливая игра света и тени отражалась на листве и хвое вокруг стоявших деревьев на их разметавшихся и нависших сучьях... Осенью всего чаще происходили эти сборища. Ночи выдавались темные, когда месяц бывал "на ущербе"... Из-за ветвей виднелись золотые звезды, ярко сверкавшие на синем небе... В сыром, прохладном воздухе пахло сильнее травой и цветами — и особенно багульником. При наступавшей тишине было слышно, как жалобно скрипело надломленное дерево, слышался иногда в чаще дикий крик ночной птицы; порою шелест проносился по лесу, словно чье-то могучее дыхание пролетало над потемневшими вершинами леса, и вершины под его веянием тихо вздрагивали и качались... В среде собравшихся иногда слышались вздохи и восклицания: "О, господи боже!"... "Охти мне, грехи, грехи!"...

Все эти люди приходили к старику в лес "душеньку отвести" — и все они возвращались отсюда утешенные, ободренные и опять плелись по обычной житейской колее с мыслью — снова пойти "ужо когда ни на есть" в сторону Котласа, к дедушке Андрею.

— Пригожее ли дело жить старику в пещере, ровно медведю в берлоге! — толковали бабы.— И темно-то ему, сердечному, и сыро, и холодно... Надо бы ему тамо состроить

---

[8] Поиски земли обетованной были связаны с социально-утопическими легендами о земном рае, где "живет человек в довольстве и справедливости", о стране Беловодье, городе Адест и городе Игната. В этих легендах находили отражение наивные социалистические иллюзии народных масс. См: Чистов К. В. Русские народные социально-утопические легенды. М., 1967, с. 237-313.

истопочку, хошь не ражненькую[9]... Не грех бы порадеть нашим мужикам!

И вскоре, по уговору баб, мужики артелью отправились в лес, живо расчистили в лесу место неподалеку от пещеры и выстроили хатку; конопатчик оконопатил ее, печник склал печь, мастер смастерил для нее стол, лавки, поставец... И через год наш старик был уже на новоселье; на новоселье каждый приходящий приносил ему все, что мог и что было нужно. Но старику немного было надо, и часто приношенья отправлялись обратно домой.

7

Андрей Прохоров уже давно подумывал уйти в лес и пожить там "по душе".

Эти тайные, сокровенные думы свои он поверял, намеками только, старому другу—приятелю, Ивану Мировому, Иван был ему ровесник, его односелец, и содержал на реке мельницу в двух верстах от Косичева. "Мировым" прозвали его за то, что он при всяком удобном и неудобном случае любил мирить враждующих, за что, впрочем, иногда порядком доставалось и самому миротворцу. Дружба у Андрея с мельником пошла издавна, с молодых лет; мельник был крестным отцом — "божатком" — его старшего сына. Мысли у них как–то сходились, и они часто думали и жили заодно. Андрей не раз подговаривал Мирового "уйти" с ним куда ни на есть. Но у Ивана еще была жива старуха хозяйка, и ему не хотелось бросить ее.

— Тебе—то ладно, а я—то, вишь, еще не управился...— отзывался мельник.

— А у меня уж сердечушко все изболело, вот те Христос! — говорил ему Прохоров, рассуждая о своих односельчанах.— Жалости в них нету — вот что!.. Вместо того чтоб помочь слабому да убогому, они — на него же все... В горе да в бедности смирен человек, тих и кроток, что твой агнец божий,— только и глядит: как бы его не обидели. А оперится, поправится с делами малость, он уж сейчас и норовит, как бы ему других поприжать — кто посмирнее да податливее... Недаром говорится: мужик богатый — что черт рогатый...

---

[9] Ражий — хороший, здоровый, видный. (Прим. авт.)

Андрей Прохоров был человек простой, искренний — и искренно болел душой за свой деревенский мир, когда приходилось ведаться с людьми, власть имущими. И он безбоязненно подставлял свою голову под удары, не страшился неприятностей и кляуз и всегда был готов пострадать, потерпеть за мир. Поговорить ли нужно со становым или с исправником — "выходи Андрей Прохоров!". Понадобится ли сходить с прошением от крестьян в город — хоть к самому губернатору — "иди, брат, Прохоров!" — Прохоров идет, говорит, подает прошенье. И приходилось ему бывать в больших перепалках. Начальство, бывало, раскраснеется, кричит на него до хрипоты: "Ах ты — такой—сякой!"... "Да я тебя!"... "Да ты у меня!"... и т. д. А Прохоров в своей сермяге, накинутой на плечи, стоит, слегка наклонив голову, как наклоняют ее против ветра, стоит твердо, самоуверенно, лицо спокойно, ни один мускул не дрогнет; стоит как железная статуя, молчит... А спросит его начальство — Прохоров опять за свое и спокойно, ровно, не торопясь излагает дело. На этого человека, очевидно, можно было кричать и шуметь, сколько угодно, но нельзя было запугать его. Он походил на крепкое дерево с живой, здоровой сердцевиной: такое дерево невозможно ни сломить, ни согнуть, его можно только вырвать с корнем. Прохоров был стоек и упрям, и бури, разражавшиеся над его головою, не заставляли, по—видимому, биться сильнее его сердце. Только крепко сжатые губы его говорили о силе его сосредоточенности, о железном упорстве.

— Ну, брат! Ты, кажется, помрешь, а уж от своего не отступишься! — сказал ему однажды сторож той канцелярии, где над нашим "ходоком" разбушевалась сильная буря.

— Ништо мне и надо! — невозмутимо проговорил Андрей Прохоров.

И никогда ни от каких хождений он не отказывался. В таких случаях он всегда чувствовал в себе силу, ибо знал, что за ним стоит "мир", на ту пору выдвинувший его вперед.

Но когда неправда совершалась самим миром, тут уж Прохоров сознавал себя бессильным и совсем несчастным человеком. А такие случаи бывали в деревенской жизни — и даже нередко...

Кулак мошенническим, обманным образом оттягал у крестьянина землю. Андрей Прохоров возмущался до глубины души и обличал кулаческие проделки. В то же время его односельцы отнеслись к обойденному бедняку не только равнодушно, но даже как—то очень странно...

— Так ему, дураку, и надо! Вперед не зевай! Вот что!..— говорили добрые люди.

А Прохоров знал, что мужик, оставшись с семьей без земли, плакал горькими слезами и молил добрых людей "заступиться" за него. Прохоров знал, что и с каждым из его односельчан могла бы стрястись такая же беда и каждый из них заплакал бы так же горько, как тот бедняк—"ротозей"... А то — богатенький крестьянин и бедняк придут судиться. В сущности оказывается, что оба были пьяны, оба неправы, повздорили и подрались. Но богатый выставляет ведро водки, и бедняка приговаривают к двадцати ударам розог, причем, вместо двадцати, иногда всыплют и вдвое более. А противник его стоит тут же и злорадно ухмыляется, слушая, как тот кричит от боли истошным голосом...

Однажды, лет 15 тому назад, бывший в то время старшина взъелся за что—то на одного крестьянина и стал хлопотать о выселении его в Сибирь. Что ни говорил Прохоров — не мог ничего поделать. И мир, поддавшись старшине, выселил в Сибирь ни в чем не повинного человека... Еще — случай. В Косичеве невзлюбили одну солдатку, мужнюю жену, и стали ее гнать всячески. Послушать — так хуже этой бабы не было человека на свете... Когда же умер ее муж, бабе просто житья не стало: то ее обкрадут, то из озорства окна вышибут в ее хате, то под ее хатку соседи начнут подрываться — якобы ради того, что им для чего—то земля понадобилась, то мальчишек на нее науськают и те поднимают свист и гагайканье, лишь только покажется она на улице; о празднике какой—то парень привязался к ней и изорвал на ней платье; ни за что ни про что ворота у нее вымазали дегтем — ну, словом, травили бабенку на всех перекрестках, как хищного зверя. Злобу перенесли даже на ее маленькую собачку, при каждом случае швыряли в нее палками и грозились задавить ее. Баба наконец обозлилась, стала огрызаться — и каша заварилась еще пуще. Бабу стали тягать в правленье, сажали в "холодную". Старшина был против нее заодно с мужиками за то, что баба ответила отказом на его любовные приставания... Прохоров заступался за нее, усовещевал своих односельцев, срамил их за то, что все они огулом нападают на одну беззащитную женщину, но никакого толку не вышло из его заступничества, и баба принуждена была продать свою хату и переселиться в соседний уездный город...

Вот в таких—то случаях тоска нападала на Прохорова; тут уж неправда шла не "со стороны", неправду совершал сам мир против того или другого из своих мирян. Когда мир шел заодно против общего врага, когда он сплачивался воедино на доброе

35

дело, тогда Андрей Прохоров любил его беззаветно, почитал его, как истинную силу, и рад был душу свою положить за него. Когда же мир поедом ел своего же брата мужика, тогда Андрей Прохоров возмущался и болел за него душой... Мир сплачивался ненадолго, а большею частью не было в нем ладу. Прохоров знал, что мир может быть силой, но только не при тех условиях, при каких он жил теперь. Что это за мир такой, когда все в нем роют ямы друг другу! Пострадать и умереть за мир можно—в ожидании лучшего будущего, но жить с этим миром заодно — тяжко... Жить с ним заодно — значит страдать, значит постоянно видеть перед собой, как изо дня в день с тупым равнодушием люди все крепче и крепче затягивают петлю на себе и на других — без думы, без сожаленья... Что это за мир такой, когда любой пришелец со стороны может переломать в отдельности всех мирян, как прутья развязавшегося и рассыпавшегося веника!

Посторонних людей, стоявших вне мира и лишь соприкасавшихся с ним по разным делам, Прохоров также ценил по достоинству. "Это — хищные птицы!" — говорил он. Темный народ, весь поглощенный то работой — борьбой из-за куска хлеба,— то взаимной грызней, представляет собой для хищных птиц легкую добычу. Добыча уменьшается с каждым годом, но птицы говорят себе: "Ладно! С бешеной собаки — хоть шерсти клок!"... и спешат вперебой, торопятся добирать последние крохи. Они как будто боятся, что не сегодня—завтра будет уже поздно, что нельзя уже будет рвать клочья с этой добычи. Противны и ненавистны Прохорову эти жадные птицы, со всех сторон налетающие на деревню, на крестьянский мир, но он не боится их. Его страшит сам мир своими неправдами,— мир, что воспитывает и выращивает в своей среде целые стаи мелких хищников, мир, глухо стонущий от притеснений извне и вечно грызущийся в потемках...

— Уйду! Право, уйду! Пусть лучше глазоньки мои не глядят на них! — с отчаянием говорил не раз Прохоров своему куму—мельнику.

Много дум бродило в голове Прохорова... Если бы знать, думалось ему порой, такое вещее слово, с помощью которого можно было бы просветить людские головы, сделать людей добрее, раскрыть им глаза, чтобы они могли все видеть и соединить все силы на одном деле!.. Если бы он знал такое слово, то, конечно, тот час же сказал бы его, не убоявшись и "тьмы нападающих на него". Он сказал бы это слово, а там, после — будь с ним, что будет,— ему все равно. Днем позже, днем раньше кормить собою червей — расчета не составит... Но

36

ведь мало того, чтобы сказать это слово на селе. Нужно сказать это слово на весь мир. Как тут быть? На весь мир не крикнешь, глотку надорвешь... Самому пойти по всему миру, и вовек его не пройти... Мудреное дело! Андрей Прохоров не видел возможности соединить людей на одном благом деле, чтобы они, забыв свои мелкие ссоры и распри, как добрые кони, дружно потянули воз в одну сторону. Не мог Прохоров сказать такого вещего слова, да не мог, видно, долее и смотреть на людские страдания и неправду, и ушел...

Мельник, конечно, сразу догадался, куда исчез Прохоров, но не счел нужным распространяться об этом. Он даже, может быть, знал и место, куда тот направил свои стопы, но молчал.

То обстоятельство — окончательное устройство домашних дел,— которое, по мнению косичевцев, должно было прикрепить Прохорова к дому, именно и побудило его привести теперь в исполнение давнишнее задушевное желание — пожить "по душе". Теперь, когда он ушел в лес, Прохоров возымел более влияния на народ. Теперь слова его глубже западали в душу... Но недолго пришлось Андрею Прохорову пожить на этот раз в лесу, на покое, в своей новой хатке...

8

Слухи о "старце" дошли до урядника, через урядника — до станового, от станового — до исправника. Исправник был в хороших отношениях с протопопом[10]. Протопоп, услыхав об отшельнике, сказал исправнику:

— Смотрите, Иван Федорович,— это дело неладно! — Как бы вам хлопот не нажить с этим старцем... Ведь это сектантством пахнет. (Протопоп при этом весьма многозначительно приложил палец к носу.) Зачем к нему народ собирается, о чем они толкуют там? Видите, они ему уж и келью там выстроили, и всякие припасы носят ему... А там, глядишь, часовню соорудят — и пойдет, и пойдет... А там всякие смуты да волнения — греха не оберешься с ними... Ныне, Иван Федорович, сами знаете, какие времена... Смотри в оба, да и то не усмотришь...

---

[10] Протопоп —обиходное название протоиерея — старшего православного священника, настоятеля соборной церкви.

— Надо пресечь в корне! — проговорил исправник.

Он еще недавно получил орден и теперь чувствовал в себе необыкновенное рвение...

— И пресеките! — поддакнул ему протопоп, засучивая, по обыкновению, рукава своей светло—зеленой рясы. — Что тут за приношения такие? Ежели пришла охота делать приношения да лишние деньги завелись, так несите их лучше в церковь, причетникам помогайте!..

В одно жаркое июльское утро в Косичево прикатил становой с колокольцом и с бубенчиками, а за ним на другой тройке следовал старшина с урядником. Напившись чаю у старосты, выпив водки и съев полдюжины яиц, становой в сопровождении тех же лиц — да еще вдобавок с несколькими понятыми — покатил в лес. Ему было приказано: "старца", скрывающегося в лесу близ Котласа, водворить на прежнее местожительство, все приношения забрать и передать причту местной приходской церкви, а "келью" уничтожить. Таким образом, оказывалось, что все эти люди — более десятка человек — беспокоились из—за одного ветхого "старца".

Звеня и громыхая, понеслись три тройки за околицу по направлению к лесу. У опушки всем пришлось остановиться, так как дороги в лесу не полагалось. Нужно было идти пешком. Становой ругался, урядник хмурился, придерживая свой тесак, старшина—то лстяк только отпыхивался. Понятые, как люди привычные к жару и к холоду, шли молча, с стоическим терпением... Даже тропинок не было в лесу; приходилось перебираться через пни—колоды, перелезать через поваленные деревья, продираться через высокий, густой кустарник. Несколько раз попадали в болото и вязли чуть не до колена... Удушающий зной стоял под сенью леса; ветерок не подувал ниоткуда; лист на дереве не шевелился. Становой вспотел, измучился и устал до того, что уже не ругался, а только что—то мычал себе под нос.

— Да что же, будет ли конец? — нетерпеливо спросил он следовавшего за ним по пятам урядника.

— Скоро, ваше благородие! Тут и есть...— отвечал тот.

— Да уж ты мне это не раз говорил, а все конца—краю нет! — пробурчал становой с досадой.— Этакий у вас лес—то кромешный, черт знает! Ступить невозможно... Точно тут нарочно пеньё наворочано! Тьфу ты — пропасть!.. (Становой при этом споткнулся и едва не клюнул носом в траву.)

— Тут надо поснорознее...— заметил старшина.

— Кой черт — "поснорознее"... Тут рыло себе расквасишь! — огрызнулся становой.

— И очень просто...— согласился урядник.

Не раз возбуждался вопрос: в том ли направлении они идут, в каком следовало идти, и понятые на этот вопрос как—то нехотя бормотали в ответ:

— Надо быть, так... Бог ё знает! Вишь, ведь дороги—то без столбов!

Становой шепотом высказал уряднику свое подозрение: не стакнулись ли между собой мужики и не с умыслом ли водят их по лесу зря. Урядник сначала молча тряхнул головой и пожал плечами, а потом шепнул становому, что едва ли мужики "осмелятся пуститься на такие шутки". Но оба они — становой и урядник — были не совсем спокойны: несмотря ни на форменную одежду, ни на оружие, они чувствовали себя в лесу совершенно беспомощными...

— Зачем его черт понес в эту трущобу? — допытывался становой, обращаясь к старшине.

— Это вы насчет Прохорова? — отозвался тот.— Да так... беспокойный был человек! Не захотел жить, как все... вот и ушел! Надо думать: просто дурь на себя напустил...

Несколько раз садились отдыхать то на сухой пень, то на какую—нибудь мшистую колоду. Становой закуривал папиросу, чтобы отбиться от комаров и мошек, и усиленно обмахивался фуражкой. Старшина окончательно сомлел от жары и все жаловался, что негде покупаться.

— Так бы, кажись, и разделся догола! — говорил он.

— В чем же дело! — подшучивал урядник.— Разбола—кайся! Ведь баб нету...

— Да что бабы — наплевать!.. мошкары—то здесь много больно! Так те нажгут, что — ой—ой—ой...

Тихо было в лесу; только слышалось немолчное жужжанье насекомых, да кое—где пенье птичек в густых зарослях. Таинственный шорох расходился по чаще, словно вековые деревья переговаривались между собою о том: "что, мол, понадобилось под нашею сенью этим пришельцам? для чего они нарушают торжественное безмолвие наших зеленых сумерек своими пустыми речами?"... Картины леса разнообразились на каждом шагу. Местами дерево, выкорчеванное с корнями бурей, таращилось, как какое-нибудь сказочное чудовище; местами на зеленом фоне мрачно рисовалась обожженная сосна или ель; местами посреди чащи леса являлся овраг, и деревья, росшие на дне его, казались сверху маленькими деревцами...

Наступал вечер, а зной еще не спадал. Глухие раскаты грома доносились издалека. Должно быть, собиралась гроза...

Неба нельзя было видеть, только небольшие клочки его сквозили там и сям из-за зеленого навеса листвы и хвои.

9

Путники порядочно умаялись, когда наконец вышли на прогалину и очутились перед избушкой. Это лесное жилище сильно смахивало на сказочную избушку на курьих ножках.

— Это и есть? — с чувством облегчения спросил становой, указывая рукой на хатку.

— Точно так, ваше благородие! — отозвался урядник и, по приказу станового, прямо направился к двери избушки.

Не успел он дойти до нее, как дверь отворилась и из нее показался Андрей Прохоров, наш косичевский патриарх, в белой холщовой рубахе с расстегнутым воротом, в белых портах, босой, без шапки. Серебристые волосы оттеняли его загорелое лицо, а длинная борода спускалась на грудь.

— Почто пожаловали, други милые? — спросил старик, спокойно и кротко посмотрев на пришедших.

— А вот следовало бы тебя, старого дурака, в Соловецкий монастырь запрятать! — заворчал становой, усаживаясь на валявшееся тут бревно.

Полицейский чиновник был не на шутку раздосадован и утомлен странствованием по лесным трущобам. Давно уж норовил он, по привычке, сорвать на ком-нибудь сердце. Теперь для ругани представлялся самый, так сказать, законный случай, но в эту минуту старшина, наклонившись, шепнул что-то ему на ухо... Становой нахмурился и искоса поглядел на понятых. А те в свою очередь молча, серьезно смотрели на него в упор, как бы ожидая, что будет далее.

— И в Соловецком монастыре люди живут... Только за что же меня, барин, "запрятывать-то"? — спросил Прохоров, делая заметное ударение на последнем слове.

Он стоял, опершись о притолоку двери, и по-прежнему спокойно смотрел на станового. Тот молча переглянулся с урядником и старшиной, как бы негласно советуясь с ними.

— Вот такие-то вольнодумцы все и мутят народ! — проговорил становой, хмуря брови и как бы не обращаясь ни к кому в особенности. (Прежней решительности и воинственности в нем уже не замечалось.)

— Я не смущаю народ...— твердо проговорил Прохоров, не сводя пристального взгляда со станового.

— Молчи, молчи, старик! Чего ты это...— заговорил урядник, являясь на подмогу начальству.

— Почто, Прохоров, из дому-то утёк? — ласковым тоном спросил старшина.

— Здесь лучше! — просто ответил ему старик.

— Мало ли чего! Да разве это порядок? — затараторил старшина.— Что ж это будет, ежели все этак по лесам разбегутся! Кто ж станет подати платить да повинности отбывать?..

— Все по лесам не разбегутся. Вот ты первый в лес не побежишь...— с улыбкой проговорил Андрей Прохоров.— А повинности... Я уж пятьдесят лет отбывал их. Трое сыновей у меня — работники, на ноги поставлены. Мои счеты с вами кончены...

— Да все-таки... нешто это в законе — по лесам-то жить! — возражал старшина.

— Ой, родной!— жалостливо перебил его старик.— Не нам о законе-то говорить, да не нам бы и слушать о нем... Вот что!

— А для чего народ-то к себе собираешь? — опять вмешался урядник.

— Не собираю — народ сам идет ко мне! — отвечал Прохоров.— А добрых людей я от себя не гоню!

— Ну, так вот...— размеренным, отчетливым тоном говорил становой.— Приказано избу твою уничтожить, тебя самого водворить на прежнее местожительство, а приношения, какие у тебя окажутся, передать причетникам. Слышал?.. Доход только у церкви отбиваешь!.. Показывай теперь: какие у тебя приношения!

— Приношенья!.. А вот пожалуйте — возьмите, голубчики! — сказал старик, указывая на сенцы.— Немного у меня приношений... берите, коли надо!

Урядник, по приказанию станового, тотчас же вошел в полутемные сенцы и, погодя немного, заявил, что нашел мешочек сухарей, весом около полупуда, столько же овсяной крупы да пяток яиц. Все эти убогие приношения немедленно вынесли из сенец и, как трофеи, разложили на прогалине.

— И только? — не без удивления спросил становой, выразительно приподняв брови.

— Так точно, ваше благородие! — отозвался урядник.

— Гм! Странно...— проворчал становой, в недоумении переглянувшись со старшиной.

41

— Да! Не велико богатство... позариться не на что! — промолвил тот, усмехнувшись.

Очевидно, власти рассчитывали найти в "келье" чуть не целый клад и ошиблись...

— Ну, ладно! Выноси теперь свое добро — да живее! Копаться нам некогда...— крикнул Прохорову становой, посмотрев на свои карманные часы.

Часовая стрелка уже показывала VII.

Прохоров, не говоря ни слова, вынес из хаты книгу в старинном порыжевшем переплете, надел шапку, сапоги, набросил на плечи армяк, а один из понятых взялся нести его овчинный тулуп.

— Что за книга? Покажи! — обратился становой к Прохорову.

Тот молча подал ему книгу. Оказалось — Евангелие. Становой слегка перелистал его и отдал Прохорову.

— Все вынес? Больше ничего нет? — спросил становой.

— Нет ничего! — сказал старик.

— Теперь запалим келью! — начал старшина.— Поторапливаться надо...

— За что этак, братцы!.. Кому же я помешал—то здесь? — горячо заговорил старик.

— Да и то...— проговорил один из понятых.— Ведь он — не убивец, не вор—грабитель... Что уж его оченно...

— Молчи, молчи ты! — с угрожающим видом крикнул урядник, потряхивая своим тесаком.

Становой, с явным беспокойством, исподтишка осматривался по сторонам. Понятые переговаривались о чем-то между собой и тоже, по—видимому, волновались. Старшина openкрякнулся, встал с бревна и поспешил на выручку.

— Сказано ведь тебе, Прохоров, что в народе смуту производишь... Как это ты, братец, странно говоришь! — с ласковым видом заметил старшина, подходя к Прохорову.

— Это точно, что никакой смуты от него нет...— опять заворчал кто—то из понятых.

— Экий народ—то ... а?.. Дерево! — выразительно промолвил старшина, хлопнув себя по бокам и как бы в величайшем удивлении посмотрев на мужиков.

— Не ваше дело рассуждать! — прикрикнул становой, приосаниваясь, и в свою очередь поднялся с бревна и присоединился к старшине.— Не для того вас сюда взяли... Вы что тут за командиры, а?

— Воля ваша... А старик он смиренный! — говорили понятые.

В продолжение нескольких минут власти вполголоса совещались между собой, после чего становой вдруг выступил вперед.

— Поджигай, ребята! живо! — скомандовал он, обращаясь к понятым и указывая на хату.

Но тут, к сожалению, встретилось непредвиденное препятствие: ни у кого из понятых не оказывалось с собой спичек.

— Ну, что ж? — нетерпеливо крикнул становой.

— Спичек, говорят, нет, ваше благородие! — доложил урядник.

— Что—о—о? Спичек нет! А! — огрызнулся становой.— Нет! У вас есть спички... А это только одно ваше медвежье упрямство!.. Все заодно... У—у, дубье!

Становой был взбешен. Он даже слегка побледнел, чувствуя, что понятые молча нанесли ему оскорбление своим пассивным сопротивлением и в то же время тревожась в глубине души: как бы не увлечься и не озлобить мужиков. С одной стороны, "долг службы" и личное раздражение побуждали его "распорядиться" попросту, по—военному, и тем проучить упрямцев; с другой стороны, в голову лезли неприятные воспоминания о "потерпевших" чиновниках... Дрожащими руками принялся он отмыкать свою дорожную сумку и стал искать спички. Понятые стояли молча, крепко стиснув губы и серьезно посматривая на новую избушку, приговоренную к сожжению. Своею безучастною позой они как будто хотели сказать: делайте, что хотите,— мы вам не помощники! Хоть мы и стоим здесь по службе, но ничего ведать не ведаем!.. Становой решился оставить их в покое.

Он сам чиркнул разом несколько спичек и ткнул их в соломенную крышу избушки. Солома вспыхнула, как порох. Синий дымок взвился и побежал по стрехе. Гарью запахло в воздухе... Прохоров с грустью посмотрел на свою загоревшуюся избушку, построенную для него усердием добрых людей, взглянул еще раз и махнул рукой.

Скоро затрещало пламя, пробираясь по смолистому дереву, и через несколько минут вся хата была уже в огне. Вершины ближайших деревьев зашумели от усиленной тяги воздуха; вместе с густыми клубами дыма дождь искр полетел к небу. В вечернем воздухе, еще недавно таком чистом и ароматном, понесло смрадом и копотью... Тени сгущались в лесу.

Вдруг Прохоров выпрямился — сермяга его спустилась с плеч, он поднял руку... Старик стоял, весь облитый красным отблеском пожарища, и в ту минуту походил на грозного

43

заклинателя. Его седая борода слегка раздувалась от ветра; глаза пристально, настойчиво смотрели в темневшую даль. Он заговорил громко, твердо, словно отчеканивая каждое слово:

— "Горе вам, творящим насилия..." Так сказано в Священном писании, братия...

— Чего ты проповедовать-то выдумал!.. Молчи, молчи, старик! — в один голос напустились на него старшина и урядник.— Полно, полно, Прохоров...

. . . .

Через час уже догорали последние нижние бревна избушки. Старшина с урядником раскатывали и тушили тлевшие головни, заваливая их сырой землей. Оставалось одно догоравшее пожарище, и на нем черной тенью поднималась уцелевшая печь посреди груды угольев и пепла. Когда раскатывали последние бревна, старшина с усмешкой заметил:

— Вот, Прохоров, и дворец твой догорел... Ступай-ка теперь на Косичево, да живи себе с богом!..

Прохоров промолчал всю дорогу вплоть до Косичева...

Итак, совершилось... "Келья" была сожжена.

Сухари, овсяная крупа и пяток печеных яиц в точности были переданы на другое утро церковникам.

Андрей Прохоров был "водворен"... Впрочем, пожил он у нас в Косичеве недолго, недели две-три, а после того опять скрылся — с тех пор его уже нигде не видали, а может быть, и видели, да не говорят... Надо думать, что теперь окончательно "пропал человек", и на прежнее местожительство его уже более никогда "не водворят"...

44

НА БОЛЬШОЙ ДОРОГЕ

Деревня Васютино стоит на большой, почтовой дороге. Эта дорога называется Архангельскою, или "Архангель–ским трактом", потому что по ней можно проехать в Архангельскую губернию. Она и теперь еще–проезжая: в наших сторонах чугунки нет, да и пароходы еще не дымят по нашим лесным рекам,— по ним лишь в половодье вес–ною плывут плоты бревен и дров. Наша "большая дорога", перед приездом в наши дремучие края императора Александра I, была расширена и украшена: по обеим сторонам ее насыпали возвышения и усадили их в два ряда березами, — так что вся дорога на тысячеверстном расстоянии сделалась похожа на бульвар. Дорога то идет прямо как стрела, то поворачивает в сторону и вьется зигзагами, тянется по полям, по лугам, пролегает по лес–ным трущобам и болотинам, перебирается через горы, проходит по городам, по деревням и селам, мимо сельĸских церквей и низеньких старых часовен, мимо глухих починков и лесных одиноких истопок... Ныне, местами, деревьев уже не стало: одни из них погибли от старости, другие пали жертвой свирепых бурь — были сломлены ветром или разбиты молнией; от иных остались одни пни, а местами даже и не знать, где были деревья.

В давние годы много дум возбуждала в моей детской голове эта "большая дорога"... Круглый год много всякоĸго народа проходило и проезжало по ней.

Сгорбившись, брели по ней богомольцы с кошелками на спине; тащились нищие и убогие, божии странички с темными загорелыми лицами и с длинными посохами в исхудалых, костлявых руках; плелись всякие калеки и юродивые. Иногда под руку с провожатым проходил какой–нибудь слепой с полузакрытыми или странно вытара—щенными глазами. И в ту пору как вожатый бесцельно, рассеянно, со скучающей миной посматривал по сторонам, слепец своими бесцветными, тусклыми очами, казалось, напряженно заглядывал в туманную даль, куда медленно, шаг за шагом и подвигался со своим товарищем. То проходил безрукий, жалобно выкрикивая по деревням и под окнами постоялых дворов: "Подайте, Христа ради, православные, безрукому—немощному!.." Однажды проходил немой, мыча страшным, нечеловеческим голосом и выразительно протягивая руку ко всякому встречному. Проползал безногий, усердно работая локтями и коленами, весь обливаясь потом и пресмыкаясь в пыли. И весь этот люд, проходивший мимо меня по "большой дороге", странный и жалкий люд, едва прикрытый грязными, рваными лохмотьями, с босыми, до крови наколотыми ногами, — не однажды заставлял меня в детстве горько плакать. Мне было жаль этих несчастных странников, и я желал бы дать им приют...

Иногда проходили по дороге кучки солдат, возвра—щавшихся по домам; порою проезжали новобранцы, — и в то время, как провожавшие их бабы хныкали и утирали покрасневшие от слез глаза, молодые рекруты, буйно заломив шапки набекрень, с напускным весельем горланили песни — громко и несвязно. Иногда проходили арестанты — худые, бритые, уныло позвякивая цепями, а за ними штыки ярко поблескивали на ружьях конвойных, шедших мерною поступью. "Несчастненьким" на Васютине всякий подавал что мог.

Нередко тянулись по дороге длинные обозы, поскрипывая колесами, — и тогда в воздухе сильно припахивало дегтем. Иногда проходил цыганский табор, пробираясь на кочевья... На больших телегах везли сложенные белые палатки, короба с каким—то тряпьем, и из них выглядывали темноволосые, курчавые головы ребятишек; по сторонам шли или ехали верхом цыгане; шли смуглолицые женщины с красными рваными шалями на смуглых плечах, — сухие черные волосы прядями выбивались из—под небрежно повязанных платков, и острые, проницательные глаза светились ярко, как угольки, из—под черных нависших бровей и зорко взглядывали по сторонам. За телегаќми следом шли поджарые собаки, уныло поджав хвост и низко понурив голову. Об этих кочевниках у нас шла дурная слава. Говорили, что цыгане мошенничают, обменивая хороших лошадей на своих жалких кляч: для этого они будто бы предварительно подбодряют их нещадными ударами кнута, — так что самое смиренное животное, разбитое на все четыре ноги, вдруг делается зверь зверем, и ловкий цыган выделывает на нем перед покупателем такие отчаянные курбеты, что все только ахают от удивления. Про цыганок говорили, что они, под предлогом ворожбы и гаданий, втираются в дома к добрым людям и крадут кур, яйца, холст, одежду и вообще всякий домашний скарб, плохо лежащий. Даже о цыганских собаках рассказывали, что они приучены давить овец и телят...

Каждую неделю два раза, взад и вперед по дороге,

проносилась "почта" на тройке добрых коней, поднимая за собой облака серой пыли; колокольчик звенел, заливался под дугой, бубенчики громко звякали и шуршали на шее пристяжных; ямщик с блестящей бляхой на шапке лихо покрикивал и крутил арапником, а на телеге, на тюках, покрытых кожей и перевязанных веревками, сидел, примостившись боком, почтальон — усталый, измученный, полусонный, — и при каждом толчке его форменная фуражка, казалось, готова была слететь с его головы, качавшейся из стороны в сторону, а старый, заржавленный пистолет чуть не выскакивал у него из-за пояса... Иногда проезжали бары, чиновники, купцы. В год или в два года раз в карете шестерней, цугом, провозили губернатора и архиерея. При этом ямщикам бывало немало хлопот: крестьянские лошади, не привыкшие к такой парадной езде, поминутно сбивались, путались в постромках; ямщик кричал и трещал своим длинным арапником, а паренек, скакавший форейтором, чуть не ревел ревмя... В прежние годы придорожным бульваром иногда проводили медведя, и Мишка тяжело переваливался, идя на цепи за своим повожатаем. Как-то уже давно, лет тридцать тому назад, по "большой дороге" однажды провели даже одногорбого верблюда, и это животное, — невиданное и неслыханное в нашей стороне, — произвело у нас на Васютине страшный переполох и повергло в ужас одну выжившую из ума старуху, принявшую его, кажется, за апокалипсического зверя. Толпа народа шла вплоть до постоялого двора, где верблюд останавливался на ночевку...

На протяжении версты от деревни дорога извивалась широкой пыльной лентой, осененной по сторонам зеленью кудрявых берез, затем круто поворачивала на запад, а там, еще далее, пролегала через кустарник и наконец уходила в лес.

В детстве для меня в "большой дороге" заключалась особенная прелесть, полная таинственности и очарований. Туманная даль, в которой пропадала дорога, какою-то невидимою силой привлекала меня, неотступно манила, звала к себе... Летним вечером, бывало, я любил сиживать при дороге, прислонившись спиной к белоствольной березоньке, и смотреть на эту пыльную дорогу, по которой проезжало и проходило куда-то столько народа. И карета, тихо покачивавшаяся на своих рессорах, и лихая почтовая тройка, и арестанты в серых халатах, и странники, и убогие — все направлялись по этой дороге и скрывались в синевато-серой дали. Куда, зачем шли и ехали все эти люди? Куда они спешили? Кто их ожидал там? И я невольно засматривался в ту сторону, куда уходила дорога и где солнце по вечерам западало за лесистый край земли, надолго оставляя после себя на небе яркий отсвет. И подолгу задумчиво смотрел я в эту сияющую даль, и смутные думы, смутные образы проносились в моей детской голове... Мне хотелось самому пойти по этой дороге, усаженной березами, пойти далеко—далеко вместе со всем людом, проходившим по ней. Мне хотелось дойти до конца ее и посмотреть, что там есть? Какие люди там живут и как живут?..

Дорога ведь уходила туда, куда заходило и солнце; дорога скрывалась в золотисто—розовой дали... И мне невольно думалось, что там, куда она уходит, должно быть очень хорошо, светло и радостно. Когда у нас на Васютине уже почти наступала ночь, там все еще горела заря, и долго—долго светилась она там после того, как над нашими полями и болотами спускались полупрозрачные, синеватые тени летней ночи. Когда яркая полоса на западе потухала, вместо нее над темным лесом еще долго мерцал нежный, розовый свет. Зубчатые вершины еловых лесов, подернутых синеватою тенью, резко обрисовывались на ясном небе. В вышине проступали звезды, тихо мерцавшие бледным, серебристым светом. От свесившихся надо мной зеленых ветвей веяло вечернею прохладой... Болото, лежавшее прямо против меня по ту сторону дороги, поросшее ивой, низким вереском и можжевелом, утопало в ночном сумраке, а на более низких местах и вдоль речки, извивавшейся по болоту между кустами ив и ольхи, полосами стлался белесоватый туман.

Давно уже прогнали домой деревенское стадо; треск бича уже замолк... А я все еще сидел под березой и, не то засыпая, не то бодрствуя, смотрел на пыльную дорогу, серою лентой извивавшуюся передо мной и пропадавшую в сумраке наступившей летней ночи. Как будто сквозь сон, слышал я доносившийся издали глухой лай деревенских собак, видел тройку "обратных" почтовых лошадей, шагом возвращавшихся домой, видел ямщика, развалившегося в телеге на охапке зеленого сена и напевавшего песенку. Я слышал ленивое позвякивание колокольчика, шуршанье бубенчиков, — и до меня доносились все одни и те же унылые слова:

Сторона ль моя, сторонушка,
Сторона ль моя родимая...

II

Середи Васютина есть небольшая площадка, а на ней стоит небольшая часовня. Крест и купол часовни покрыты белою, блестящею жестью, а кровля ее, стены и деревянная решетка вокруг—ярко расписаны зеленою, синею и красною краской. У дверей сбоку прибита зеленая кружка для сбора пожертвований. Эта ярко расписанная часовенка невольно бросается в глаза и цветистым пятном резко отделяется на сером фоне окружающих ее крестьянских изб. В часовне стоят три потемневшие образа, и перед ними висит большая медная лампада на заржавленной железной цепочке. В часовне постоянно — сумерки. Только два раза в год убогая внутренность ее ярко освещается лампадой и десятками восковых свечей; накануне Ильина дня, девятнадцатого июля, в ней служит всенощную приходский священник, и в самый Ильин день служится молебен. В Ильин день Васютино гуляет... Еще за неделю до праздника начинают сборы, варят пиво, закупают водку, моют и чистят избы. Три дня гуляет Васютино... Многие из ныне живущих васютинцев уже забыли, а иные и вовсе не знают, по какому случаю выстроена их часовня и почему так торжественно "справляют" они Ильин день...

Лет пятьдесят тому назад страшная гроза разразилась над Васютиным в Ильин день. Такой бури не запомнили самые древние старожилы. Среди белого дня стало темно, как ночью: вихрь вырывал деревья с корнем, сносил кровли, разрушал сараи и риги; градом выбило дотла не только хлеб, но даже траву на лугах; вода в реке замутилась и под напорами вихря плескалась далеко на берег. Молнии бороздили небо, и испуганным людям казалось, что небо, все полыхавшее огнем, раскрывалось над ними; какой–то зловещий, багровый свет обдавал деревню, поля, луга и леса кругом нее. Несколько человек было убито молнией, многие были оглушены... Люди метались, как угорелые, туда и сюда; то заберутся в избу, спасаясь от града, то из опасенья быть раздавленными в домах бегут на улицу. Думали, наступил конец свету... Вот после этого–то погрома васютинцы и решили выстроить часовню, поставить в ней образ Ильи Пророка и в молитве проводить двадцатое июля. Страшный погром понемногу забывался, и Ильин день мало–помалу превратился в обыкновенный пивной праздник, и едва ли найдутся теперь двое–трое из васютинцев, которые вспомнили бы в этот день об ужасах, пережитых их отцами полвека тому назад.

На площадке перед часовней, в праздничные дни, любит собираться народ; старики садятся на ступени часовни, а ребятишки возятся середи улицы. Площадка служила сборным местом для васютинцев еще более потому, что тут же, наискось против часовни, находились почтовая станция и при ней контора для приема и выдачи писем.

Старый, низенький, посеревший дом очень неказист на вид, и только стоящий у крыльца полосатый верстовой столб, слегка наклонившийся, указывает на то, что это — не простая крестьянская изба, а "почтовая васютинская станция". Такая надпись значится черными буквами на белой вывеске над входом, но зимний снег и осенние дожди смыли наполовину буквы, и теперь их можно скорее угадывать, нежели читать... Зеленовато—желтым мохом опушаются края ветхой станционной крыши. Некоторые стекла в окнах расцвечаются всеми радужными оттенками. Крыльцо осело, опустилось, и колонны, поддерживающие крылечный навес, сильно покосились: не нужно было Голиафа для того, чтобы повалить их и разрушить все станционное крыльцо. От помоста, выложенного некогда перед станционным домом, уцелели лишь воспоминания да несколько полусгнивших жердей. У крыльца же, по другую его сторону, стоит фонарный столб, выкрашенный в зеленую краску, — нововведение позднейшего времени. Тут же рядом со станцией находится большой навес; под ним стоят почтовые тарантасы оглоблями вверх, сани всяких сортов, валяются дуги и кое—какая сбруя, стоят лагунки с дегтем и там и сям разбросаны охапки сена и соломы. По ночам куры спят на тарантасах, вместо нашестей; сюда же порой заходят овцы и телята попользоваться сеном или спасаясь от непогоды. Близ навеса — колодезь и при нем колода для пойла лошадей.

Васютинцы любят по вечерам усаживаться у станционного крыльца на лавочку и гуторить о своих деревенских делах. Здесь же от прибывающих ямщиков узнаются всякие новости и затем разносятся по околотку.

С детства знаком я с этим станционным домиком, — и словно теперь вижу его перед собой. Узкий коридор делил его на две части: дверь направо — ничем не обитая — вела в избу, в помещение смотрителя; другая дверь налево — обитая войлоком и клеенкой — вела собственно на "станцию", в комнаты для проезжающих. От маленькой передней была отгорожена часть под контору, или "конторку", как называли ее ямщики.

Эта каморка глядела сумрачно, потому что ее единственное окно выходило под навес. У окна стоял стол, покрытый черною клеенкой и уставленный письменными принадлежностями самого скромного вида. Линейка, закапанная чернилами, три гусиные пера, перочинный ножик и огрызок карандаша лежали на суконке перед чернильницей и песочницей. На столе всегда в величайшем порядке содержались книги для записи отпускаемых лошадей, а справа, под клеенкой, внимательный наблюдатель мог легко ощупать рукой знаменитую "жалобную книгу". На страницы этой ужасной книги проезжающие обыкновенно изливали свою ярость и негодование на станционные беспорядки... На стене, над письменным столом, висел засиженный мухами "Вечный календарь", а неподалеку от него помещались счеты. Перед столом стоял стул с плетеным сиденьем, довольно порванным и опустившимся. За стулом находился большой темный сундук, окованный железом. На дне этого сундука хранилось казенное станционное имущество: несколько дестей писчей бумаги, станционные книги и тетрадь для всяких записей, пачка штемпельных конвертов различных форматов, стклянки с чернилами, палочки сургуча, печать, кусочки воска, веревки, клубок серых ниток, обрывки холста и т. д. Тут же хранились и письма, еще не взятые из конторы. Все это лежало в порядке, аккуратно разложенное по своим местам. Сундук запирался большим висячим замком... В "конторке" всегда припахивало сургучом, кожаными переплетами книг, серою бумагою; отдавало сыростью...

Для проезжающих предназначались две комнаты: одна — прямо из передней — довольно большая, в два окна, а другая, поменьше, в одно окно и с длинным жестким диваном, обитым черною клеенкой. Обе эти комнаты содержались в чистоте и опрятности. Посередине большой комнаты проходил половик — нечто вроде самодельного ковра. У стены стоял диван, а перед ним круглый стол, накрытый зеленою клеенкой. Над диваном висел портрет царя. В простенке между двух окон помещалось зеркало, — "зеркало с сюрпризом", как называли его проезжающие за то, что лица их в этом зеркале казались крупнее и полнее, чем были в действительности. Под зеркалом стоял другой стол, также накрытый клеенкой, а на нем обыкновенно помещались графин с водой, стакан, и на маленьком подносе лежали щипцы. В другом простенке красовалась старинная гравюра, изображавшая вид Кирилло—

Белозерского монастыря. Задняя стена была увешана почтовыми расписаниями, извлечениями из почтовых правил и различными циркулярами, подписанными "директором почтового департамента". Окна в этой комнате были всегда чисты, а крашеный пол блестел и лоснился.

Проезжающих встречал здесь серый кот с чрезвычайно умной, серьезной и задумчивой физиономией. Он или терся, лаская, у ног проезжающих, самым доверчивым и дружелюбным образом выгибая спину и поднимая хвост, или же сидел, прикорнув на подоконнике и поджав под себя все четыре лапы, и тихо мурлыкал свою бесконечную песенку. Путники, рассерженные чем-нибудь в дороге, в ответ на ласки, жестоко пинали бедного кота, потому что были сильнее его и чувствовали себя вправе поступать жестоко, а если бывали в духе, — кормили серку кусочками белого хлеба и гладили его по мягкой, пушистой спине.

Осенью, когда бывал особенно большой разгон лошадей, проезжающим нередко приходилось подолгу сидеть на станции. Скучая, смотрели они в окна на грязную деревенскую улицу и на проходивших баб и мужиков, месивших ногами жидкую грязь. И ходили они от окна к окну, проклиная дороги, проклиная станцию и смотрителя, не дававшего им лошадей; громко позевывая, читали циркуляры, почтовые объявления и с горя приказывали подавать самовар. Весело и бойко кипящий самовар разгонял немного их хандру, и тусклые лица их мало-помалу прояснялись, а злая, ироническая улыбка смягчалась, — может быть, при воспоминании о другом чайном столе, более привлекательном и более уютном, чем этот круглый станционный стол со своей зеленой клеенкой... Слышно было, как ямщики шумели и бранились, смазывая тарантасы; наконец начинал позванивать колокольчик, — лошадей подавали к крыльцу, и путники, забрав свои пожитки и не взглянув на комнату, давшую им временный приют от непогоды, спешили садиться в тарантас и катили далее. За ними являлись другие, третьи... Станционный домик всех принимал гостеприимно и радушно, несмотря на свою казенную обстановку. А они, проезжие — эти неблагодарные люди, — только бранились и ворчали...

III

Был у нас почтовым смотрителем Иван Петрович Прокофьев, человек смиренный, тихий, воды не замутивший ни разу на своем веку. Его звали у нас на деревне просто "Петровичем" или "чиновником", — ради его форменного сюртука с медными пуговицами. Это был, поистине сказать, несчастный человек. У него было такое злополучное лицо, что из ста человек, посмотревших на него, наверное девяносто с полною уверенностью сказали бы про него, что он — пьяница. У проезжающих даже составилось о васютинском смотрителе такое мнение, что он "пьет без просыпа", что он "вечно пьян как стелька". А между тем в действительности Прокофьев пил очень умеренно, да и то лишь в праздники, в почтенной компании.

Проезжающих вводило в заблуждение его лицо — бледное, как бы испитое, его тусклые, покрасневшие глаза, его красно—сизый нос, напоминавший собой грушу, его волосы какого—то неопределенного, желтовато—рыжего цвета, лезшие ему прямо на лоб и на глаза, его торчащие усы и часто небритый подбородок, покрытый словно щетиной. Вообще все его невзрачное лицо казалось каким—то выцветшим, полинявшим, — и человек, незнакомый с Петровичем, при взгляде на него невольно искал на его лице синяков, царапин, фонарей и тому подобных примет, обыкновенно украшающих собой лица пьяниц. Его старое, поношенное платье производило на зрителя такое же невыгодное впечатление, как и его лицо. Форменный сюртук, вытертый донельзя, позеленевший от старости, побелевший по швам и лишенный двух или трех медных пуговиц, потертые, короткие штаны, не доходившие до пят, и скрипучие, неуклюжие сапоги не выставляли в лучшем свете фигуры Петровича, не придавали ей привлекательности.

Когда же проезжающие являлись ночью и Петрович бывал застигнут врасплох, тогда он являлся в еще более непрезентабельном виде. Непричесанные волосы будоражились на его голове и лезли во все стороны, словно их кто—нибудь только что взъерошил; форменный сюртук был в пыли, в пуху, а заспанные глаза придавали Петровичу еще более вид пьяного, непроспавшегося человека. Когда он являлся к проезжающим, еще пошатываясь со сна, торопливо застегивая дрожащими руками свой "вицмундир" и невольно щуря глаза при переходе из потемков к свету, проезжающие брезгливо отворачивались от него, ворча вполголоса: "Пьян!.." А у Петровича, может статься, более месяца как во рту не бывало и капли вина. Уж правда, что "наружность иногда обманчива бывает"... Более трезвого человека трудно было найти в почтовом ведомстве Российской империи, а между тем никогда еще, кажется, ни один завзятый пьяница смотритель не внушал проезжающим такого отвращения, как наш бедный Петрович. Он был без вины виноват — только тем, что природа сыграла с ним злую шутку, наделив его, трезвого человека, физиономией горького пьяницы.

Он был сын почтальона и сам начал свою карьеру почтальоном, трясясь на почтовой телеге от города до города; из почтальонов он наконец дослужился до смотри—тельства. В описываемую пору ему было около пятидесяти лет, и из них двадцать восемь лет он провел на службе. Уже пятнадцатый год он служил у нас смотрителем и три года тому назад получил первый чин — коллежского регистратора...

Уже будучи смотрителем, он женился на дочери одного сельского священника, имевшего шестнадцать человек детей обоего пола. Петрович в ту пору был по—своему счастлив, но счастье его продолжалось недолго...

Через десять лет тихой и скромной супружеской жизни жена его вдруг заболела страшным душевным недугом, оставив на его попечение трех сыновей и дочь — малютку по второму году. Несчастная женщина, уже будучи больною, два года еще жила в семье. Не мог Петрович расстаться с нею, все тешил себя надеждою, что авось она поправится и они по—прежнему заживут хорошо. Много горя принял от нее Петрович в эти два года... Она была женщина слабого здоровья, очень религиозная, добрая, чувствительная, и теперь в сумасшествии постоянно всем говорила, что она — страшная грешница и муж ее также великий грешник.

— Мы с тобой живем не по правде! — говорила она мужу, строго смотря на него в упор своими безумными очами.— По какому праву мы этак наряжаемся с тобой? Как мы можем наряжать так своих ребят, когда у иных совсем нечем прикрыться?.. Ой, Петрович! Уж доживем мы с тобой до великой беды! Вот попомни мое слово! Погоди!.. Пропадем мы за свое окаянство, как черви придорожные!

Петрович — бедняга — только ежился и ужасно смущался, слушая такие речи. Он не на шутку трусил, когда жена его принималась за свои "страшные слова", и просто не знал куда ему деваться. Но он чувствовал себя еще хуже, ему становилось еще более жутко и "не по себе", когда жена начинала плакать и тосковать. В такие минуты он совершенно терялся и сам готов был плакать. Губы его дрожали, и он начинал усиленно крутить нижнюю пуговицу своего несчастного вицмундира.

— Петрович! — тихо говорила она, грустно смотря на него сквозь слезы. — Голубчик мой... Покаемся! Покаемся, Христа ради... Хоть ради ребятишек... Смотри, ведь и на них горя хватит! Много горя на свете, не изжить его... Успокой ты меня! Покаемся, Петрович! Простимся, — раздадим имущество бедным...

Она говорила тихо, но страстно, с жаром искреннего увлечения.

— Что ты, Катя, господь с тобой! — чуть сам не плача, усовещевал ее Петрович. — Какое же у нас с тобой имущество! И разве сами мы не бедные?

— Нет, Петрович... не бедные! — упорно настаивала она, горько вздыхая и качая головой. — Вон у нас есть и самовар, и стулья, и всякое платье. А у бедных ничего нет... Они живут в холоде, в голоде...

И несчастная страдалица мучилась невыразимо.

— Чужую долю мы заедаем! — постоянно повторяла она шепотом, уныло сидя у окошка и глядя невесть куда — не то на соломенные крыши деревенских изб, не то на облака, низко ходившие над ними.

Бледная как смерть, худая, изнуренная, с белокурыми, распущенными волосами, по целым дням не бравшая ни крошки в рот, сидела она на своем стуле у окна, низко понурив свою нечесаную голову, беспомощно сложив руки на коленях и вся как будто опустившись. А бледные губы ее между тем все что-то шептали... Так изнывала она изо дня в день — целые месяцы и годы, — не присматривая за детьми, не заботясь о муже, вообще не обращая ни на что внимания и вся углубившись в свой призрачный мир — в свои безумные грезы...

Петрович страдал вместе с нею, глядя на ее душевные муки и не зная, как помочь ей, чем облегчить ее страдания. При этом он и боялся за нее, опасаясь каких-нибудь безумных выходок с ее стороны, и старался по возможности не спускать ее с глаз. Но не всегда же он мог уследить за ней. Хотя у почтового смотрителя не бог весть какие дела и обязанности, а все-таки он не сидит сложа руки. К тому же Петрович должен был, по болезни жены, сам вести свое немудрое хозяйство и приглядывать за детьми. Устанет человек за день, измучится, заснет... А жену иногда и ночью сон не брал,— полежит час-другой с открытыми глазами, вскочит и заходит по комнате, как тень, или сядет у окна, понурится, съежится вся и, перекинув ногу на ногу, быстро, усиленно качает ногой как бы в такт мыслям, толпившимся в ее бедной, расстроенной голове.

Тайком от мужа, бывало, зимой, в сильную стужу, убегала она в церковь к обедне, версты за три, и там, ставши в притворе вместе с нищими и убогими, по целым часам простаивала на коленях, припав пылающим лбом к холодным церковным плитам и молясь горячо, от души. В эти минуты она, по-видимому в каком-то исступлении, забывала все окружающее, ничего не видя и не слыша... Крупные слезы катились по ее изможденному лицу, глаза устремлялись вверх, и смутная, неуловимая улыбка, как солнечный луч сквозь туман, мелькала на ее побледневших губах.

Однажды, когда муж не доглядел, больная, совсем раздевшись, вышла на улицу и, с чисто детской наивностью кланяясь на все четыре стороны, громко объявила, что она — по заповеди Христа — навсегда отказывается от всякого имущества, отрекается от мужа, от семьи...

— Простите меня, православные! Грешная я — недостойная... — обливаясь слезами, говорила она людям, случившимся в это время на улице.

Кумушки-соседки насилу утащили ее в дом и насилу кое-как одели ее.

В другой раз какая-то добрая душа подарила детям ситцу на рубахи. Она тайком подобралась к этому ситцу и весь изрезала его ножницами на мелкие куски... Ка-ким-то проезжающим она принялась было читать проповедь о грехах, — и вышел бы скандал, если бы проезжающим не объяснили, что она — женщина больная... Порой находили на нее припадки бешенства; тогда гнала она от себя мужа, детей, рвала и метала; кроткая, смиренная женщина вдруг превращалась в какое-то бешеное, разъяренное чудовище. Но проходили эти тяжелые минуты, больная успокаивалась, забивалась куда-нибудь в уголок и молчала по целым дням. Припадки стали повторяться все чаще и чаще. Больная стала служить предметом насмешек для деревенских зубоскалов. Петрович стал побаиваться за детей: "Как бы сумасшедшая не сделала с ним чего-нибудь!" Нанять же прислугу для присмотра за больною было не на что...

Скрепя сердце Петрович должен был отвести больную в город, в дом для умалишенных. Возвратившись домой в свою пустую избу, он сел на лавку и, свесив голову на руки, горько заплакал... Десять счастливых лет прошли как сон; после них он два года маялся, глядя на больную жену, — и вот теперь

56

остался окончательно один—одинешенек со своими ребятами. Взял он на руки малютку девочку и, посмотрев на детей, промолвил вполголоса:

— Нет у вас мамы... Что теперь буду я с вами делать?..

Мальчики видели, что отец расстроен, плачет, и молча стояли подле него. Через минуту, однако, младший из мальчуганов обратился к нему как ни в чем не бывало...

— Дай мне бумажки — змей сделать! — умильно проговорил он.

Петрович только рукой махнул...

IV

С семьей на плечах Петрович чувствовал себя теперь совсем несчастным человеком. Но он был живуч, не унывал, стал работать за троих. Какая—то старуха бобылка за полтинник в месяц взялась варить ему похлебку и печь хлеб. Петрович был беден. Он получал жалованья двенадцать рублей двадцать пять копсск в месяц да готовую квартиру и дрова. Дрова, впрочем, в нашей лесной стороне не стоили почти ничего, а квартирой ему служила простая крестьянская изба с закоптелыми стенами, с черной русской печью, с полатями, с лавками вокруг стен и с тараканами во всех щелях. При жене у окон висели красные кумачные занавески, а на подоконниках стояли цветы в горшках и в крынках, за неимением горшков. Во время же болезни жены цветы подолгу не поливались; они засохли и погибли, — и только каким—то чудом из них уцелели герань и кустик резеды. Занавески уже давно пошли на рубашки детям... В избе было не всегда опрятно. У Петровича рук не хватало. Он заботился о том, чтобы содержать в чистоте комнаты для проезжающих. "А сам—то уж как—нибудь..."

На двенадцать рублей приходилось жить с семьей — кормиться и одеваться. Днем справляя свои смотрительские обязанности, Петрович урывками, в досужие минуты, сам обшивал ребят, сам бегал на речку стирать белье, а вечером или ночью, как случится, мыл полы у себя в конторе и в комнатах, вытирал окна, сметал пыль с мебели, приводил в порядок свои станционные книги, писал "отношения" по начальству, ответы на различные запросы и. тому подобное. И поздно за полночь, когда ребятишки уже спали спокойным сном — кто на печи, кто на полатях, Петрович за столом у мигающего ночника корпел за работой. То он что-нибудь строчил "по службе", то неумелой рукой дочинивал свой вицмундир или рубаху.

От постоянной устали, от бессонных ночей, от тревог и беспокойства за детей, от горя — побледнел, осунулся Петрович; глаза его покраснели и затускли, и весь он как будто съежился и полинял. Мы, васютинские жители, знали все это, а проезжающие не могли знать и з душе ругали его "канальей" и "пропойцей". Начальство, сделавшее Петровича смотрителем, знало его за трезвого, аккуратного и исполнительного человека. Но начальство не знало, что этот старый, верный служака, не укравший во всю жизнь куска казенного сургуча, был нищий. Начальство не знало, что почтовый смотритель, сняв свой вицмундир, босой, засучив по локоть рукава рубахи и вооружившись грязной мочалкой, мыл на станции пол. Начальство не знало, что смотритель, облачившись в розовую ситцевую рубаху на выпуск и подпоясав ее мужицким поясом, носил на руках свою малютку дочь, а младшего сына водил за руку к речке, протекавшей за Васютиным, и там, как добрая нянюшка, мыл ребят. Начальство, вероятно, ничего подобного не видало на своем веку, ничего не подозревало и не знало, что "чиновники" занимаются прачешным делом, портняжеством, судомой-ничеством и прочим.

Смотрители, как уже сказано, получают очень маленькое жалованье. А между тем в среде их часто встречаются люди семейные. На один хлеб в месяц идет половина жалованья. На остальные деньги нужно купить какой-нибудь приварок, нужно одеться, одеть семью; при этом нужно еще считать всякие непредвиденные расходы, как, например, вроде покупки лекарства и тому подобное. О смотрителях не говорят, не пишут... Это жалкие, заброшенные, богом и людьми забытые люди. Почтовый смотритель беднее, в сущности, всякого бедного мужика: у мужика есть земля и — по закону — никто не может ее отнять у него. А наш смотритель? Лишившись места, куда пойдет он, несчастный чиновник, с двенадцатью рублями жалованья в кармане? Чем станет он кормить семью, если бог наградил его таковою? Он может смело рассчитывать только на три аршина кладбищенской земли...

Тяжело, не радостно положение смотрителей вообще; положение же Петровича было поистине трагическое, ужасное положение. Поставьте, читатель, себя хоть на минуту в его положение!.. Петрович должен был прежде всего исполнять свои обязанности и угождать начальству; затем он должен был ладить с содержателями почтовых лошадей — с зажиточными крестьянами, "гонявшими почту" по контракту; в-третьих, должен был угождать "публике", то есть проезжающим.

Он мог бы не наблюдать за тем, чтобы содержатели в точности исполняли, условия, заключенные с казною, и за это мог бы надеяться получать от них небольшие подачки, попросту сказать, мог бы брать взятки. Но зато в таком случае он не мог бы угодить проезжающим, должен был бы притеснять их, отказывать в лошадях, божиться, что лошадей нет, в то время как лошади стоят на дворе, или должен был бы отпускать проезжающих на каких-нибудь хромых, увечных клячах, которые, не добежав до следующей станции, ложились бы среди дороги, предоставляя ямщикам бить себя, а путникам — добираться до станции путем пешего хождения. Но Петрович знал, что начальство поставило его для служения "публике", за что и выдавало ему по двенадцати рублей в месяц. Петрович не мог кривить совестью и, несмотря на свою бедноту, не брал взяток с содержателей. Он не смотрел сквозь пальцы на их проделки, постоянно воевал с ними и требовал неуклонного, точного исполнения условий. Содержатели мстили ему как могли — писали по начальству жалобы на него, строчили доносы, словом — кляузничали. Начальство, не брезгавшее приношениями содержателей, хмурилось на Прокофьева, делало ему выговоры, но стереть его с места не могло, потому что он был прав и все доносы его недоброжелателей оказывались вздором.

Но и проезжающим — так же как содержателям — Петрович иногда не мог угодить, несмотря на все свое желание. Иным господам положительно невозможно было растолковать, что лошадей свободных действительно нет; что все лошади — "в разгоне". Напрасно Петрович показывал им книги, указывал на число лошадей, содержащихся на станции, на число лошадей, ушедших "с работой" (то есть с проезжающими) или возвратившихся, но еще отдыхавших определенное число часов. Напрасно распинался Петрович... Самый благодушный путешественник при взгляде на его несчастную физиономию чувствовал уже к нему предубеждение. Люди же раздражительные просто не выносили его. Физиономия Петровича служила для них тем красным лоскутом, которым в Испании во время боя быков приводят животных в бешенство... Петровича не слушали, и даже если бы он заговорил языком ангелов, то и в таком случае едва ли рассерженные проезжающие обратили бы на него внимание. На него кричали, к нему подступали с кулаками, а он невозмутимо стоял, вытянувшись у притолоки в своем форменном сюртучишке, заложив один палец за пуговицу и покорно принимая на свою склоненную голову все неприятности как нечто должное, неминучее.

Уйдя за перегородку в свою "конторку", он явственно слышал, как иной сердитый путешественник, расхаживая по комнате, изволил шипеть на его счет:

— Пьяницы проклятые... Дармоеды!.. Все заодно с ямщиками... Тьфу!

Много без вины терпел Петрович от проезжающих, и от содержателей, и от мелкого начальства. Зато мужики любили его за простоту и уживчивость.

— Петрович у нас — золото! — говорили про него в деревнях. — Никого никогда не притеснит, не обидит... Только его самого не трожь!

Наш Петрович не гордился своим чиновничеством, охотно водил знакомство с крестьянами, и когда ему, бывало, грозила беда неминучая — чуть не голодная смерть, крестьяне являлись на выручку. И Петрович, совершенно растроганный, никогда не отказывался от их скромных даяний. Он даже как будто с каким—то благоговением брал от них мерку ржи или овса, десяток яиц, конец холстины или моток суровых ниток. Петрович очень хорошо знал, что все эти приношения доставались крестьянам дорогой ценой, и он ценил их не по рыночной цене, а так же, как была оценена в евангельской притче лепта вдовицы. Это были не взятки, а добровольные даяния...

— Да я скотина, что ли? разве же я не чувствую!.. Нет! Вот они у меня где... — с жаром говорил он, стуча себя в грудь кулаком.

Он писал крестьянам письма, читал им случайно попадавшиеся в руки разрозненные нумера газет, пояснял прочитанное, толковал с ними о деревенских делах, и васютинцы охотно заходили к нему на перепутье, несмотря на то что "изба его была не красна углами", и часто по вечерам собирались они на ступенях станционного крыльца.

V

Петрович всю жизнь перевертывался из кулька в рогожку. Вся жизнь его походила на "Тришкин кафтан"... То в одном ощущался недостаток, то в другом оказывалась недохватка. Но Петрович был великий человек, несмотря на то что назывался простым почтовым смотрителем; он был велик потому, что не унывал, потому что у него была прекрасная, мужественная душа.

Кроме того, что он сам делал на станции все что мог, Петрович измышлял еще всевозможные источники для пропитания. Ведь за него никто не думал и не предлагал ему пропитания. И вот он ловил рыбу вершами, удил, ставил в лесу силки на птиц, ходил в лес за ягодами, за грибами... Впрочем, собирание грибов служило для него отдыхом и единственным развлечением в жизни. Избавившись от форменного сюртука, облачившись в рубаху, засучив штаны чуть не до колен, а сапоги оставив из экономии дома, отправлялся Петрович в лес; на одной руке у него висела корзина, а другою он опирался на палку.

— За грибами бог понес? — окликнут, бывало, его из окна.

— За грибами! — весело ответит он и — довольный, сияющий — направляется к лесу.

В лесу Петрович совершенно преображался. Глаза его смотрели веселее обыкновенного, губы улыбались, и наивная детская радость светилась на его лице, разгоревшемся от ходьбы и волнения... Я иногда ходил с ним в лес и удивлялся тому чисто детскому восторгу, который испытывал Петрович под зеленою сенью леса. Надо было видеть, с каким живейшим наслаждением осматривался он по сторонам! Увидав, например, в траве красноголового боровика, он радостно подходил к нему, наклонялся и, полюбовавшись, осторожно брал его и опускал в корзинку. Он на эту пору как бы обращался в ребенка и от полноты чувств принимался рассуждать вслух и разговаривать с грибами, как будто те могли понимать его.

— Э–э, голубчик! Ты чего прячешься там от меня? Иди–ка, иди сюда! — говорил Петрович, заметив среди мха под валежником какой–нибудь хороший гриб.

— Тебя, брат, не надо... Оставайся, где стоишь! Такие старики, как ты, не годятся в дело, — замечал он, найдя старый гриб, источенный червями.

Иногда мы присаживались отдыхать на кочку или на древесный пень. Тогда Петрович опускал корзину наземь, снимал фуражку и, опершись на свою палку, вел со мною тихие речи... Иногда, под влиянием тихой грусти, он начинал мурлыкать вполголоса знакомую, старую песенку:

Ямщик лихой — он встал с полночи,
Ему взгрустнулося в тиши,
И он запел про ясны очи,
Про очи девицы—души.

Сдвинув фуражку на затылок, он иногда подолгу задумчиво смотрел на вершины деревьев, обступавших нас со всех сторон, смотрел на голубое небо, сквозившее из—за листвы над его головою. Порой глаза его вдруг затуманивались, словно их заволакивало слезами, и губы его слегка дрожали. И Петрович тяжело вздыхал... Может быть, смотря на ясное голубое небо, он вспоминал голубые глаза своей молодой жены, до ее болезни, — глаза, светившие ему в течение нескольких лет, помогавшие бороться с горем и нуждой, делившие с ним и радости и печали...

Так и жил Петрович терпеливо, смиренно, не ожидая в будущем ничего лучшего. Чего же лучшего может ожидать почтовый смотритель? Крестьянин может ожидать хорошего урожая, купец — барышей, адвокат может ждать увеличения числа преступлений, аптекарь — усиления болезней, городской чиновник — наград и повышений; даже ссыльно—каторжные могут ожидать помилования или по крайней мере смягчения своей жестокой участи, а нашему почтовому смотрителю, "двенадцатирублевому чиновнику", неоткуда и нечего ждать. Он забыт. Даже газеты не поднимают о нем вопроса...

Петрович знал, что и далее — еще, быть может, многие годы — до самой смерти он будет терпеть нужду, выносить брань проезжающих и всякие притеснения, будет вечно работать, голодать и недосыпать, станет строчить отчеты, подводить итоги, писать "отношения" и "объяснения", запечатывать конверты, принимать и отсылать письма, встречать и провожать проезжающих, — знал все это и не унывал. Лучше не будет... Ожидал ли он худшего — неизвестно... Но беда нагрянула на него нежданно—негаданно для всех нас.

Пронеслись слухи, что в нашей стороне ожидали проездом нового губернатора, отправившегося ревизовать вверенный его попечениям край. Петрович, разумеется, привел в отличный порядок обе комнаты для проезжающих, вымыл сени и даже крыльцо. Станционные книги также были тщательно пересмотрены. Лошади стояли наготове; ямщикам было строго наказано: по возможности — воздерживаться от водки. Петрович и свою особу привел в надлежащий порядок: подстриг свои взъерошенные волосы, зачинил кое—как форменный старый сюртук, пришил недостававшие пуговицы, самым добросовестным образом вычистил их тертым кирпичом, а сапоги тщательно смазал деревянным маслом и натер их сажей. По его мнению, в таком виде он должен был показаться губернатору настоящим франтом... Вообще за это время ему было много беспокойства и тревог... Но губернатор не ехал. Прошли слухи, что он отдумал и отложил ревизию. Потом, спустя несколько времени, опять заговорили, что "губернатор едет"...

Однажды в конце августа выдался денек теплый и ясный. Петрович отправился в лес за грибами — "освежиться", как он сам говорил, — и воротился уже вечером с полною корзиной и в полном удовольствии. Поужинав и уложив детей спать, он зажег у крыльца фонарь, замкнул дверь в избу на крючок и сам завалился на боковую. Устав за день, он скоро заснул крепким, мертвым сном...

И приснилось ему, что идет он из леса с грибами, вдыхая в себя с наслаждением полною грудью теплый осенний воздух, пропитанный запахом увядающих цветов и трав. Вдруг, к неописанному ужасу его и смущению, на—встречу ему — губернатор, в полной форме, в ленте, орденах и в каске с развевающимся султаном. Губернатор большими шагами идет по полю, направляясь прямехонько к нему — к Петровичу, — и синеватого сукна шинель его широко распахивается по ветру. Особа — внушительная... Лицо — такое величественное, серьезное. Петрович вытягивается перед ним в струнку, не выпуская, впрочем, из рук ни палки, ни корзины с грибами. Он страшно сконфужен тем, что губернатор застал его в таком виде — в рубахе, босиком, с засученными штанами и с дырявой корзиной в руках. "Что—то будет! — с трепетом мысленно восклицает он, — Погибель моя пришла..." В холод и в жар бросает Петровича. От смущения он не знает, куда ему деваться; руки машинально дергают пояс. Он не смеет взглянуть на губернатора. Ноги как свинцовые, точно к земле приросли... Но губернатор, остановившись, обращается к нему с одобряющими словами:

— Прокофьев! — звучным голосом говорит он. — Ты — хороший служака, ты исправно делаешь свое дело... Я знаю! Не стыдись же своей бедноты! Если ты находишь время ходить в лес за грибами, то это весьма похвально. Одобряю... Я сам люблю ходить за грибами. А за твою честность и неподкупность я тебя...

В ту минуту Петровичу послышался сильный стук, как бы доносившийся откуда-то издалека. Он раскрывает глаза и прислушивается. Стучатся к нему в дверь, стучатся неистово, — на дворе слышны побрякиванья колокольчика, говор и шум.

— Господи помилуй! — в испуге вскричал Петрович. — Вот разоспался-то ...

Он подбежал к двери и спросил:

— Кто тут? Чего надо?

— Иди скорее!.. Губернатор... серчает... — вполголоса ответил ему ямщик из-за двери.

Петрович бросился одеваться, и — как обыкновенно водится второпях — все у него не клеилось: то не может сапога найти, то никак в рукав не попадет, то пуговица заскочит не в ту петлю, в какую бы следовало. Пока он достал огня, оделся на скорую руку в свой "вицмундир" и явился на крыльцо перед светлые губернаторские очи — прошло несколько минут.

Губернатор — высокий, видный мужчина, с военной осанкой — стоял у коляски, пока ямщики суетились около лошадей. При появлении смотрителя, представившегося ему с низкими поклонами, губернатор нахмурился и строго посмотрел на него.

— Пьян? — лаконично спросил он суровым тоном.

— Никак нет, ваше превосходительство, — дрогнувшим голосом промолвил Петрович. — Извините... только заспался...

— И видно, что не пьян! — сердито заметил губернатор. — По лицу видно... Ну, ну, не рассуждать! — прикрикнул он, заметив со стороны Петровича робкое поползновение вставить слово в свое оправдание.

Петрович замолчал и только вздохнул исподтишка. Злополучная физиономия и на этот раз удружила ему, "Лучше бы мне с этаким рылом и на свет не родиться!" — с горечью подумал он.

— Смею просить... — немного погодя заговорил Петрович. — Не угодно ли вашему превосходительству пока пожаловать в комнаты... А мы тут сейчас... живой рукой...

Губернатор даже не ответил бедняге и молча повернулся к нему спиной. А Петрович втайне надеялся, что губернатор, увидав чистенькие, светлые станционные комнаты и заметив порядок, царствующий на станции, смилостивится хоть немного над смотрителем и не зачтет ему в большой грех ни его гнусной рожи, ни того обстоятельства, что смотритель не встретил его как подобает, на крыльце. Но тут Петрович должен был признаться, что начальство во сне гораздо добрее, чем в действительности. Во сне губернатор обласкал его, а наяву губернатор даже не "плюнул" в ответ на его любезное приглашение — пожаловать в комнаты. Чтобы не оставаться без дела и показать свое усердие, Петрович схватил фонарь, стоявший на земле, и принялся светить ямщикам, которые смазывали салом колеса губернаторского экипажа.

Августовская ночь была темна, — для Петровича она казалась еще темнее обыкновенного. Черные, мрачные облака низко нависли над соломенными крышами крестьянских изб. Фонари у коляски сверкали во мраке, как два огненные глаза; фонарь горел у станционного крыльца, другой фонарь был в руках Петровича. Но свет фонарей мерцал слабо и еще пуще, казалось, сгущал мрак, заливавший со всех сторон эту несколько фантастическую сцену. Красноватый огонь фонарей беглым, трепетным светом озарял то колесо, то загорелое, темно—бронзовое лицо ямщика, наклонявшегося над осью; немного в стороне мелькал белый круп лошади, помахивавшей хвостом; ямщики, как тени, сновали в полумраке, вполголоса переговариваясь между собой. Вообще вся картина являлась какою—то призрачною, а Петровичу со сна она просто казалась неприятным кошмаром...

Губернатор, запахнувшись в шинель, стоял неподвижно, прислонившись к крылечным перилам, и серые глаза его сердито смотрели из—под околыша форменной фуражки. Эти сердитые глаза и крепко сжатые губы предвещали кому—то беду... Петрович искоса, с страшной тревогой, поглядывал на губернатора и переживал мучительные, адские минуты. "И вздумалось же ему прислониться к гнилым перилам... Вот напасть! Ну как обломятся! Ну как он свалится!.. О господи, спаси и помилуй!.." И Петрович при этом рассеянно махал фонарем туда и сюда. Губернатор заметил, что он светит не там, где ямщики более нуждались в фонаре, и вдруг, подойдя к Петровичу, с силой дернул его за рукав.

— Да проснись же! Не сюда светишь... Вот куда надо, вот, вот! — говорил он, дергая Петровича за рукав.

Злополучный рукав, еще недавно так старательно зачиненный Петровичем, не выдержал прикосновений здоровой, могучей губернаторской руки и с треском лопнул по шву, — так что едва—едва на ниточке удержался на плече.

— Получше—то сюртука нет? — крикнул губернатор.

— Нету, ваше превосходительство! — отвечал Петрович, усиленно заморгав глазами.

Жгучие слезы подступили ему к горлу. "Все беды сегодня на меня обрушились!" — думал он, придерживая оторванный рукав и продолжая светить ямщикам. Губернатор между тем проворчав что—то о пьянстве, отошел опять в сторону. Уже садясь в коляску и занеся ногу на подножку, он вынул из кармана записную книжку с маленьким карандашом в золотой оправе и спросил, не обращаясь ни к кому в особенности: "Как называется эта станция?"

— Васютино! — отвечало ему разом несколько голосов.

Губернатор что-то черкнул в записной книжке и сел в коляску, не удостоив никого взглядом. Смотритель глубоко вздохнул, смотря вслед отъезжавшей коляске...

"Столько труда, беспокойств, столько приготовлений — и к чему все это... Все равно — "не угодил"..."

— Проштрафился, Иван Петрович! Экое дело, подумаешь...— соболезнующим тоном говорили ямщики.

Петрович и сам чувствовал, что он "проштрафился", — и тяжело было у него на душе. Зловещие предчувствия осаждали его. "Быть беде!" — говорил он про себя, ложась снова спать, но сон уже не шел. Петрович напрасно проворочался остаток ночи на своем жестком, одиноком ложе.

VI

Предчувствия сбылись...

Недели через две после проезда губернатора получена была из города роковая "бумага": смотритель Васютинской станции, коллежский регистратор Иван Петрович Прокофьев переводился в почтальоны на один из самых захолустных трактов...

Было дождливое сентябрьское утро, когда Петрович отправлялся из Васютина на место своего нового служения. По обыкновению, он был не пьян, но более обыкновенного походил на пьяного. Глаза его были красны — то ли от слез, то ли от ветра. Все утро он бегал туда и сюда.

— Вот, брат! — говорил он одному старику, пришедшему провожать его. — Опять дослужился до почтальонского звания, опять будем трястись на тележке! С чего начал, на том, видно, и помереть...

Бледная, грустная улыбка мелькала на его губах.

— Да! Вот она — ваша служба-то! — отозвался старик, качнув головой.

Мелкий осенний дождь моросил с заоболочавшего неба, холодный ветер проносился по улице. Желтый лист, сорвавшись с деревьев, кружился в воздухе и падал на мокрую землю. Пестрая часовня на площадке глядела невесело в это ненастное утро. Точно теперь я смотрю на Петровича... Иззябший, с красным лицом, в форменном сюртуке и в каком-то жалком пальтишке, бегал он и суетился около телеги, в которую укладывал весь свой убогий скарб и усаживал ребят. Наконец, попрощавшись со всеми, он уселся в телегу — и лошадь тронулась шагом.

Скоро телега скрылась за белесоватой сеткой дождя, словно потонула в серой мгле, заливавшей "большую дорогу".

С тех пор мы уже не видали Петровича. Но мы нередко вспоминаем о нашем старом смотрителе, бегавшем босиком в лес за грибами и не брезгавшем беседовать с мужиками "по душе"...

— Жаль, жаль Петровича! — говорят васютинцы, — Хороший человек был... простой!

1884 г.

ОТ СОХИ К РУЖЬЮ

О край леса—леса темного
Пролегала след—дороженька,
Та дороженька поубитая,
Горючей слезой политая...

(Из народной песни)

1

Время — июль 1877 года. Место действия — глухой деревенский уголок в одной из наших северо—восточных провинций.

Ни одного облачка не видать на синем небе, и высоко стоит в нем горячее полуденное солнце. Теплый ветерок чуть подувает, и под его дуновением едва колышется колос желтеющей ржи, едва подергиваются легкою зыбью голубые воды речки. Зеленые луга расстилаются по отлогому берегу, далее раскидываются поля. Речка обмелела; берега ее теперь окаймляются песчаною, каменистою полосой. Берег, противоположный лугам и полям, крут и обрывист; на нем располагается большая деревня — Обросимово.

Страда — в самом разгаре. Деревня опустела, словно вымерла. Только две старухи оставались на виду: одна сидела под оконцем, на завалинке, на самом припеке, и разогревала на солнышке свое зябкое, худенькое тело; другая, кряхтя и охая, расстилала по траве холст. Черный Жучко лежал в тени у колодца, под рябиной... Все Обросимово разбрелось по луговой стороне: одни лен дергали, другие жали, третьи еще сено дометывали; некоторые косили, а иные — поторопливее — уже принимались за озимовую пашню. Дело в том, что зимой снега были глубокие, вода весной была велика и не спадала долго, и весна выдалась холодная. С половины июня пошли жары, и лишь с того времени стала подниматься травка... Оттого и вышло, что сенокос еще не кончили, а рожь уже поспела и пришло время посева. Трудно было в этот год деревенскому люду справляться зараз с тремя работами.

Зато и не зевали — жали иной раз до полуночи и

возвращались домой, когда месяц уже скрывался за лесом. Теперь на лугу сверкали косы, на полях серпы блестели. Пестрели разноцветные платки; видны были с подоткнутыми подолами сарафаны — синие, желтые, розовые; попадались и дырявые холщовые рубахи. Ребята ставили суслоны, шевелили сено и, играючи, чуть не с головой зарывались в ароматной траве.

Яков Бахрушин докосил свой участок; Марфуша перешевелила сено и сгребла его в валы... Наступал тихий, благодатный вечер. В олешняке над рекой громко чирикала малиновка; заунывная песенка доносилась откуда–то издалека.

— Вон, люди паужинать собираются... Пора и нам! — сказал Яков, кладя на плечо косу и прихватывая другою рукой пустой бурак из–под воды.

— Пора и то! — промолвила Марфуша, отходя к соседней копне.

Там, зарытый в сено и обмотанный в тряпье, спал ее сынишка. Во сне малютка ухватил правой ручонкой горсть сухой розовой макушки, а другую подложил под свою разгоревшуюся щечку и спал тем блаженным, беззаботно–спокойным сном, каким, читатель, нам уже не спать. Марфуша бережно взяла его на руки и, прихватив на плечо грабли, пошла за мужем. Малютка не пробудился, только потянулся на другой бок и еще крепче прижался головой к материнской груди... Марфуша заботливо поглядывала на своего спящего Пашутку. И как ей было не поглядывать на него! Ведь это — ее единственный сынок, ее первенец, ее радость. К тому же и бабушка, и сестра, и все говорят, что Пашутка походит на отца... А Якова она крепко любит. Мужик хороший, добрый, непьющий, ни разу пальцем ее не тронул...

И Якову было за что любить свою молодуху: баба — работящая, не пустомеля, не слезомоя, женщина здоровая и красивая. Лицо у нее продолговатое, с прямым, тонким носом и с пухлыми, алыми губами. Ее голубые глаза весело и открыто смотрят на белый свет. А над ними, словно кисточкой, проведены темные брови. Густой румянец играет на ее загорелых щеках. На голове теперь повязан ситцевый платочек, десять раз стиранный и уже кажущийся беловатым; пряди русых волос выбиваются из–под него. Ее холщовая рубаха кругом ворота незатейливо обшита кумачом. Свободно, легко сидит на ней синий, также полинявший сарафан, едва подтянутый по стану узеньким поясом. Высокого роста, стройная, довольно полная, идет она "с пе–ревалочкой" — и видно, как под рубахой вздымается ее высокая, здоровая грудь.

Яков тоже — молодец, под пару ей. Недаром же был он "записан" в гвардию. Плечи у него — косая сажень, и по всему заметно, что силы ему не занимать. Лицо чистое, пригожее, а кроткие серые глаза словно хотят промолвить: "Мы смирны! Не обидим мы вас, добрые люди! Только нас не трожь"... Впрочем, теперь в этом дюжем мужике, обросшем бородой, трудно признать гвардейца. На нем — потертая фуражка с истрескавшимся козырьком, холщовая рубаха, синие пестрядинные штаны, далеко не доходящие до пяток. Ноги босы, грязны, местами наколоты до крови... Слегка сгорбившись, медленною поступью, шел он теперь к реке, а солнце так и поблескивало на лезвее его косы.

Дойдя до реки, Яков стал перебираться через нее где по камешкам, торчавшим из воды, где вброд, благо было неглубоко. За ним, приподняв рубаху до колен, переходила Марфуша со своею живою ношей на руках. Взобравшись по узенькой тропинке на берег, они пошли вдоль деревенской улицы и, свернув в проулок, скоро очутились дома.

Хата у них — небольшая, в два оконца, новенькая, три года тому назад поставлена. Налево от нее–двор, с двух сторон обнесенный сараями, а с третьей–от проулка отгороженный плетнем. В плетне проделаны ворота, сколоченные тоже из новых сосновых досок. За хатой разведен огород. Над самой хатой, широко распростерши ветви, стоит, наклонившись, старая черемуха, а в угол забилась дикая яблонь, обросшая шиповником и высоким лопухом.

2

В то время как Марфуша, положив ребенка в зыбку, возилась с чем–то под навесом сарая, Яков пошел в огород за луком. Выдернув несколько головок и отряся с них землю, он задумчиво осмотрелся по сторонам.

— А знаешь, что я хочу сделать!..— крикнул он Марфуше.— Сниму–ка я на будущий год у Кузьмича вот этот косячок, да и пригородим его... гряд десять лишних, глядишь, и выйдет...

— А это хорошо бы, Яша! — отозвалась жена.

— Гм! Еще бы–нехорошо...— продолжал Яков.— Посадили бы мы картошки — и важное дело! Картошка ведь — большое подспорье в еде. Хлеба–то на зиму, пожалуй, у нас и стало бы хватать. А то ведь не накупишься его... вон как зимось по рублю пуд...

— Что и говорить! — согласилась Марфуша.

— Вот то—то я теперь и думаю: сколько—то Кузьмич запросит за "угол"... Земля—то у него тоже без дела стоит...

Яков почесал затылок и еще раз пристально посмотрел на прилегавший к его огороду участок соседской земли, стоявшей впусте.

— Поспрошать ужо...— заметила жена.

Обоим им пришлась по сердцу мысль: прихватить у Кузьмича землицы и расширить огород... Отправились паужинать. Похлебали квасу с натертым луком, хлебнули кислого молока с накрошенным в него хлебом и все это запили ковшиком студеной воды.

— Сенокос завтра порешим! — заговорил Яков, усаживаясь на крыльцо.— Ты, Марфа, завтра лен дергай, а я сено перевожу... Слышь?

— Ладно! — отозвалась жена.

— Ну, а потом за рожь принимайся... я засеюсь той порой... А как с пашней управлюсь, с тобой на полосу стану. Вот тогда дело—то у нас ходчее пойдет.

— Да с рожью—то торопиться некуда...— заметила Марфуша.— Овес—то еще с прозеленью, да такой неровный, бог с ним...

— Овес нынче неважный... нельзя похвастать!

— Что будешь делать! — с легким вздохом прошептала жена.

Яков молча вытащил из кармана штанов трубку и кисет. Взял он горсточку истолокшегося листа, набил свою носогрейку, достал из кисета кремень, огниво и, оторвав зубами кусочек трута, высек огня и закурил. Дымок взвился над трубкой и пошел гулять в воздухе тонкими синеватыми струйками. Потянуло тютюном...

Марфуша, управившись, тоже вышла на крыльцо и, присев на ступеньку, стала ублажать своего маленького крикуна. Расстегнув ворот, она обнажила свою могучую белую грудь и приложила к ней малютку. Тот мигом замолк, и слышно было его самодовольное мычанье и причмокивание... Пусть пьет малютка, пусть он, сердечный, набирается сил и бодрости: их понадобится ему в жизни много—много... Теперь ему нет еще дела ни до государственных, ни до земских податей. Теперь он не признает никакого государства... Он дышит даровым воздухом, сладко спит на груди материнской, и сны не тревожат его. Ни староста, ни "мир" ему не страшны: мать

71

никому не даст его в обиду. Радостно смотрит теперь молодая мать на его розовые пухлые щеки, на полузакрытые светлые глазенки и на этот маленький ротик, крепко прильнувший к ее соску. А Па—шутка расположился со всем удобством, ухватившись левою ручонкой за грудь матери.

— Смотри—ка, Яков,— какой провор! — сказала Марфуша, глазами указывя на сына.

Яков повернул к ним голову и ухмыльнулся.

— Ишь ты, баловник! — промолвил он, наклоняя над сынишкой свое загорелое, темное бородатое лицо и ласково поглаживая его по волосам, мягким и светлым, как чесаный лен.

Пашутка при этом на мгновение широко раскрыл глаза и, усиленно зачмокав, еще ближе прильнул к груди, еще крепче сжал свой кулачок.

— Пальцы—то как запускает... Ах, батюшки!.. Изо всей—то мочи...— смеясь, говорила Марфуша.

— Боится, чтоб не взяли...— пояснил отец.— Ну, да ладно! Не отымут твою забаву... Оставайся с ней на здоровье!

Посидели молча; тихий час нашел. Они были бедны; осенью им угрожало постукиванье под окном старосты, собирающего старые недоимки и новые подати; они устали сегодня, измаялись, но все—таки теперь они "по—своему" были довольны. С податью они как—нибудь справятся; ноги и рученьки их отдохнут ужо после покрова дня, когда они измолотят последний овин; с недостачей хлеба также сладят как—нибудь — призаймут опять у того же Трофимыча до новой ржи... Что ж делать, если придется за четверик два отдать! "Где наше не пропадало!.." А главное: оба они молоды, здоровы и не унывают...

— Экий вечер—то сегодня тихий! — сказала Марфуша, оглядываясь и заслоняясь рукою от солнца.— Знать, и завтра будет вёдро... Дай бы бог — постояло такое времечко... С рожью—то управились бы живо!

— Да! — промолвил Яков, поглядывая за реку на расстилавшиеся там поля и луга.

Тишиной и миром, честным, святым трудом веяло отовсюду над этим укромным уголком земли в тот вечерний час. Воробьи громко чирикали, перескакивая и порхая по жердочкам плетня; куры кудахтали, роясь в песке. Темно-зеленые листья черемухи, росшей за плетнем, чуть—чуть покачивались.

— Ну! сидеть—то тут хорошо, а идти — копны класть — все-таки надо... А то, гляди, росой хватит! — проговорил наконец Яков, поднимаясь с крыльца.

Марфуша проворно накинула на пробой петлю и заткнула ее деревяшкой, тут же висевшей на веревочке. Когда Яков брался за грабли, завалившиеся за крыльцо, вдали послышался колокольчик, и все ближе, ближе...

— Кого бог дает? — заметила Марфуша, выходя из ворот.

— Может, писарь опять...— говорил Яков, идя за женой.

Колокольчик той порой смолк. Яков издали видел, что какая-то пара лошадок остановилась у Старостиной избы. Дорожа последними часами заходящего дня, он, не останавливаясь, поворотил к реке и стал спускаться по тропинке, извивавшейся по обрыву.

— Не беги! Тише! — крикнул он жене.— Урони ребенка-то...

— Да круто больно... Так и толкает! — отозвалась та, сбежав с кручи и остановившись над водой.

— Толкает! — добродушно передразнил ее муж.— Я вот ужо тебя толкну...

"Он только что прошел"...— "Куда?" — "К реке... на покос, надо быть"... Этот отрывочный разговор донесся до Якова, когда он с женой был уже на середине реки. И почти в ту же минуту на береговой круче появился староста, порядочно запыхавшись, с раскрасневшимся лицом и без шапки.

— Яков! А Яков! — кричал староста.— Подь сюда!

— Чего тебе? Чего орешь-то?..— отозвался Яков, в полоборота оглядываясь на старосту.

— Завтра тебе в волость нужно... бессрочных собирают[11]... из правленья, вон нарочный...— выкрикивал староста, тяжело переводя дух.

— Каких бессрочных? — переспросил Яков, переступая с ноги на ногу.

— Ваших, слышь,— гвардейских!.. Да подь-ка сюда... Вон бумага...

И староста, почесываясь, поплелся с берега.

---

[11] 12 апреля 1877 г. Россия объявила войну Турции. Сначала военные действия развивались успешно, но 18 июля, после неудачной атаки Плевны, русская армия в Болгарии оказалась в трудном положении. В июле была объявлена мобилизация 110 тысяч солдат для подкрепления русских войск.

3

Марфуша обомлела и стояла, не шевелясь, как вкопанная. В первую минуту ни один мускул в лице ее не дрогнул, только все лицо вдруг побледнело, да глаза с напряжением уставились вверх, на то место, где за минуту перед тем стоял староста и где теперь был виден лишь песчаный бугор да груда полусгнившей соломы, а выше — голубое сияющее небо, озаренное красноватыми лучами вечернего солнца... Впрочем, для Марфуши красного солнышка уже не стало; оно словно пропало, скатилось за край земли — и все кругом нее вдруг замутилось, потемнело; посерел, приуныл весь белый свет... И Якова словно обухом по лбу хватил староста своим известием.

— Яша! Правда? — чуть слышным шепотом сорвалось с уст Марфуши.

— Надо узнать толком...— отвечал Яков, возвращаясь в деревню.

Он пошел к старостиной избе; жена — за ним. Тут уж не оставалось ни малейшего сомнения и никакой, надежды. Им, признаться, до последней минуты думалось: "Не вранье ли?"... Теперь уж, конечно, стало не до работы; некогда копны класть да сено убирать...

— Ты домой ступай! А я — сейчас...— молвил Яков жене.

Значит — "правда"...

С тихим, надрывающимся плачем шла Марфуша по деревенской улице, ничего не видя, ни на что не глядя и спотыкаясь, точно пьяная. Горе одурманило ее... Слезы застилали ей глаза, текли по загорелым щекам, падали куда попало — наземь, на руку, на волосы спящего малютки. Непригляден, холоден показался ей теперь сквозь слезы этот красный догорающий вечер. "Господи! Что с нами будет? Что будет?!" — шептали ее побелевшие губы, а сердечушко кровью обливалось... Пришла она в избу, тяжело опустилась на лавку, да так и замерла. Ни одного ясного чувства, никакой ясной мысли не пробуждалось в ней. Жгучею, нестерпимою болью всю ее охватывало... Одно лишь с убийственною ясностью стояло перед нею, как дикий кошмар: "На войну его угонят! Одни мы останемся"... Вот что так сгорбило ее, так низко нагнуло ей голову и выжимало у нее слезу за слезой...

Заплакал ребенок... Марфуша машинально, по привычке, расстегнула рубаху и прижала к себе ребенка. А у самой глухие рыдания так и рвутся из груди; сердечушко ноет болит, словно кто–нибудь железными щипцами зажимает его. И плачет она, наклонившись над Пашуткой, и кропя; Пашуткину голову ее горячие слезы. Уже смокли от слез его светлые волосики. А он и не чует, что мать с горя убивается он — знай себе — тянет свою соску...

А Яков зашел в питейный и купил косушку.

— Что ж делать! Надо, брат, послужить...— отозвался он, встряхивая волосами, когда целовальник выразил ему свое сожаление.— На то, брат, и солдат, чтобы воевать...

Он кашлянул, выпил тут же залпом половину косушки, а остальные старательно заткнул пробкой и скляницу пихнул за пазуху.

— Только знатьё — не жениться бы! — со вздохом про шептал он, выходя на улицу и торопливо проводя рукой по глазам.

И вдруг во все горло затянул он песенку. Бесшабашное разгулье звучало в ее тоне... Неладная, дикая была то песня. Вышло бы лучше, не так больно и жутко было бы слушать, если бы Яков прямо, благим матом, заревел на всю улицу.

Придя домой, он допил косушку и с напускной веселостью сказал жене:

— Ну, Марфа! Надо мундир доставать, и кэпу, и все... Ступай в чулан, тащи... да почисти!.. Нет, погоди... сам вычищу... Где вам, бабам!..

Напрасно Яков пил и шутил: вином горя не зальешь, разговорами не заговоришь и шутками не скрасишь...

— Господи, господи! Да что ж это такое...— тихо причитала про себя Марфуша, роясь в летнем чулане и доставая из–под груды всякого домашнего хлама мужнину одежду.— Что мы теперь без него... Сиротинушки!.. Не думали не гадали, а вот... Кормилец ты наш! Красное мое солнышко...

Все мигом припомнилось Марфуше... "Еще летось в троицын день с парнями баловал, надевал на себя всю муницию, по улицам ходил, балагурил, показывал всякие штуки... А теперь вот и в самом деле пришлось опять"... И Марфуша, склонившись над рухлядью, горько зарыдала.

Яков — этот некогда бравый гвардеец, а теперь обросший бородой и с виду мужиковатый малый — также невесел сидел за столом перед пустой косушкой. Низко понурив голову, он барабанил пальцами по краю стола, исподлобья взглядывая на дверь, куда вышла жена и откуда должна была скоро появиться с его амуницией...

4

Яков был ошеломлен нечаянным призывом.

Уже четыре года он на Обросимове в бессрочном отпуску. Общество выделило ему землю; Яков поставил хатку, обнес ее двумя сараями, развел огород и в довершение всего женился года полтора тому назад. Через год Марфуша принесла ему сына. Бахрушин зажил семьянином, и мысль о службе гвардейской совсем—таки выпала у него из головы. Вспоминал он про нее только изредка, рассказывая ребятам про смотры и ученья, про генералов в золоте да про великих князей. Время шло, и Якову стало казаться, что уже ничто не потревожит его, что он так—таки и доживет до старости в своем родном Обросимове. В его голову и думушки никогда не закрадывалось о том, что его опять когда—нибудь потянут на службу, что придется доставать из чулана амуницию и прощаться с крестьянской рабочей долей...

Правда, еще в прошлом году говорили про то, что много русских уехало на войну с турками. Только та война объявлялась не от России, а от сербского государства. Сказывали, что из первых уехал биться с турками наш генерал Черняев[12]. Писарь про него в газете читал и немало толковали про него в Обросимове... Но прошло лето, прошла осень — бог миловал: призыву не было... С весны опять начали о войне поговаривать. Писарь сказывал, что против турок войска наши пошли. Иной раз и про то поминали: как бы не стали бессрочных собирать...

Но Якову никак не верилось, что за ним—то вот именно и пошлют... Он так сжился с деревней, со своим полем, с хатой, с мирной жизнью семейной, что ему даже дико было подумать о казарме, о солдатском житье—бытье, о войне и сражениях. Руки за пять лет уже отвыкли от ружья; зато он ловко управляется с топором, с косой, с цепом и вилами. Отвык он маршировать, зато — мастер ходить за сохой, дрова рубить, молотить,

---

[12] Турецкие зверства в славянских землях Оттоманской империи вызвали в 1875 г. восстание в Боснии и Герцеговине, а затем Турции объявили войну Черногория и Сербия. Когда началось герцеговинско-боснийское восстание, русский генерал Михаил Григорьевич Черняев (1828—1898), вопреки желанию царского правительства, отбыл в Белград и был назначен командующим сербской армии. Поражение сербов под Дьюнишем в 1876 г. вызвало вмешательство России.

корчевать пни. Отвык он от барабанного боя, от шума и грохота маневров и смотров; привык к жизни тихой, деревенской... Неделю, бывало, работает он, как вол, а в праздник погулять выйдет, полштоф с ребятами разопьет, споет песенку — не боевую, не военную, а песенку обросимовскую — протяжную да унылую... Знать, эта песенка названа: "непогодою, невзгодою повитая, во крови — в слезах крещеная, омытая"[13]; про нее, знать, сказано, что "нанесло ее с пожарищ дымом—копотью, намело с сырых могил метелицей" ... А иной раз, бывало, и на улицу не пойдет, сядет с трубочкой у оконца и переговаривается с Марфушей. Когда же семьи прибыло, Яков реже прежнего стал уходить из дому в досужие часы...

Но вот воротилась жена в избу с амуницией и, тихо плача, начала вытряхивать мундир и обчищать пыль с кэпи. Нужно было кое-что зашить, пришить две-три пуговицы. Марфуша села за работу.

Скоро вся деревня уже знала, что собирают бессрочных и Якова завтра в город погонят.

— Марфа-то, поди, убивается! — толковали бабы.

— Еще бы ей не убиваться... только что было своим домом зажили, а тут-на-кось...

— Все хозяйство теперь в разор пойдет! — рассуждали мужики.

— Что и толковать! Где уж бабе управиться, да еще с ребенком...

— Охо-хо! Горе-гореваньице, прости господи... Землю-то, поди, разложат на общество... две лишние души кормить заставят...

— Знамо, что заставят... Это уж как есть... Ведь не с голоду же помирать бабе!..

— Ох, как бы и всем-то нам с голоду помирать не пришлось! — заметил старик Прохор, посматривая на мужиков своими красными, слезящимися глазками.

Соседи пришли к Якову понаведаться, посидели, потолковали, поохали и разошлись невесело.

Сборы были недолги: Яков живо управился. Вечером поздно, после ужина, он уселся — может быть, в последний раз — на свое любимое местечко, на крыльцо, и закурил трубку... В труде, со спокойной душой, светло начат был им этот день. А вечером сразу все вверх дном стало, сердечушко ныло, болело, и темно было впереди. Все его планы и расчеты разлетелись

---

13 Цитируются стихотворения Л. А. Мея "Запевка" (1856). См.: Мей Л. А. Избр. произведения. 2-е изд. Л., 1972, с. 167. (Библиотека поэта).

мигом: не снимет он у Кузьмича в аренду этот клинышек земли, не насадит картофеля; не кончить ему полевых работ; жене одной придется дожинать и убирать хлеб.

Наступала ночь, ясная, тихая. В синем небе золотые звездочки ярко горели. Полный месяц стоял над землей. Он приходился теперь за избой. От хаты и от плетня ложились тени... Вот — двор. В одном углу его лежит ворох полусгнившей прошлогодней соломы. Под навесом стоят дровни, оглоблями вверх. Вон черемуха раскинула над плетнем свои жиденькие ветви. Вершина ее не шелохнется и вся серебрится в месячном свете. Вон в огороде хмель высоко вьется по тычинкам, а вокруг него темнеет разросшаяся крапива и лопух... Все это очень знакомо Якову и со всем этим приходится теперь проститься... Надолго ли? Не навсегда ли?

Яков лег спать, но долго ворочался, не смыкая глаз. Известно: время летнее... то муха укусит, то комар запищит над головой... Перед рассветом Яков задремал...

5

И пригрезился ему сон...

В первом же сражении будто бы его ранили, и он, за непригодностью к службе, был отпущен домой. И вот он летел по чугунке, плыл на пароходе, тащился в телегах с попутными мужиками и наконец добрался до знакомых мест. Вот идет он Поземовским лесом; по его расчету, до Обросимова осталось не больше десяти верст. Пробирается он лесной окраиной, вдоль дороги, по сухой, крепко убитой тропинке. По ту и по другую сторону от него высокой стеной стоит лес. Густой кустарник разрастается по опушке. Из−за нежной зелени берез и осин там и сям торчат лохматые ели, высятся сосны. Розовый цвет шиповника алыми пятнами мелькает среди зелени, а из травы виднеются мелкие желтые и белые цветочки. Птицы чирикают в кустах... Красноватым вечерним светом, как отдаленным заревом, подергиваются лесные вершины. Свежестью, цветами, лесной глушью веет отовсюду. Здесь — мир и тишина...

Устал Яков, слаб он стал после болезни, грудь ноет, болит, тяжело дышать ему... Но он скоро поправится на родной стороне; деревенский лесной воздух вылечит его. Теперь он с жадностью и надеждой впивает в себя свежий вечерний воздух... И хорошо, весело ему стало, когда вправо от дороги, на небольшой прогалине, показалась знакомая истопка[14]. От нее до Обросимова считается версты четыре... Лес наконец начинает редеть. Потянулись кусты и молодой, приземистый олешняк. Вот видать и Обросимово — видны его хаты с соломенными кровлями, с высокими почернелыми трубами. Яков чувствует, как начинает обдавать его дымком, жилым запахом. Струя теплого воздуха веет ему в лицо... Вот залаяла собака... и лает—лает...

Яков раскрывает глаза... Серый утренний рассвет пробивается сквозь щели поветей, и с улицы явственно доносится собачий лай. Где—то петухи поют... Накинув на себя сукманину, Яков вышел на двор... Облака заволакивали небо; моросил мелкий дождь. Неприветливо, угрюмо глядели в то утро обросимовские хаты, потемневшие от дождя. Там и сям из труб поднимался дым... Обросимово принималось за работу.

В последний раз Яков взялся за топор и стал колоть дрова. И много наколол он дров. "Надолго ей хватит теперь!" — думал он, смотря на поленья. Жаль только, что он так же скоро не может управить за Марфушу и все полевые работы. "Эх, знатьё бы — поторопился... Рожь—то бы хоть кончить!" —с сожалением сказал он про себя.

Надо было собираться в путь. Натянул на себя Яков свой военный наряд с кантами и светлыми пуговицами. От платья пахло затхлостью, сыростью, как вообще пахнет от залежавшейся старой одежи. Неуклюже сидел на Якове потертый полукафтан и совсем как—то не шел к его мужицкому лицу, обросшему бородой. Кэпи тоже как—то странно торчала на его густых косматых волосах... Вообще Яков скорее выглядел переряженным мужиком, чем солдатом. Плечи его как—то опустились, спина согнулась, и походка стала чисто мужицкая, тяжелая, "с перевалочкой"...

Попрощавшись с сельчанами и попросив "мир" не обижать его хозяйку, Яков еще раз взглянул на свою хату, судорожно перекинул с одного плеча на другое свой походный холстинный мешок и двинулся в путь. Баба с ребенком пошла провожать его.

— На могилки зайдешь? — спросила Марфуша, когда они поравнялись с погостом.

— Как же! Надо попрощаться с родителями...— промолвил Яков.

Жалобно скрипнула калитка на ржавых петлях, и путники

---

[14] Истопка - избушка, ставившаяся на местах покосов.

стали пробираться между буграми к знакомым могилам, где, наклонившись, стояли два деревянных креста. Кресты посерели, погнили — не ныне, так в будущую осень их свалит ветром. Могилы осели, опустились... Яков скинул кэпи, набожно крестясь, трижды поклонился в землю, касаясь головой основания погнивших крестов. "Простите и вы, могилы!.. Прости, прах родительский!" — говорил про себя Яков, смотря на густую траву, росшую привольно на могильных буграх. Высокая, сочная осока слегка покачивалась от ветра, и голубые незабудки выглядывали из-за нее.

— Марфа! Нет ли у тебя какой ни на есть тряпочки? — вдруг спросил Яков, круто оборачиваясь к жене.

Та молча пошарила в кармане. Никакой тряпки не оказалось... Тогда Яков присел на землю, стащил сапог и оторвал от своих онуч лоскуток. Обувшись снова, он взял с могилы горсточку сырой земли, завернул ее в холстину и этот крохотный узелок привязал на тесемку к кресту. Марфуша молча смотрела на мужа своими тусклыми, покрасневшими от слез глазами.

— Вот так-то лучше...— проговорил Яков, застегивая у рубахи ворот.

Глянул он на церковь и опять покрестился... Дорог и мил ему с малых лет этот старый деревянный храм с серою крышей и низкою колокольней! Он еще мальчуганом ходил сюда по праздникам к обедне. Здесь отпевали его отца и мать. Здесь, перед этим старым почерневшим иконостасом, он венчался. Здесь же крестили его сынишку... Бывать ли ему когда-нибудь в этой церкви? Бог весть... На войне по головке не гладят. Хоть там и дают иногда Георгиевские кресты, а все-таки скорее можно угодить в могилу без креста, чем с крестом на груди домой воротиться...

Пошли далее. Яков взял парнишку на руки, а жена за ним следом тащила мешок.

Волостное правление от Обросимова было в 12 верстах. До него нужно было идти пешком, а оттуда бессрочных должны были везти на подводах в город за 40 верст.

Прошли обросимовские поля, прошли воронинскую пустошь. Родные места уже скрылись из виду... А на Обросимове той порой жизнь и работы шли прежним порядком... По-прежнему над Обросимовом наступит вечер, потемнеет небо, заскрипят по полям коростели, запахнет сеном в прохладном воздухе. Не будет доставать лишь одного "Якова бессрочного"...

6

Соседи обещали не обижать Марфушу. Это так... Но Яков Бахрушин очень хорошо знал, что в минуту прощанья люди как—то невольно становятся мягче, добрее и дают иногда такие обещания, которые исполнить бывает им не под силу. Ведь соседи его люди бедные, вечно в нужде да в притеснениях. А бедные люди поневоле подчас становятся раздражительны, злы, жестоки... Яков был человек неглупый, и думалось ему, что не сегодня—завтра его Марфуше может прийтись плохо. А кто же вступится за нее, когда у каждого своя забота, свое горе. Всякому некогда, не до других, когда свое добро горит и болит душа...

Дотя Яков в свое время был бравым солдатом и лихо выкрикивал "ура" и "рады стараться", хотя он числился "бессрочным", но все—таки прежде всего он был человек, семьянин, крестьянин обросимовского общества. Для солдатских чувств время еще будет впереди; запах пушечного дыма и крови не раздул еще в нем воинственных инстинктов. Чувства простые, человеческие теперь всецело владеют иМ, волнуют его и заставляют высоко подниматься сго грудь. Теперь он еще не военный герой, подвигам которого, быть может, станет удивляться мир. Теперь он только герой труда и терпения...

Он не задавался вслух горьким вопросом: "Зачем эта война поднялась? Для чего было бессрочных собирать?" и т. д. Только где—то глубоко в душе вставало сожаление. "Э—эх! То ли дело на Обросимове"... Слава его не манила, и ничто не тянуло в даль от родного угла. Что ж делать! Не виноват Яков Бахрушин, что он не родился воинственным человеком, не вырос героем, хотя трусом, человеком малодушным он не был никогда. Все думы, все человеческие чувства он глубоко схоронит в своей душе...

В город приехали уже ночью и расположились на улице перед желтым одноэтажным домом. Надпись на доме гласила: "Полицейское управление". Перед этим домом простиралась большая, пустая площадь, только в базарные дни наполнявшаяся деревенским людом. Среди площади в ночном сумраке неясно белела большая каменная церковь, за церковью темнели "ряды", то есть ряд пустых лавчонок с какими—то жалкими навесами. Изредка кое—где взлаивала собака. Из растворенных окон соседнего дома отрывочно доносились

81

звуки музыки и нежный женский голос сладко пел про счастье, про любовь... Небо было серо, облачно и грозило дождем.

Путники наши расположились по—цыгански, только нельзя было костра развести. Марфуша с ребенком прилегла в телеге, а Яков, завернувшись в сукманину, растянулся на пыльной мураве. Другие два "бессрочные", ехавшие с ними, завалились тут же. А возница, привязав лошадь к тротуарной тумбе, сам прикорнул под телегой... По улице иногда проходили бары, вероятно возвращавшиеся домой из гостей, и с жаром толковали что—то про Дунай—реку, про Каре[15]... А серое небо хмурилось, и высокая белая колокольня на площади как—то мрачно, зловеще рисовалась на темно—сизых тучах, нависших над городом...

К утру перед полицейским управлением набралось бессрочных со всего уезда человек 40. Пошли осмотры, выписыванья да расписыванья... Явившись по начальству и освободившись на время, бессрочные разбрелись по трактирам заливать свое горе - кто чаем, кто водкой. На всех перекрестках встречались плачущие женщины. Солдатики пьяными ватагами ходили, обнявшись, по улицам и орали песни. Городишка оживился... До позднего вечера на улицах слышались разгульные песни, стоны баб и плач ребят... Все это время Яков давал своей Марфуше советы и учил: как ей быть и что делать без него...

Ночью на нескольких подводах бессрочных повезли в губернский город. Марфуша упросила своего кума Василья довезти ее до города... Зазвенели колокольчики, запылила большая дорога. Леса, болота, поля, деревни, станционные дома с их полосатыми фонарными столбами долго мелькали перед глазами путников. Наконец телеги застучали по каменной мостовой. Приехали.

На следующий день наступило последнее прощанье. Можно было думать, что прощанье не умножит скорби, не усилит горя, ибо горе и так было велико и глубоко. Но нет!.. В эти—то последние минуты и произошел взрыв самого жгучего отчаяния...

---

[15] То есть про военные действия за Дунаем в Болгарии и на Кавказе. Русские войска взяли Каре штурмом в ночь на 6 ноября 1877 года.

7

На вокзале Яков явился уже более похожим на солдата: он был подстрижен, выбрит; только усы—по-прежнему длинные — закрывали его верхнюю губу. На плечах была накинута серая шинель... Раздался звонок. Точно по сердцу ударил он Марфушу. Яков рванулся было, но жена крепко ухватила его одной рукой за плечо, а другою прижала к его груди ребенка и сама прильнула к нему.

— Голубчик! Яша... на кого ты нас...— вся дрожа и рыдая, замирающим голосом шептала она.

Яков, его жена и сын составляли в те минуты такую тесную группу, словно бы она была одно целое. У Якова на ресницах дрожали слезы, когда он смотрел на сынишку и чувствовал, как Марфушины теплые слезы падали ему на щеку... Второй звонок.

— По местам, господа! — выкрикивал кондуктор.— Садитесь!.. Служивый! Эй!..

Яков рванулся и побежал в вагон. А тихий жалобный плач несся за ним.

— Яша, голубчик! — крикнула Марфуша.

Мало слов, а горя — реченька,
Горя — реченька бездонная[16]...

Много баб набралось. Стон и вой разносились по всему вокзалу из конца в конец. Много слез было пролито в тот день на каменные плиты дебаркадера железной дороги... Третий звонок, затем свисток... И какой же он громкий, пронзительный, жалобный! Бабы даже вздрогнули, заслышав его... Поезд тронулся. Марфа, глотая слезы и прижимая к груди Пашутку, ускоренным шагом шла рядом с тем вагоном, откуда из окна кивал ей головой и махал шапкой ее Яша... Поезд пошел скорее. Марфуша побежала... Сбежала с платформы и с воем пустилась вдоль полотна дороги догонять поезд.

— Не бежи! Расшибешься! — кричали ей незнакомые голоса из окон мелькавших перед нею вагонов.— Прости, голубка! Не поминай лихом... Э-эх ты, ну! У-ух!.. Жги-и-и, говори... рукавички барановые...— вопили из вагонов во всю мочь.

---

[16] Финальные стихи поэмы Н. А. Некрасова "Орина - мать солдатская".

Марфуша уже не видала своего Якова. Поезд, стуча и громыхая, проносился мимо нее; в окнах вагонов мелькали незнакомые лица... В глазах у Марфуши помутилось, закружилась ее бедная головушка. Марфуша остановилась и, чтобы не упасть, оперлась на телеграфный столб... Поезд умчался, шум затих вдали. Народ расходился со станции.

8

По прибытии на место военных действий Якова Бахрушина, вместе с прочими, отправили в Зимницу. Там они оставались сутки без еды, потому что на них еще не было отпущено провианта. На другой день им выдали сухарей, а еще через день они добыли себе какой–то холодной похлебки. Вскоре же их зачислили в полк и отправили под Плевну.

В половине октября, когда одна из самых отчаянных неприятельских атак была отбита нашими войсками[17], сотоварищ Якова, раненный в ногу, лежал на окраине заброшенного, вытоптанного кукурузного поля. Вечерело... Вся лощина и скат противоположного холма, занятого турками, были еще в дыму. Слышался сухой треск ружейных выстрелов. В сероватых облаках дыма порой вспыхивали молнии и слышался грохот орудий... Солнце красным шаром стояло низко над землей, и клубы дыма порою заволакивали его...

Совершалось здесь страшное дело... Люди на время переставали быть людьми и становились зверями — дикими и злыми. Чудовищно странны и страшны до безобразия были эти лица с выражением то страха, то лютой ненависти и злости; страшны были эти налитые кровью глаза, жилы, напрягшиеся на висках, раздувшиеся ноздри, оскаленные физиономии, потемневшие от порохового дыма и забрызганные кровью. Убитые лежали кучами. Раненые корчились в предсмертных муках. Слышались стоны, хрипение... Животные пришли в ярость; лошади грызлись между собой так же, как люди. Земля стонала; стонал, казалось, и самый воздух над землей. Адская музыка гудела, не умолкая, между землей и небесами...

Вдруг раненый, лежавший на краю кукурузного поля,

---

[17] Речь идет о блокаде Плевны, сопровождавшейся кровопролитными столкновениями русских и турецких войск. Блокада Плевны закончилась 28 ноября капитуляцией турецкого гарнизона.

услыхал неподалеку от себя слабое, прерывистое ржанье и обернулся. В нескольких шагах от него лежала издыхавшая лошадь. Ее бока тяжело подымались; окровавленные внутренности вывалились у нее наружу... Какой—то солдат, тоже, видно, тяжело раненный, полулежал, прислонившись к спине лошади. Стараясь приподняться, он с усилием упирался локтем о шею лошади. Первый раненый внимательно посмотрел на земляка, признал его и тихо окликнул:

— Бахрушин! Ты?

— Я! — отозвался тот также тихо, с трудом поворачивая голову к товарищу.— А ты... а—а...— начал было он и не кончил.

В то же мгновение граната, шипя, взбороздила землю перед самой лошадью, и раздался взрыв. Раненого, который окликнул Бахрушина, всего обдало песком. Когда же пыль рассеялась, он протер глаза и оглянулся... Лошадь была уже бездыханна, и рядом с ней, распластав руки, лежал Яков Бахрушин, страшно обезображенный, с размозженным черепом, облитый кровью...

Бедняга! — не исполнился сон, что видел он накануне отъезда из дому...

В облаках дыма по—прежнему поблескивали молнии и грохотал гром. Красноватые лучи заходящего солнца, пробившись сквозь дым, кровавым светом окрашивали на мгновение лощину — и затем мрачные тени, сгущаясь, снова ложились над полем брани, над полем смерти...

...А на Обросимове напрасно Марфуша ждала своего мужа. Не возвратился он домой... Когда сын подрос и в первый раз спросил мать: где тятя? — она сквозь слезы ответила ему:

— Тятя твой на войну ушел...

85

ЧЕРНЫЕ ВОРОНЫ

1

Всю осень 1882 года наши пелехинцы были в большом недоумении. Ермил Иванович привел их в недоумение своими странными поступками.

Ермил Иванович Большухин — попросту "Большухич" — поселился в нашей стороне лет 15 тому назад и первый, на своем собственном примере, показал пелехинцам, как надо разбойным образом "по закону" из копейки рубль делать. И ловок же был Большухин! Волостной писарь, человек сведущий, читавший газету и любивший употреблять иностранные слова, иначе и не звал его, как "пролетарием".

— Вот уж настоящий пролетарий! — одобрительно говорил он про него.— Из воды сух выйдет, а сухого, глядишь, мокрой курицей пустит... Комар носу под него не подточит... Голова!

Пелехинцы уж и сами видели, что он — голова... И протер же им глаза этот удал добрый молодец.

Первым делом он скупил за полцены Михайловку. Усадьба была хорошая, со всеми угодьями, с чудесными заливными лугами и богатейшим выгоном. Один сад чего стоил! На трех десятинах был разбит... А в саду-то везде были скамеечки понаставлены, и беседочки понатыканы, с какими-то шариками да со всякими бирюльками, и мостики крашеные, и статуи — все больше женщины голые. Наши мужики на эту самую Михайловку уж давно зубы точили, скупить хотели. Да ведь деревня—матушка тяжела на подъем: год протолковали, да год затылки чесали, пока собрались послать ходоков к барину в Москву, а тут, как на грех, Большухин подвернулся и из-под носу у пелехин—цев перехватил Михайловку. Когда ходоки-то пришли в Москву, Ермил Иванович уж купчую написал и все дело оборудовал в самом лучшем виде — так, не солоно хлебавши, и воротились наши восвояси, закусив московским калачиком да позевав на батюшку Василия Блаженного.

Приехал Большухин в Михайловку, начал устроиваться и новые порядки заводить. Он велел раскатить старый барский дом; часть бревен испилил на дрова, часть пошла для поправок кое-каких усадебных построек; сад вырубил дочиста, до последнего пня, все беседочки и скамеечки, разумеется, снес; приказал статуи свалить наземь и разбить ломом вдребезги всех этих белых богинь и красавиц, а обломками их, вместе со щебнем, насыпал тропинку от дома к конюшням, чтобы, значит, Ермилу во всякую погоду удобно было ходить по двору.

У домов, как и у людей, тоже есть своя физиономия; каждый хозяин накладывает на дом свою печать. Большухин выстроил дом совершенно похожий на себя, такой же неуклюжий, крепкий, коренастый и без всяких затей — зато уж такой дом не скоро своротишь с места.

Ермил Иванович был мужчина лет пятидесяти с хвостиком, довольно высокого роста, толстый, с красным лицом, с серыми заплывшими глазками и с густыми рыжевато—желтыми волосами. Цвет лица у него был какой-то странный, не смуглый, не белый, а грязноватый. Шеи у него было неприметно, голова сидела почти прямо на плечах. Он был слегка сутуловат, смотрел исподлобья и вообще всем своим видом производил такое впечатление, как будто он ежеминутно хотел кого—то подстеречь, на кого—то броситься...

Пелехинцы в первый раз увидали железную кровлю на большухинском доме... Все усадебные постройки и двор Ермил Иванович обнес таким плотным высоким забором, как будто ожидал нашествия иноплеменников; завел злющих, свирепых собак; добыл откуда—то из Рязанской губернии трех "приказчиков" (сущие разбойники были, прости господи). Большухин был вдов, бездетен и жил с "Палашкой"; мужики наши звали ее Пелагеей Филипповной. Когда Ермил Иванович бывал в добром расположении духа, то, возвращаясь из города, привозил ей "адеколону", вместо духов, а иногда и шелковой материи на платье; под сердитый же час спуску ей не давал и не раз, говорят, хлестал ее на обе корки. Палашка только и делала, что спала, ела да грызла подсолнечниковые семечки и щелкала орехи. Была она бела, как сметана, рыхла, как сдобная булка, и глупа, как пробка.

Устроившись, Ермил Иванович обратил внимание свое на соседних мужиков и живо "подтянул" их... Бары уже давно не жили в Михайловне, управляющие часто сменялись — и для пелехинцев несколько лет подряд шли совсем какие—то особенные, патриархальные времена... Их скотина безвозбранно захаживала на михайловский выгон, порою забиралась даже в поля; ребятишки залезали в барский сад, как в свою собственную загородь, объедались вишеньем и хозяйничали в садовых беседках... С Ермилом шутки вышли плохи. Как только, бывало, крестьянский скот забредет на его выгон, глядь — приказчик уж тут как тут, и несется, как ураган, на своем гнедом коне, шумит, ухает, гукает... Сейчас, значит, понятых сюда, акт о потраве и т. д., а в воскресенье — пожалуйста, "господа", с денежками в волостное правление.

— У нас на этот счет просто! — говорили приказчики.

Взвыли пелехинцы... Дело в том, что мировой посредник нарезал пелехинцам наделы, как будто нарочно, таким образом, чтобы скотина их непременно заходила на помещичью землю.

Стал Большухин донимать штрафами наших пелехинцев. Тошно пришлось им... Хоть в петлю полезай...

— Помилуй, Ермил Иванович! — плакались они Большухину на первых порах, пока не раскусили, что он есть за птица.— Ведь ты нас этак вконец разоришь! Этакой досады нам никогда еще не бывало... Ей—богу, право! Шили мы до сей поры мирно... а ты вот шкандал затеваешь.

— Какой тут шкандал? — возражал Ермил Иванович, задирая нос— Никакого шкандалу нет... Всякому свое дорого. А вам до сей поры просто было жить в мире, когда вам удержу не было,— что хотели, то и делали на барской земле... Нет, голубчики! Вы уж оставьте... я этого не люблю!

— Ты бы хошь канав нарыл, что ли...— толковали мужики.— А то где ж тут уберечься... Гляди, как выгон—то нам нарезали... клином ведь прямо в твой выгон упирается...

— А мне что за дело! — огрызался Большухин, свысока посматривая на весь крестьянский мир.— Чего смотрели, когда надел брали! Так вас, дураков, и надо учить! А я из—за ваших глупостей рыть канав не стану... Пастухов нанимайте!

При всей осторожности, пелехинцы все—таки раза два—три в лето платили Ермилу Ивановичу за потраву... Как-то незаметно, исподволь, исподтишка Большухин забрал в руки пелехинцев, да таково ловко, что те и очнуться не успели, как все со своими детишками и животишками очутились у него в кулаке. Тому он отпустит в долг семян, тому хлеба даст до осени, тому денег выдаст под летнюю работу; на всем берет он проценты жидовские, а крестьяне ежатся, да идут к нему.

Невмоготу приходилось пелехинцам...

А у Ермила Ивановича, как на грех, была еще скверная привычка — самым серьезным образом дразнить мужика, тыкать ему глаза "волей".

— Я, брат, принуждать тебя не могу...— рассудительно, смиренным тоном говорил он, все крепче и крепче затягивая петлю на шее своей жертвы.— Ты, брат, человек вольный...

88

Скажем, "по—божески", так... Соглашаешься — ладно, нет — и с богом, скатертью дорога — счастливый путь! Неволить тебя не могу...

— Это что и говорить...— соглашается мужик, попавший в его сети, в самом деле как бы признавая, что он "волен" сам удавиться или предоставить удавить себя Ермилу Ивановичу или кому—нибудь другому.

И Ермил Иванович своими "божескими" разговорами и поддразниванием иногда, бывало, до того доймет мужика, что даже в пот его вгонит.

— Эх, ну тебя!.. Душу, душу—то вымотал ты у меня...— с укоризной иной раз скажет мужик.

— Чем же это, голубчик, я тебе душу вымотал? — простодушно спрашивает Ермил Иванович, щуря, как кот, свои маслянистые глазки.— Я тебе привожу настоящие резоны, как есть...

— Резоны...— с затаенной злобой бормочет мужик, неистово почесывая затылок.— Резоны... Понимаешь: жрать нечего, хлебушка нет... а ты — про "волю"!.. Резоны!..

В конце концов всегда почти выходило так, что мужик живьем давался Ермилу Ивановичу. И по правде сказать, у Большухина силы было не меньше, чем прежде у барина, только обличьем бог его обидел, да почету барского ему не хватало. Хотя он был и силен, а все—таки — только "Большухин"... так же как и сударушка его, Пелагея Филипповна, хоть и бела была, и городское платье носила, а все—таки была только — девка подзаборная...

Не раз также Ермил Иванович принимался пугать пелехинцев "машиной"...

— Вы со мной не больно—то куражьтесь, соколики! — говорил он при случае.— Я вот посмотрю—посмотрю, да заведу машину и буду все машиной делать, а вас всех к лешему!

И каждый раз, когда мужики чем—нибудь досаждали ему, он стращал их призраком машины.

— Вот ужо погодите, голубчики, выпишу машину... белугой заревете вы у меня...

Если немножко что, сейчас: "Вот ужо машину выпишу" и т. д. Раз один мужик — человек очень сдержанный и молчаливый — даже осерчал на него, не выдержал его постоянных застращиваний и в отчаянии крикнул ему:

— А ну тя к черту! Выписывай, что хошь... Надоел ты нам со своей машиной... "Выпишу, выпишу..." А что же она у тебя о сю пору не едет, эта самая машина, ну?..

Большухин плюнул и отошел...

С купцами старого уклада у него "по внешности" не было почти ничего общего, за исключением разве субботних хождений в баню. В речах, в обхождении и вообще в образе жизни Большухин как—то выбился наполовину из купеческой колеи, хотя в то же время ни в какую другую колею не попал. Сапоги, например, он носил городские, опойковые, но штаны все—таки заправлял в сапоги; русскую ситцевую рубаху "косоворотку" любил носить навыпуск, подтягивая ее пояском, а сверх рубахи надевал жилет, на котором красовалась серебряная часовая цепочка. Иногда, выезжая куда—нибудь в деревню, он при этом надевал еще сюртук. В город Большухин отправлялся в немецком платье, и это платье, по истине сказать, сидело на нем, как на корове седло. Волосы он носил длинные, а не стриг их в кружок по—мужицки; фуражку сдвигал на затылок.

Из числа немногих древних обычаев, которых придерживался Ермил Иванович, как я уже сказал, было еженедельное хождение в баню. Мытье происходило самым патриархальным образом. Парится, бывало, Ермил Иванович всласть, до того, что очумеет, и голый вывалится на крыльцо, весь красный, багровый, с приставшими к телу зелеными березовыми листочками, окруженный облаком белесоватого пара; в летнее время сядет на крыльцо или встанет у притолоки и кричит на весь двор, чтобы ему принесли квасу...

— Ой, пить хочу до смерти... А—ах, хорошо! — тяжело пыхтя и отдуваясь, стонет он сладострастно.

Если приказчика не случится дома, тащит ему квас Пелагея Филипповна или работница. А Ермил Иванович как ни в чем не бывало стоит, как малеванный истукан, прикрываясь только веником, вместо фигового листочка, и бессмысленно вылупив свои посоловевшие глаза...

От купцов он, между прочим, заметно отличался тем, что мало радел ко храму божию. На первых порах по своем переселении в Михайловку он давал на церковные нужды по 25 рублей в год, а потом стал все сбавлять, и в то время, о котором идет речь, он давал в церковь уже только 5 рублей. Неугасимых лампад у него в доме не полагалось; Палашка зажигала лампады только в праздники да накануне их. Купец ветхозаветного начала все—таки побаивался бога, да и на черта косился порой. А Ермил Иванович никого и ничего не страшился. Он, например, смеясь, прямо говорил, что "лешего старые бабы со скуки выдумали, на печи лежа"... Для Ермила Ивановича не было никакого удержу. Правда, он ходил в церковь и становился за обедней впереди всех, у правого клироса; но только он все это проделывал "ради прилику", а вовсе не в силу внутреннего побуждения. Искренно и задушевно Ермил поклонялся только одному божеству — "золотому тельцу".

К местным чиновникам—властям Большухин относился даже с большим презрением.

— Куплю и продам всякого! — говорил он однажды писарю навеселе, хлопая себя по карману.— Захочу: они для меня такие законы напишут, что ваш "мир" только ахнет! Вот что!.. Не так ли я говорю, а?

Писарь утвердительно кивал ему головой.

Большухин — хотя с виду серый человек — был по—своему не глуп и умел при случае отлично пользоваться и телеграфом, и железными дорогами, и банком, и страховыми обществами и т. п. Все научные и технические усовершенствования были к его услугам... Но в то же время Большухин, как свинья под дубом, с высокомерным презрением отзывался о науке вообще, а над учеными и образованными людьми всегда подсмеивался. Учителя, например, он звал "учителишкой", а для учительниц у него было только одно приветствие. "Я бы им задал науку", "я бы надавал им"... и т. д. в том же роде.

С этаким сильным, бесстрашным человеком пришлось познакомиться пелехинцам, да не только познакомиться, но и вступить с ним в близкие сношения. Понятно, скрутил их Ермил Иванович как нельзя лучше. Какие—то странные и страшные представления сложились о нем в умах пелехинцев. "Большухин хутор" казался чем—то вроде замка Черномора; собаки и "большухинские молодцы" нагоняли страх на весь околоток; сам Ермил Иванович, в глазах пелехинцев, вырос в какого—то сказочного великана и окрасился адским светом...

— Ему что!..— толковали в деревнях.— Он, брат, ни перед чем не остановится... Он тя псами затравит, по миру пустит, всю деревню выжжет... А там ступай, ищи, доказывай! Деньги, брат, все сделают.

И вот этот—то человек с осени 1882 года, как уже сказано, стал приводить в недоумение весь наш околоток.

2

На своем хуторе до сего времени — в течение почти 15 лет — Ермил Иванович занимался посевами, пробавляясь главным образом даровыми руками закабаленных рабочих; скупал также хлеб, когда крестьянам до зарезу нужны были деньги, и перепродавал его с громадным барышом, откармливал волов на арендуемом участке степи и гонял их в Питер и в Москву. Хутор у него, как говорится, был полная чаша: чего хочешь — того и проси. Лошади на конюшне стояли одна другой бойчее — звери, а не кони! Большухин, как уже сказано, выстроил дом на славу и обнес его таким забором, что и солдаты, кажется, не вдруг взяли бы его приступом, а бродягам—грабителям не стоило и подходить к хутору с задними мыслями ни днем, ни ночью: днем приказчики—разбойники нагайками задерут до полусмерти, ночью — собаки разорвут в клочья. Притом, говорят, на хуторе было до полдюжины ружей, а пистолетов и того больше... Одним словом, Ермил Иванович, по—видимому, основался крепко, прочно, как будто рассчитывая всю жизнь прожить с пелехинцами.

Вдруг слышат—послышат добрые люди... начинает Большухин распродавать свое добро—имущество. Рты разинули пелехинцы... Ермил Иванович отказался от аренды, продавал коров и лишних лошадей и приискивал для хутора "верного покупщика"... Пелехинцы, 15 лет тому назад, когда были еще в силе, прособирались купить Михайловку, а теперь, после Ермилкина "сиденья", они пришли в такой разор, что о покупке "миром" нечего было и думать... И ни одна душа в нашей стороне не знала о том: зачем, ради чего Ермил Иванович собрался рушить свое насиженное гнездо... "Что за чудо!" — толковали в деревнях. И много разговоров было по этому случаю. К писарю подходы делали, но и писарь божился, что ничего не знает...

— Спрашивал,— говорит,— его онамеднись... Что ты, говорю, Ермил Иванович, задумал такое?.. "Задумал, говорит, одну штуку"... А какую такую штуку — прах его знает...

Было только известно, что его самый доверенный и самый продувной приказчик, знавший все его тайны, Петр,— прозванный цыганенком за свое черное "волосье" и за смуглый цвет лица — не один раз куда—то ездил и пропадал по целым неделям. Все замечали, что на хуторе творится что—то необычное, а домекнуться до сути никто не мог. Большухин то казался озабоченным, то становился весел, шутил, смеялся с мужиками и по вечерам, сидя на крыльце, громогласно распевал: "Да исправится молитва моя, яко кадило перед тобою" — или, впадая в более мрачный тон, густым басом тянул: "Волною морскою"...

Наконец и сам Ермил Иванович ездил куда-то два раза, бывал в отлучке по нескольку дней, и каждый раз, по возвращении его из поездки, распродажа движимого имущества на хуторе шла шибче прежнего. Загадочны были каждое слово и каждый взгляд Ермила Ивановича.

— По всем видимостям, Ермил Иванович, вы хотите переселиться куда-то от нас? — сказал ему однажды священник, встретившись с ним на базаре в Ульянках.— Много, поди, беспокойства вам теперь?

Присутствующие насторожили уши и воззрились на Большухина. "Как-то, мол, ты теперь отвертишься?"

— Что же делать, батюшка! — со вздохом отозвался Ермил Иванович.— Рыба ищет, где глубже, человек — где лучше...

— Это вы справедливо...— согласился отец Николай. Присутствующие при этом повесили носы: "улизнул-таки"...

— Только дело в том, Ермил Иванович, что ведь вы здесь таково хорошо устроились, заведение у вас шло на широкую ногу...— продолжал священник.— А теперь вам опять такое беспокойство...

— Ничего, отче! — весело возразил Большухин.— Все перемелется — мука будет. Именно — мука... Ах, ха-ха!

Да как вдруг расхохочется на всю площадь...

Потом пелехинцы вспомнили этот хохот и поняли его настоящий смысл, а в ту пору добрые люди смотрели на него, как на шального. В словах: "перемелется — мука будет" не было ровно ничего смешного. Он действительно в то время о муке думал, поговорка пришлась кстати и рассмешила его.

— А куда переезжаешь-то? Далеко? — прямо спросил Большухина наш простоватый дядя Клим.

— Далеко! Отсюда не видать! — с веселой улыбкой промолвил тот, отходя в сторону.

Присутствующие покачали головами и стали перешептываться между собой.

А время шло-подвигалось. Наступила зима... Нашелся и покупатель на хутор, вернее сказать — покупательница-немка, Клейман (пелехинцы зовут ее Клеманшей). Задумала она на немецкий манер заводить молочное хозяйство, сыр да масло делать... Наконец Ермил Иванович собрался уезжать; долее скрывать тайну было уже нельзя. Оказывалось, что Ермил Иванович удалялся от нас в Алюбинскую станицу. Впоследствии, уже гораздо позже, пелехинцы узнали все подробности таинственной "штуки", задуманной и самым блестящим образом приведенной в исполнение Ермилом

Ивановичем. Слышали пелехинцы потом от очевидца, как печально и даже, можно сказать, трагично разрешилась для него самого его таинственная "штука".

Станица Алюбинская находилась в ста верстах от наших мест и стояла на берегу Вепра посреди зеленых донских степей, в местности бойкой, людной, богатой пшеницею. Мощеные улицы, кабаки, трактиры с заманчивыми красными вывесками, ряд деревянных лавок на базарной площади, большая белая церковь — делали станицу похожею на веселый, оживленный городок. Осенью в станице бывали ярмарки; много торговцев наезжало сюда из соседних губерний.

В станице на реке Вепре была отличная общественная мельница, сдававшаяся в аренду и приносившая, по слухам, арендатору громадный доход. Эта мельница славилась далеко в окружности и почти 8 месяцев в году безостановочно работала на хлебородный край. Арендатором мельницы за последнее время был купец Зуев — человек с головой и с деньгами. "На мельнице он нажился страсть!" — говорили про него в народе. Вот нашему Большухину и вспало на ум перебить у Зуева мельницу... продажа волов и хлебная торговля, должно быть, показались ему слишком окольным, медленным путем для обогащения. Мельница сулила громадные барыши.

Ермил Иванович привык хитрить и лукавить издавна, хитрость и расчет уже въелись в него. Он хитрил и лукавил даже в самых пустых вещах, вовсе не требовавших никаких хитростей. Когда же насчет мельницы дело завязалось серьезно, он довел свою хитрость, можно сказать, до тонкости паутины. Он доверил это важное дело только своему цыганенку — и более никому ни слова, даже на Палашку он крикнул "цыц" и пригрозил ей ремнем, когда та, по своему бабьему любопытству, слишком стала приступать к нему с расспросами. Цыганенку было поручено самым секретным образом, в отсутствие Зуева, вступить в переговоры со стариками станичниками; с помощью водки, задаривания и всяких посулов склонить их на сторону Ермила Ивановича и понудить, по окончании срока зуевской аренды, сдать ему мельницу. Цыганенок — хитрая бестия, весь в хозяина! — соблазнил станичников и обломал дело в самом лучшем виде. Срок аренды истекал в декабре месяце. И кончилось дело тем, что Большухин накинул станичникам за мельницу лишних 300 рублей в год — и мельница осталась за ним. Все это крупное дело велось так ловко, так скрытно, что даже Зуев ничего не пронюхал о неприятельских подкопах...

А Зуев, Григорий Васильевич, был тоже человек "себе на

уме", птица хищная, плотоядная... Известие о передаче мельницы Большухину стукнуло его, как обухом по лбу. Крякнул Григорий Васильевич, отер пот, выступивший у него на лбу от такого неожиданного удара, и промолчал.

Большухин был с ним знаком уже давно; они сталкивались в городе, встречались в банке, в трактирах, на ярмарках и на больших базарах; однажды в Воронеже они даже сообща приторговали себе одну арфистку... Но делов они не вели между собой и не были друзьями. Да если бы даже и были друзьями, то дружба в этом случае не могла помешать никаким каверзам и подвохам. Оба они, про себя, в один голос твердили: "дружить дружи, а камень за пазухой держи". По понятиям таких хищников, как Зуев и Большухин, подкопаться под ближнего, утянуть у него кусок изо рта или подставить ногу таким манером, чтобы ближний, стремясь к цели, споткнулся и, по возможности, основательнее расквасил себе нос,— считалось просто "коммерческим" делом. Они оба взапуски об "одежде" ближних своих метали жребий. "Ошарашить", "объегорить", "облапошить", "нагреть", "подкузьмить" — было для них делом похвальбы и молодечества... И странно было бы Зуеву негодовать на то, что сегодня Большухину вынулся жребий получше, чем ему. Завтра, глядишь, такой же — или даже заманчивее — падет жребий на долю Зуева. Только не надо сидеть сложа руки и унывать.

А Зуев между тем, по—видимому, был так ошеломлен нападением из засады со стороны Ермила Ивановича, что, казалось, совсем опешил. Когда его спрашивали: что он думает теперь предпринять? — Григорий Васильевич необыкновенно меланхолически поглядывал по сторонам.

— Да что теперь делать... Подрадели добрые люди... Спасибо! — говорил он, печально складывая губы и задумчиво, растерянно смотря перед собой в пустое пространство.

— Гришка наш совсем опустился! — толковали про него в народе.— Поддел его Большухин — нечего сказать...— Ах, волк тя зарежь!..

— Нагрел... живет с него! До новых веников, чай, не забудет...

— Где забыть!.. Ну, уж и Большухин! Ловкач. Действительно, казалось, Зуев впал в какое—то уныние,

слонялся из стороны в сторону, а если и принимался что-нибудь делать, то очень смахивал на сумасшедшего. Вдруг, например, ни с того ни с сего, купил он в двух верстах от станицы 5 десятин земли и деньги заплатил за них чисто бешеные. Народ только подсмеивался...

— Гришка—то, никак, совсем рехнулся! — толковали мужики.

— Ну, почто ему понадобился этот пустырь! Пырей на нем разводить, что ли?

— И не говори лучше! "В отделку" его из ума вышибло...

Перед приездом Ермила Ивановича в Алюбино, Зуев вдруг скрылся куда—то ... Сказывали, в Москву укатил.

Вот приехал новый арендатор, напоил станичное начальство чуть не до чертиков и стал устраиваться на новом месте. Незадолго до рождества возвратился и Зуев в станицу. Вот тут—то и встретились наши вороны, и один другого шибко потрепал.

3

Был зимний солнечный день. На базар в станицу съехалось много народу. Трактиры были полнехоньки, торговали и шумели на славу... Время шло за полдень, дела были покончены, и продавцы и покупатели гуляли всласть.

В трактире Ивашкина, на "чистой половине", повстречались наши хищники. Ну, разумеется, как знакомые, поздоровались, потрясли друг друга за руку и повели речь о том, о сем. Большухину, признаться, не особенно приятно было столкнуться с Зуевым в трактире: "Напьется, чего доброго, станет привязываться; еще, пожалуй, скандал устроит". Увидев теперь, что Григорий Васильевич ведет себя прилично и, по—видимому, примирился с своим поражением, Большухин мигом повеселел. Конечно, он не боялся Зуева ("мне что...— наплевать! Серчай себе!"), но все—таки он гораздо спокойнее чувствовал себя, видя, что за спиной у него не торчит враг, готовый ежеминутно огреть его по затылку. Расчувствовался Ермил и не побоялся даже коснуться щекотливого предмета...

— Григорий Васильевич! ты что же меня не проздравишь, а? — спросил он, хлопнув Зуева по плечу.

В ту минуту эти два воротила стояли почти посреди комнаты, у всех на виду. Яркий солнечный луч, полосой пробивавшийся в окно, озарял их золотистым светом, словно окружая каким—то блестящим ореолом. Из—за серой трактирной пыли, волновавшейся в полосах солнечного света, видны были посетители, сидевшие у столиков там и сям, за большими чайниками и за бутылками пива, и с напряженным любопытством посматривавшие на двух чудо—богатырей, сошедшихся друг с другом лицом к лицу... На грязно—сером фоне стен ярко выдавались красные кумачные занавески у окон, на то время отдернутые, бутылки с разноцветной влагой, украшавшие за прилавком всю стену от пола до потолка и, наконец, посреди табачного дыма и пыли, кружившейся в полосах солнечного света — два наши хищника...

— С чем же проздравлять тебя? Что за праздник? — переспросил Зуев как бы в недоумении.

— А мельницу—то надо ведь спрыснуть, как ты думаешь, а? — вполголоса продолжал Ермил Иванович.

— Да... мельницу—то! — совершенно равнодушно проговорил Зуев.— Ну, что же! Спрыснем!.. Угощай!

— Шинпанского! — зычным голосом крикнул Ермил Иванович.

Пробка хлопнула, два стакана налил половой — приятели наши чокнулись, выпили и, по привычке, сплюнули в сторону.

— А я, Григорий Васильевич, не то чтобы против тебя...— вполголоса и несвязно примирительным тоном заговорил Ермил Иванович.— Вот как перед богом!.. Сам знаешь: дело наше такое... Гм... Потом же я слышал, что будто бы ты хотел уж отступаться от мельницы... Правда?

— Точно! Было дело...— не моргнув глазом, спокойно, с легкой усмешкой ответил Зуев.

Ермил Иванович лгал самым нахальным образом: ничего подобного он не слыхал. Григорий Васильевич почему—то счел нужным поддержать эту ложь.

— А я, признаться, думал: ты станешь серчать на меня...— продолжал Большухин.

— Что ж серчать... Я уж этой мельницей попользовался достаточно... А теперь ты...— смиренно отозвался Зуев, потупляя глазки. Вдруг он оживился: — Ох ты, старый плутяга! Ловко же ты обошел меня с этой мельницей... Ловко! — громко проговорил Зуев, по—приятельски хлопая по брюху Ермила Ивановича.— Да я ничего... Бог с тобой!..

Большухин взялся за шапку.

— Нет, уж ты постой, Ермил Иванович...— дружески остановил его за руку Зуев.— Я ведь тебя проздравил, так уж и ты проздравь меня.

— С чем? — быстро спросил Ермил, пристально посмотрев на своего побежденного соперника.

— Новое заведение открываю...

97

— Ну, что ж! Доброе дело, доброе дело...— проговорил Большухин.

— Еще бутылочку! — крикнул Зуев, полуоборачиваясь к прилавку.

Опять пробка — хлоп, и опять наши вороны, со стаканами шипучего вина в руках, очутились лицом к лицу... Но Григорий Васильевич, худощавый, смуглый, с черными волосами, с темными проницательными глазами и с тонким, вострым носом — гораздо более походил на хищника, нежели наш тучный, мягкий и рыхлый Ермил Иванович.

— Ну, сказывай: с чем же проздравлять? — спросил Большухин.

— А я, видишь, Ермил Иванович, под станцией клочок землицы купил...— пояснил Зуев с расстановкой.— Может быть, слышал?

Большухин молча кивнул ему головой.

— Вот и хочу я, друг, нынешней весной выстроить тут паровую мельницу...— с невозмутимым спокойствием проговорил Зуев.

Большухин пошатнулся, точно его кто-нибудь по башке хватил.

Зуев перехитрил, разорил его... Все хитрости обрушились на его же голову. Что он теперь будет делать с водяной мельницей, когда под боком у него заведут мельницу паровую?.. А хутор уж продан, мельница заарендована, условие написано и неустойка большая. Он не выговорил в условии, чтобы станичники не допускали устройства другой мельницы. Станичники продали его... "Нашла коса на камень". Все это с быстротой молнии мелькнуло в голове Большухина и поразило его страшно. В порыве ярости и отчаяния он хотел было крикнуть "караул!", хотел размозжить голову сопернику, с злой успешной смотревшему теперь на него своими темными разбойничьими глазами.

Большухин тяжело дышал... Его широко раскрытые глаза безмысленно блуждали по сторонам, лицо побагровело... Стакан с шампанским выскользнул из его дрожащей руки, и Ермил Иванович тяжело грохнулся на пол...

Его хватил "кондрашка"...

На первый раз с ним отводились кое-как. Но уж прежнего Ермила Ивановича Большухина не стало. Язык его заплетался, правой рукой он почти не владел, ходил, как расслабленный.

Вот и неверна оказалась поговорка, что будто "ворон ворону глаз не выклюет". Однако ж выклевал...

АРФА ЗВУЧАЛА

Старинная легенда

I

Знаменитый мастер создал эту арфу. Он добыл для арфы самые лучшие струны в мире, самые звучные, самые чуткие и отзывчивые. Для отделки ее он достал прекрасное блестящее черное дерево и украсил его только крупными перламутровыми звездами. Прекрасна, проста и изящна была эта арфа. Творец ее был великий артист, — старик высокого роста, могучий, с величавою осанкой. Густые, седые волосы, как серебристым сияньем, окружали его большой, открытый лоб. Старик уже давно задумал создать такую арфу, чтобы все — народы и цари — заслушались ее.

Он долго трудился над нею. Наконец наступил тот час, когда арфа явилась на свет. Всю последнюю ночь, глаз не смыкая, работал над нею старик...

— Кончил! — со вздохом проговорил он, поднимаясь с места.

В растворенное окно уже брезжил рассвет, и — до тех пор красный — огонь ночника казался на сером фоне комнаты желтым, мигающим пятном. С любовью и с тихою грустью старик смотрел на арфу, смотрел долго, долго, потом бережно взял ее и подошел с нею к окну. В ту минуту свежий утренний ветерок, с проблеском рассвета ворвавшись в комнату, задул едва мигавшее пламя ночника... Слегка опершись арфой на подоконник, старик посмотрел на божий мир, широко и далеко расстилавшийся перед ним.

Утро занималось над землею. Светлая полоска горела на востоке. Но земля еще спала, вся погруженная в неясные, синеватые тени; спал город, спали деревни, поля, леса, даже, казалось, спала река и, словно спросонок, тихо плескалась в своих берегах. Полоска на востоке разгоралась все ярче и ярче; голубое небо уже светлело над землею. А на земле все было еще тихо...

— Иди в мир! — вслух промолвил старик, обращаясь к арфе, как к живому существу. — Я создал тебя на благо людям, на радость и утешенье им. Пусть они, слушая тебя, делаются

99

лучше, добрее; пусть становится светлее у них на душе! Послужи им, сделай их счастливыми!

По-прежнему все было тихо и в небесах и на земле. Словно совершалась какая-то тайна... Только листья на деревьях слегка дрогнули и зашелестели под дуновеньем предутреннего перелетного ветерка. Старик легко провел пальцами по струнам, — и арфа ожила. Первый звук, трепетно сорвавшийся с ее струн, походил на легкий вздох. Тихо, чуть слышно, пронесся он над землей... Откинув волосы, старец вдохновенно посмотрел на сиявшие небеса и тихо, как бы про себя, заиграл на арфе прекрасный, радостный гимн, такой же светлый и ясный, как то ясное, летнее утро, что загоралось над землею.

Солнце блеснуло на горизонте и золотисто-розовым светом обдало небо и землю. Арфа звучала все громче и громче. Теперь ее звуки уже разливались могучей волной; они, словно, неслись на встречу к вечному светилу, в огне, в багрянце, в лучезарном блеске всходившему над миром. Победные, торжествующие звуки свободно разносились в воздухе, прославляя Солнце, Свет и Жизнь...

Замерли дивные звуки... Солнце взошло. Земля пробуждалась, листья на деревьях слышнее зашелестели, цветы поднимали свои за ночь поникшие головки, трещали насекомые и птички пели, — стозвучная музыка неслась отовсюду — с полей, с лугов, из зеленой лесной тени... То — жизнь заговорила, и не слыхал в то утро ее говора только тот, кто спал в темной могиле вечным, непробудным сном. Все живое, казалось, радовалось, ликовало, празднуя появление на свет чудесной арфы... Старик, стоявший у своего высокого, открытого окна, был совершенно доволен делом рук своих. Со слезами на глазах посмотрел он на арфу, приблизил ее к себе и — счастливый, взволнованный — нежно прильнул устами к ее струнам. В порыве восторга он целовал арфу...

— Ты — прекрасна, моя арфа! — шептал он с любовью, склоняясь над нею. — Но... ты — слишком чутка, восприимчива, ты — слишком нежна, моя арфа! Я уже стар, мне недолго играть на тебе. А тебе, может статься, предстоит еще долгая жизнь... Хорошо, если ты попадешь в руки человека — такого же чуткого, нежного сердцем, как ты сама! А если тебя захватят чьи-нибудь грубые лапы?.. Ведь тогда не будут беречь тебя, как я... Тогда станут не пальцами перебирать по твоим туго натянутым, отзывчивым струнам, будут, пожалуй, кулаком стучать по тебе... Кулаком!.. когда самое легкое прикосновенье заставляет тебя всю дрожать... Боюсь, что тебя не поймут и не оценят. — Старик задумчиво поник головой.

100

— Не знаю, что сделают из тебя люди и как они станут обращаться с тобой... — немного помолчав, со вздохом проговорил он. — Может быть, они искалечат тебя, разобьют, оборвут твои нежные струны... Но теперь ты все-таки иди к ним, послужи им... Ты должна идти!.. Я знаю, кому завещать тебя перед смертью. Я отдам тебя Ивону.

При жизни старика из арфы извлекались только высокие, торжественные звуки.

Умирая, старик дрожащими руками передал арфу своему любимцу, юноше Ивону.

— Играй на ней все хорошее, все, что хочешь... — прошептал он, с усилием взглядывая своими угасавшими очами на румяное юношеское лицо, склонившееся над его изголовьем. Только не извлекай из нее фальшивых нот... Эти ноты режут слух... И не трещи на ней без толку! Пусть каждый добрый ее звук — грустный или светлый — будет внятен людям и вызовет отголосок в чьей-нибудь душе: в душе ли блудного или добродетельного сына — все равно... Для этой арфы — нет отечества, нет чужих, нет язычников. Весь мир — ее отечество, и все люди для нее — свои... Ивон! Исполнишь мой завет?

— Да! — промолвил юноша.

Старик с усилием приподнялся и, дрожащей, костлявой рукой указывал на небо, прошептал:

— Помни!

В предсмертном бреду горячие уста его шептали с мольбой: "Больше любви! Любви!.." И с этими словами умер старик.

II

Ивон полюбил арфу, хранил ее, как благословение умирающего старца, и с почетом держал ее в переднем углу своей комнатки, под старым, потемневшим распятием.

Ивон был красивый, здоровый юноша, с русыми шелковистыми кудрями, с цветущим, румяным лицом и с кроткими, карими глазами. В этих глазах светилась добрая, сильная, любящая душа, готовая ради ближних на всякие жертвы. Каждая хорошая девушка желала бы сделаться женою Ивона, каждый почтенный старик и старушка желали бы назвать его своим сыном... Старик знал, кому передавал свою арфу. Если бы он прожил еще сто лет, то все-таки не нашел бы человека — более достойного обладать его чудесной арфой.

Ивон воспевал природу, ее вечные, неувядаемые прелести, — и в звуках арфы как бы слышался шелест деревьев, сладостное дуновенье ветерка, тихое журчанье источника и пенье птиц лесных... Но Ивон воспевал не одну природу. Он пел о любви, о братстве, о мире всего мира, о дружной, единодушной работе "всех для всех", словом, пел о том, что навевают на всякую чуткую, благородную душу юношеские золотые мечты. Песнь его была поэтична. Много страсти, много святого увлеченья было в его игре; фальшивых нот не прорывалось и не слышалось бестолковой трескотни.

Нежно, любовно звучала арфа в его руках. И стар и мал заслушивались ее. Даже жесткие, черствые люди, казалось, дотоле жившие на свете только для одного зла, на горе ближним и себе, приходили от нее в восторг и умиленье... В потемки самой порочной души арфа вносила свет и радость, раздувая искру божию, невидимо для людей тлевшую в них под пеплом всякой житейской мерзости.

Человек, заносивший руку на ближнего, заслышав арфу, вдруг останавливался и, поникнув головой, шел в сторону, словно, преследуемый страшным вопросом: "Что хотел ты сделать с братом своим?" Скряга, заслышав звуки арфы, подзывал к себе нищего, за минуту перед тем прогнанного от его порога, и давал ему, не считая, целую пригоршню денег. Храбрый воин, в боях поседелый, приготовлявший оружие к битве и уже мысленно рубивший врагов своим тяжелым, вострым мечом, заслышав арфу, с глубоким вздохом оставлял свой блестящий меч и щит. Мудрец, ученый, целые годы не отрывавшийся от заплесневелых книг, сам заплесневевший над ними и позабывший из-за них весь мир, при звуках арфы невольно поднимал голову; седые, нахмуренные брови его расходились, разглаживались глубокие морщины, — и этот ветхий старик, желтый, как пергамент, сухой, как египетская мумия, вдруг улыбался и начинал тихо напевать ту песенку, что в далекие годы детства над его колыбелью певала мать. Старик плакал... Страдалец в звуках арфы находил отраду, своей скорби — утоленье. Счастливый при звуках ее всем сердцем, всеми силами души своей желал сделать всех окружающих довольными и счастливыми...

Для Ивона наступила благодатная пора. Он любил и был любим. Вероника, подруга его детских лет, сделалась его невестой.

Однажды в прелестный, праздничный, летний день Ивон надел свой нарядный бархатный камзол, маленькую шапочку с пером, рассыпал по плечам свои шелковистые кудри и, взяв арфу, отправился с невестой за город. Вероника была дивно хороша в своем белом платье, с своими роскошными, белокурыми волосами, свитыми на голове в виде короны; ее голубые глаза словно отражали в себе голубое, сияющее небо, а белоснежные щеки ее алели таким нежным, розовым румянцем, как будто на них почивал отсвет зари. Все, встречавшиеся с ними на улице, невольно останавливались, любовались на жениха и невесту и долго смотрели им вслед. И они исчезали в золотистой дали, как светлое виденье, на миг слетавшее с неба в эти темные, узкие улицы.

Взявшись за руки, проходили они по тенистым рощам, по цветущим, сладко пахнущим лугам, наконец, вышли на берег реки и здесь, под кустом зеленеющей ивы, опустились на траву. Арфа покоилась между ними... Тихий час настал. Вероника сидела, обхватив колено руками, и, склонив слегка головку, задумчиво, мечтательно смотрела в даль. А Ивон, скинув шапочку, полулежа, облокотился о землю рукой и любовался на узорчатый лист папоротника. Свесившиеся русые кудри бросали тень на его красивое лицо.

— Здесь растут крупные незабудки! — промолвил Ивон. — Я нарву их и сделаю из них венок. Этот венок из голубых цветочков будет чудо как хорош на белокурых волосах моей Вероники.

Девушка ничего не сказала, только улыбнулась и ласково посмотрела на него. Скоро венок был готов, и Ивон с поцелуем надел его на свою невесту.

Так светло и ясно, так мирно начавшийся день разразился к вечеру страшною грозой. Молодые люди не заметили, как подкрались черные тучи, заслонили солнце и быстро заволокли все небо. Гром гремел и яркие молнии прорезывали сгустившийся над землею мрак. Буря мигом налетела — с ревом и воем. При свете вспыхивавших молний видно было, как кусты ив низко стлались по земле, а высокие деревья трещали и гнулись от ветра, раскачивая из стороны в сторону свои темные вершины. Крупными каплями стал накрапывать дождь. Ивон схватил в одну руку арфу, в другую — невесту и хотел бежать в хижину пастуха, чтобы там переждать непогоду. Но в это самое мгновенье страшная молния загорелась в облаках; казалось, разверзлись небесные выси и посылали на грешную землю целые потоки огня...

Ивон невольно оглянулся на реку и при свете горевшей молнии увидал там — посреди кипящих волн — утлую рыбачью лодку. Напрасно лодка старалась пробиться к берегу: бушующие волны крутили ее, как щепку, всю обдавая белой

103

пеной. Люди, бывшие в лодке, в отчаянии простирали руки к берегу, моля о помощи, но криков их не было слышно из-за громовых раскатов бури и из-за треска ломавшихся деревьев... Ивон в ту ж минуту оставил руку невесты, скинул с себя камзол, шапку, подал арфу Веронике и быстро сбежал с берега. Вероника страшно побледнела.

— Куда? — едва могла промолвить ему вслед испуганная девушка.

— Подожди! Я сейчас возвращусь! — крикнул он ей в ответ, бросаясь в воду.

Не успел он еще отплыть от берега, как лодка опрокинулась под напором налетевшего вихря и исчезла в темных волнах. Ивону удалось схватить в воде какую-то женщину, — он вытащил ее на берег. Потом он спас рыбака и другого... но когда поплыл за третьим, за последним, силы изменили ему, — и он пропал в кипящей пучине...

Вероника, при синеватом свете молний, видела, как он боролся с волнами, как он с усилием в последний раз поднял над водой свое бледное лицо, с прилипшими к нему мокрыми кудрями; видела, как потом на мгновенье еще мелькнула из волн его белая рука, — и все было кончено...

Люди, спасенные Ивоном, горячо благодарили Небо за избавление от смерти.

III

Буря по-прежнему ревела и гром грохотал. Но Вероника уже ничего не видала и не слыхала. Как стояла она, так, казалось, и застыла, замерла в своей выжидающей позе. Она не чувствовала, как дождь мочил ее и холодные капли его катились по ее лицу, как слезы текли по щекам, падали ей на руки, на грудь. Ее мокрые волосы растрепались от ветра, полураспустившийся венок из незабудок зеленой гирляндой лежал на ее голове; ее белое, легкое платье промокло насквозь... Неподвижно стояла Вероника, как прекрасная статуя, крепко прижав арфу к груди, склонив голову и с невыразимым ужасом, напряженно, смотря широко раскрытыми глазами туда, вниз, на реку — на то место, где, посреди кипящих волн, она видела в последний раз своего милого.

104

Рыбаки с трудом заставили ее сдвинуться с места и пойти с ними в хижину пастуха.

— Смотри: ты вся мокрая... занеможешь — умрешь! — говорили ей эти добрые люди.

— Умрешь! — прошептала она, как эхо, и вдруг громко и дико расхохоталась. — Ах, да... умрешь!.. А не правда ли: очень мил этот веночек? — заговорила она, обращаясь к рыбакам. — Эти голубенькие цветы очень идут к его Веронике... не так ли?

Буйным, безумным огнем горели ее глаза, до той поры такие кроткие и спокойные.

Когда привели ее в хижину, она долго сидела, понурившись, но вдруг сняла с себя распустившийся венок и стала внимательно рассматривать его. Она перебрала его весь по цветочку, и все время какая−то необыкновенно жалостливая улыбка блуждала по ее губам. Окружавшие, смотря на Веронику, тихо плакали...

— Ивон сказал: "Подожди... Я сейчас возвращусь!" — шептала девушка, прикладывая руку ко лбу и как бы стараясь что−то припомнить. — Да! Точно... Ивон сказал: "Я возвращусь!.." А его все нет...

Последние слова она проговорила тихо, но таким раздирающим тоном, что женщина, стоявшая около Вероники, не выдержала.

— Не жди, голубка! — сказала она, положив ей на плечо свою грубую, тяжелую руку. — Он уж не придет к тебе больше. Утонул твой милый!

Вероника вздрогнула, точно откуда−то холодом подуло на нее.

— А ты лучше одумайся! — промолвил старый рыбак, наклоняясь к ней. — Не сиди так... уж лучше плачь... плачь, дитятко! Легче будет...

Она схватила арфу и заиграла. В игре ее вылилось такое отчаяние и такое жгучее сердечное горе, что даже сама арфа дрогнула и зарыдала под ее лихорадочно дрожащими пальцами.

С той минуты, как Вероника увидала в последний раз над волнами белую руку Ивона, рассудок ее помутился навсегда...

Буря промчалась, мрак миновал; яркое солнце светило с лазури... А Ивон с бледным лицом лежал неподвижно на песчаном речном дне, между серыми камнями и разноцветными раковинами, — и густые, цепкие водоросли, как зеленым саваном, обвивали его, перепутавшись с его русыми, шелковистыми кудрями.

Вероника похудела; розовый румянец на щеках ее погас.

Голубые глаза ее то загорались безумным весельем, то вдруг делались грустны и затуманивались слезами, а ее сухие, горячие губы шептали: "Воротись! Воротись, мой милый!.."

Родные присматривали за больной Вероникой. Но каждый раз, улучив удобную минуту, она бежала с арфой на берег реки, к тому месту, где пропал навеки ее милый. Словно какая-то неведомая сила влекла ее неотступно к этим берегам. В белом платье, с распущенными волосами и бледная, как смерть, являлась она на берегу, как привиденье, пугая мирных рыбаков своим безумным видом. Прижав арфу к груди, она подолгу стояла на береговом обрыве неподвижно, в выжидательной позе, смотря на реку своими обезумевшими очами.

То вдруг она начинала играть на арфе, и арфа под ее пальцами плакала и смеялась безумным смехом, надрывая душу тем, кто случайно слышал ее. При этих отчаянных звуках люди невольно содрогались и болели по чужому горю. Глубокое состраданье будила арфа в их душе. Тем, кто слышал арфу, не вкусен в тот день казался обед и никакое веселье не веселило...

Наконец, родные стали строже присматривать за Вероникой и не пускали ее из дома. Арфу у нее отняли.

— Арфа расстраивает ее! — говорили родные.

Все жалели Ивона и его несчастную невесту. Люди долго грустили по его песням.

— Кто другой споет нам такие песни, какие певал Ивон! — говорили они с печалью. — И где, для кого заиграет его чудесная арфа?.. Да еще и заиграет ли она когда-нибудь?..

Но арфа заиграла...

IV

Только заиграла арфа на этот раз не в комнатке Ивона, не на улице и не на зеленом просторе полей и лугов; она заиграла в королевском дворце. Да!.. В той стране, как поется в старой песне, — "Жил добрый славный государь, Счастлив любовию народной, Красою дочери гордясь..." Дочь его, Бланка Прекрасная, была поистине красавицей — в лучшем значении слова. Высокая, стройная, как тополь, с золотистыми волосами, с умным выразительным лицом, она внушила бы к себе восторг и обожанье всюду, где бы ни явилась, и на раззолоченном троне и в дымной хижине какого-нибудь убогого угольщика. И душа ее была так же прекрасна, как тело...

Она узнала о чудесной арфе и пожелала обладать ею. Немедленно принесли к ней арфу. Арфа сразу понравилась Бланке. Родным Вероники дали за нее целые пригоршни золота. И вот таким-то образом арфа зазвучала в королевских покоях.

Старый король крепко любил свою дочь и по вечерам, избавившись от министров и от всех государственных дел, приходил в комнату дочери. Бланка садилась на бархатную скамейку у его ног и тихо играла на арфе. Положив руку ей на плечо и свесив на грудь свою длинную, седую бороду, король подолгу сидел задумчиво, прислушиваясь к ее пению и игре.

А Бланка Прекрасная своим чудным, мелодичным голосом пела о том, чтобы люди сильные — в могуществе своем — не угнетали слабых, чтобы люди счастливые — посреди веселий — не забывали о страдающих и болящих, чтобы богатые не притесняли бедных, судьи судили бы по совести, а воин только защищал бы свое отечество, а не разбойничал на больших дорогах... Король был человек добрый и поэтому с удовольствием слушал песни дочери.

Те же самые песни Бланка Прекрасная пела с аккомпанементом арфы и на торжественных придворных празднествах. Арфа в ее нежных руках звучала так прелестно, такие дивные, восхитительные мелодии слетали с ее отзывчивых струн, что даже самые сердитые вельможи переставали коситься друг на друга. Придворные дамы были в восторге.

— Что это за чудесная арфа! — говорили они между собой.

Арфа чувствовала себя очень хорошо, сознавая, что она делает благое дело. В эти дни она была в большом почете; все смотрели на нее с благоговением. Но скоро дела переменились... Для королевской дочери наступила пора выходить замуж. Женихом явился король соседнего государства. Пышно отпраздновали свадьбу, и Бланка с мужем и со своей неразлучной арфой, плача, покинула дворец и своего старого, осиротевшего отца.

Король Гвидо был молод, виден, статен, но нравом был суров и жесток. Сердце его не умело прощать; не знал он пощады. Однажды король заподозрил в недоброжелательстве к себе великое множество народа и уже готовил ужасную, кровавую расправу. Узнала о том Бланка Прекрасная, пришла к нему с арфой, села у ног его, как, бывало, сиживала с отцом, и запела. Песнь ее молила о жалости, о состраданье... Арфа плакала и стонала, словно тысячи несчастных изливали в ее звуках свое горе и отчаяние. Король Гвидо нахмурился, вспыхнул и не дал кончить Бланке. Он вырвал у нее из рук арфу и с силой треснул ее об пол. Струны едва не лопнули и так жалобно звенели... Бледная встала перед королем Бланка, грустно посмотрела на него и, молча, с укором покачала головой.

— Эй, люди! — крикнул во гневе король Гвидо. Со всех сторон сбежались придворные.

— Убрать с глаз долой эту отвратительную арфу! — кричал он в бешенстве, топая ногами. — Чтобы духу ее не было в моем дворце! Живо!..

И арфа моментально исчезла из королевских покоев.

V

Придворные — люди смышленые. Они не бросили арфу, куда попало. Нет!.. Они отнесли ее к одному известному музыканту, по имени — Фабрицио. Музыкант с радостью взял у них арфу и дал им за нее много денег.

Фабрицио был уже и ранее известен за хорошего музыканта, а теперь, завладев арфой, он стал знаменит. О нем уж иначе и не говорили, как "наш несравненный, очаровательный...", "наш гениальный Фабрицио...", "наш божественный маэстро". Каждый концерт его был для него новым торжеством, каждое появление его перед публикой вызывало такие громы рукоплесканий, что от них сотрясались колонны концертного зала. За каждый вечер он получал с благодарной публики по целому мешку червонцев.

Ему не стало проходу от поклонников и поклонниц, за ним толпой бегали по улицам. Мальчишки напевали мотивы его известных произведений. На каждом шагу продавались его портреты, и на них он был изображен, как живой: с большими, темными глазами, с черными волосами, длинными и растрепанными, и с печатью вдохновенья на открытом челе. Женщины стали носить шляпы под названием "Фабрицио". По нем сходили с ума...

Фабрицио очень хорошо понимал, что знаменитостью своей, своим богатством, почестями, славой — он обязан чудодейственной арфе. И он обращался с нею бережно, хранил и лелеял ее, как зеницу ока. Но что же он играл на ней? Чем он увлекал публику и приводил ее в такой неистовый восторг?..

Он извлекал из арфы только одни нежные, безмятежные звуки. Он воспевал лазурь и сиянье небес, туманную, золотистую даль и розы, вздохи и слезы влюбленного, тихую печаль разлуки и радости свиданья. Он не брал на арфе бурных аккордов; он не потрясал зрителей глубиной и силой чувства. В те дни одни сладостнейшие звуки лились со струн арфы... Фабрицио игрой своей ласкал и нежил слух. Он со своей арфой делал чудеса... "Он делал фокусы", как говорил один злой насмешник. То он свистал соловьем, то ворковал по-голубиному, то журчал, как тихоструйный ручеек, то в совершенстве передавал затаенный девический смех, шепот — ропот...

Ему подносили букеты великолепных цветов, его венчали венками. У всех на устах было имя "нашего знаменитого, гениального Фабрицио". Но арфа... бедная арфа скучала, не веселили ее эти шумные триумфы, этот гром рукоплесканий, эта масса букетов и венков, попадавших иной час и на ее долю. Арфа была недовольна. Она чувствовала себя неловко в руках этого ловкого артиста.

У Фабрицио были хорошие музыкальные способности, но в том была его беда, что он больше мечтал, чем работал. Романсы и вальсы ему давались легко; успех вскружил ему голову, не дал ему поработать над собой, — и Фабрицио не пошел далее вальсов и романсов. Одуревши от почестей и славы, он бросил свою невесту — бедную, но милую девушку, любившую его уже давно, когда он был еще простым музыкантом и добрым человеком. Он женился на богатой, знатной женщине. Своих прежних знакомых — бедняков он также оставил и водил компанию с вельможами.

Фабрицио жил на славу и на славу пускал пыль в глаза и себе и другим; пожил он всласть, вволю.

Прошли года... Фабрицио уже давно овдовел, богатства его уплыли между пальцами и слава рассеялась, как дым, как сновиденье. Фабрицио поседел, сгорбился; руки у него дрожали и пальцы были уже не в силах летать по струнам. Фабрицио со своими вальсами и романсами вышел из моды. Фабрицио был забыт... Публика бегала за другими артистами, слушала с упоеньем других певцов и музыкантов. Теперь у нее были уже другие гении; другие идолы ставила она на пьедесталы.

Однажды, когда у Фабрицио не хватило денег на хлеб насущный, он взял — уже более ненужную ему — арфу и отнес к одному богачу.

Этого богача звали Миной.

Знаменитый артист предложил знаменитому миллионеру купить у него арфу. Тряся головой и шамкая своими беззубыми челюстями, музыкант начал было рассказывать целую историю об арфе, об ее славном прошлом, о своих собственных триумфах...

— Да теперь–то деньги тебе нужны? — грубо перебил его богач.

— Да, да! Деньги... деньги! — шамкал Фабрицио.

— Ну, так бы и говорил толком! А то понес всякий вздор... — рассудительно заметил Миной.

Его интересовала не история знаменитой арфы, а занимало совсем другое...

— Да ведь ты был богат, у тебя были большие деньги... Как же ты прожил их? — спросил Миной. — Удивительно! Уму непостижимо...

Богач даже хлопнул себя по бокам, как будто ему жаль было чужих денежек, и тут же прочел отставному гению целую рацею.

Миной кой—что слыхал об этой арфе, знал ее, но она вовсе была не нужна ему. Звон золота и серебра, даже звон медных монет был для него слаще всех арф — небесных и земных. Он так и сказал смущенному Фабрицио.

— Правду сказать, арфа мне совсем не нужна! Но... жаль мне тебя, музыкант! Как бы, значит, в роде милостыни даю тебе за нее червонец. Получай!

Фабрицио думал, было, поторговаться с Миноем, но ему ужасно хотелось есть; поэтому он, молча, с жадностью, схватил червонец и побрел домой.

VI

Миной, как нередко случается между богатыми, был человек — совсем глупый, тупой, разумевший только одно — копить деньги. Зачем, для чего, для кого копить — он этого и сам не знал, не думал об этом, да и думать не хотел. Он купил арфу только для похвальбы, ради того, чтобы люди лишний раз поговорили о нем: "Миной купил знаменитую арфу... Миной, говорят, заплатил за нее тьму денег... Шутка ли, скажите! Вот–то богатство!.. Счастливец — этот Миной!.." И Миной самодовольно улыбался себе в бороду, воображая, как заговорят о нем, и вспоминая, как дешево досталась ему арфа...

Миной был человек большой, толстый, с одутловатым лицом и с маленькими глазками, заплывшими жиром. Вообще с виду он много походил на свинью, наряженную в людское платье. Рыжие волосы его были жестки, как щетина, нос толстый, приплюснутый, губы, как у негра, пальцы на руках — неуклюжие, как обрубки дерева. Он постоянно смотрел в землю и был сутуловат, потому что всю жизнь сидел над столом, сводя счеты и перебирая деньги. И удивительно было видеть, как его неповоротливые пальцы делались ловки и проворны, как у акробата, когда он принимался считать деньги. При виде денег этот жирный толстяк совсем преображался. Вся эта массивная туша при виде блестящих червонцев трепетала и замирала от восторга; глазки подергивались какою-то маслянистой влагой, а красное, лоснящееся лицо сияло и блестело, как хорошо вычищенная медная сковорода.

К такому-то человеку попала наша арфа. Он мельком взглянул на нее, подергал струны, чтобы узнать: крепки ли? провел рукой по черному, блестящему дереву и обратил особенное внимание только на перламутровые украшения. "Сколько-то стоят эти перламутровые звездочки?" — мысленно спросил он себя.

Арфу заключили в великолепный бархатный футляр с дорогими золотыми украшениями и поставили ее в одной из пустых, громадных зал Миноева дворца. Скучно было арфе, холодно, сыро, потому что хоть дворец и был роскошен, но Миной из скупости зимою не топил его, за исключением двух-трех жилых покоев.

Один раз в год дворец освещался и настежь растворялись его двери: Миной устраивал пир, — "пир на весь мир", как хвастливо говаривал он. На пир собирались к нему люди богатые, торгаши, ростовщики — и пестрая толпа всевозможных льстецов, прихлебателей и блюдолизов. Миной для такого торжественного случая облачался в великолепный костюм, пыхтел, пыжился, разыгрывая из себя вельможу, то выпячивал грудь, то приподнимал плеча и старался смотреть свысока, но походил на вельможу столько же, сколько лягушка — на вола.

Бывало, кто-нибудь из гостей обращал внимание на богатый футляр. Тогда футляр раскрывали и вынимали из него арфу, продрогшую от сырости и холода. В среде пирующих оказывался, обыкновенно, какой-нибудь дешевенький артист — любитель обивать пороги у знатных и богатых — и предлагал сыграть на арфе. Миной, тоже слыхавший, что вельможи иногда покровительствуют искусствам, кивал головой артисту в знак согласия. Тот становился среди залы в самой изящной позе и начинал играть на арфе и воспевать небывалые доблести Миноя. По словам этого певца, Миной оказывался, к его удивлению, "просвещенным покровителем искусств и наук", "благодетелем сирых и убогих", "истинным утешением всех бедняков" и "достойным сыном своего отечества" и прочее... Миной половины не понимал из того, что ему пели, но делал очень глубокомысленный вид. По окончании пенья, когда гости принимались рукоплескать и артист, приложив руку к тому месту, где — по его предположениям — у человека должно быть сердце, любезно раскланивался на все четыре стороны, — Миной уже совсем не знал: что ему делать: смеяться ли, выругаться ли, или просто сунуть артисту червонец и махнуть рукой... "Проваливай!.."

Гости подходили к арфе, барабанили своими грубыми пальцами по ее нежным, отзывчивым струнам и, в угожденье хозяину, одобрительно замечали:

— Играет изрядно!

А Миной, оттопырив губы, самодовольно мычал.

— Да! ничего... эта штука стоит денег! — говорил он, щелкая арфу по струнам.

Струны жалобно звенели; вся арфа вздрагивала и тяжело вздыхала... Нет! Пусть лучше снова запрут ее в футляр, чем оставаться долее в обществе этих человекообразных обезьян... И арфу опять заключали на целый год в темный футляр — до следующего пиршества. Никогда еще так дурно не чувствовала себя арфа... Даже в руках сладкогласного Фабрицио ей было легче, нежели здесь, в Миноевом дворце. "Уж лучше бы попасть на улицу или в жалкую каморку какого—нибудь убогого бедняка, чем молча, в потемках, стоять в футляре и только один раз в год являться на свет — и то лишь для того, чтобы болвана славить..."

Желание арфы скоро исполнилось.

Миной занемог; заболело у него горло. Самые лучшие врачи сошлись к его одру. Каждому знаменитому врачу за посещенье платили по сту червонцев. "Лихо!" — подумали про себя врачи и начали всячески пачкать и пичкать больного. Когда врачи достаточно разбогатели, а больной уже изнемог и лежал, как пласт, решено было приступить к операции. Врачи, поговоривши между собой по—латыни, вставили Миною, вместо его собственного дрянного горла, золотое... Но золото, всю жизнь веселившее Миноя и постоянно помогавшее ему, на этот раз не помогло...

Он умер, прожив, однако ж, с золотым горлом лишние пять дней. Последними словами его были: "Деньги мои, деньги!"

После его смерти, разумеется, явились моментально, словно из земли выросли, наследники. Множество набежало их разом со всех сторон... Труп Миноя не успел еще остыть, а вокруг него шел уже содом; наследники из-за богатств дрались и грызлись, как голодные псы из-за кости. Наконец, кое-как, с грехом пополам, поделили они между собой имущество, не помянув Миноя ни единым добрым словом.

Один из служителей, видя, что все рвут и тащат, увлекся общим примером и, пользуясь суматохой, стащил арфу вместе с футляром. Футляр он продал украдкой знакомому ростовщику, а арфу — для пущей безопасности — унес в дальнее городское предместье и там сбыл ее задешево, как вещь пустяшную, по его мнению.

VII

Арфу на этот раз купила Роза—Мария, жалкая уличная певица по прозванью Дохлый Котенок.

Эта несчастная молодая девушка еще ребенком осталась сиротой: отец ее был убит на войне, а мать умерла с горя... Маленькая Роза — в ту пору милая, прелестная девочка — очутилась на улице, под открытым небом. Она вместе с собачонками бродила под окнами, промышляя себе корки хлеба и даже не раз, с бою, отнимая их у собак; она проводила где день — где ночь, нередко спала на улице, прикорнув у фонтана или на широких гранитных ступенях величественного храма. Она почти не знала чистых детских радостей и рано попала в бродячее общество нищих и калек.

Теперь ей было 17 лет. Постоянно и летом и зимой она ходила в синей бархатной кофточке, с галунами на рукавах и на груди, с блестящими шнурами по швам и в короткой пунцовой юбке. Но ее бархатная кофточка уже выцвела, залоснилась, галуны на ней порыжели, шнуры блестящие потускли, юбочка истрепалась; так же истрепалась и сама Роза—Мария.

Она тонка и худощава, лицо ее бледно и как-то странно и страшно видеть на этом бледном, безжизненном лице ее большие глаза, темные, как ночь, оттененные синевой и горящие лихорадочным огнем. Порой на щеках ее пятнами проступает яркий, болезненный румянец. Ее черные, как смоль, непричесанные волосы беспорядочными прядями распадаются по плечам. На ней — шляпка с пером, но дождь, ветер и осенние бури сделали из этой — некогда щегольской — женской шляпки какой-то жалкий, грязный комок, едва державшийся на ее распущенных волосах. В ее лице, в ее глазах — больших и темных, во всей ее фигуре — затаенная грусть, утомленье и невидимые миру слезы. Ее глаза как будто все хотят спросить кого-то : "Скоро ли же конец?.."

Днем Роза—Мария, напевая и играя, ходит по улицам, ловя медные монетки, там и сям вылетающие ей из окон. По вечерам она поет в харчевнях, потешая буйных, пьяных матросов и всякий темный сброд. А ночь она дрогнет на своем жалком чердаке, где во все щели дует ветер и пробиваются холодные капли дождя.

Придя домой, она опускается на свое жесткое, нищенское ложе и подолгу сидит, уныло понурив голову и в бессилии опустив на колени свои худенькие руки. В этот тихий ночной час насильственная улыбка, игравшая днем на ее губах — для ее слушателей — исчезает бесследно. Все ее нерадостное прошлое — с холодом, с голодом — проносится перед ней, как ряд пестрых, неприглядных картин. В это время нельзя было смотреть на нее без слез.

Если бы мать теперь увидала ее — такую худенькую, грустную, разбитую... Господи! Ведь сердце у нее перевернулось бы от жалости и боли... С какою любовью, с какими горючими слезами она обняла бы теперь и крепко—крепко прижала бы к груди свою ненаглядную девочку! С какою нежностью ласкала бы она эту бедную головку с непричесанными, распущенными волосами! Как целовала бы она этот горячий лоб, эти чудесные глаза, эти губы и бледные, худенькие щеки! И мать сказала бы: "Люди, люди! Люди — братья, что же вы сделали с моей милой деточкой!.."

Но у Розы уж давно не стало матери. Нет у нее ни родных, ни знакомых, никто ее не любит, никому до нее нет дела; никто не придет к ней на чердак — не приласкает, не шепнет ей ни слова о той великой любви, что прощает и мытаря, и блудницу, и разбойника, распятого на кресте.

Роза—Мария жила, как дикарка, не зная: где — свет, где — мрак... С самым наивным видом она распевала в харчевнях всякие глупые, нехорошие песни. Она не понимала их и не догадывалась, что смешного находили в них слушатели...

114

Грустно, тяжело было арфе; с болью чувствовала она, что из нее извлекают какие-то нелепые звуки, недостойные ее чудесных, отзывчивых струн. И посреди веселого пенья и чоканья стаканов у арфы порой вырывались такие жалобные, душу щемящие ноты, что разгулявшиеся кутилы невольно хмурились. Невесело, нехорошо жилось арфе...

Но, как ей ни было дурно, она все-таки не согласилась бы променять свою теперешнюю бродячую, уличную жизнь на гнусное существование во дворце какого-нибудь богача. Эта несчастная певица — еще девочка, почти ребенок; арфа очень хорошо понимала это и недостойные песни не могли оскорблять ее глубоко. Уличные пороки и грубость в ней вызывали только сожаленье... Уже давно сказано: "Прости им, Господи, ибо не ведают, что творят".

Арфа видела, что и в пьяненьких матросах, и в самых жалких нищих и ворах и вообще во всем этом темном, оборванном люде порою пробивалось на свет чувство добра, горела искра божия, — в душе самого отчаянного бесшабашного негодяя порой пробуждался человек... А там, во дворце Миноя, — там — холодная пустыня; там слышен только звон червонцев; там вдоль стен стоят каменные статуи, похожие на людей, и бродят холодные, бессердечные люди, похожие на статуи... Нет! Арфе здесь лучше, — тем более, что певица, оставаясь одна ночью на своем чердаке, иногда наигрывала на ней такие милые, унылые песенки. Певица мечтала под ее тихие, нежные звуки и забывалась от своей тяжелой, нерадостной жизни. Иногда вой ветра нагонял на нее хорошие, блаженные сны... Во сне к ней приходила мать...

Но недолго арфа побыла в руках Розы-Марии. Девушка простудилась в своей бархатной кофточке, заболела и скоро угасла, как гаснет восковая свечка, стоящая на сквозном ветру. Перед смертью она даром отдала арфу одному своему знакомому, такому же несчастливцу, как сама, уличному певцу Сильвану.

VIII

Сильван был большой весельчак, человек, никогда не унывавший. Никто еще не слыхал от него ни одной жалобы. Ходил он босой и все платье его состояло из одних заплат. Свою старую рваную шапку он отдал одной бедной огороднице для чучела, и шапка его уже давно красовалась на высоком шесте посреди гряд, мотаясь от ветру — на страх воробьям. Карманов в его платье не было; все, что он получал за свое пенье, Сильван отдавал своему слепому старому отцу и оставлял немного для себя. Отроду у него не бывало никакого сундучка: все свое он носил с собою...

Сильван чрезвычайно обрадовался арфе. Он хранил ее, как свое единственное сокровище, пылинки сдувал с нее. Он пел на городских улицах, ходил по ярмаркам, по деревням и селам, играл на деревенских праздниках, на свадьбах, на крестинах, — только на похороны не пускали его. Он играл на арфе простые, но хорошие песни. Хотя Сильван с виду был неказист, но он был честный человек, с сердцем кротким и незлобивым.

— Сильван! Сделал ли ты себе новый камзол? — иногда спрашивал его отец.

— Как же, батюшка! — сделал! — отвечал сын.

— Ну-ка, иди, покажи...

"Покажи" для слепого значило — "дай потрогать руками". Сильван близко подходил к старику и начинал повертываться перед ним. Старик проводил дрожащей рукой по его спине, по груди, по рукавам.

— Сильван! Да никак ты весь — в заплатах... — в недоумении бормотал старик, опасавшийся за здоровье сына.

— Что ты, батюшка! — вскрикивал Сильван. — Какие тут заплаты... Это у меня все нашито для украшенья, по моде, — ныне все так носят... Ах, батюшка! Если бы только ты видел: как это хорошо! Я весь точно жар горю... Когда иду по улице, все красотки заглядываются на меня. "Вон, говорят, смотрите, смотрите... Сильван идет!.."

— Ну, то-то, — говорит старик и приятно ухмыляется, воображая: как все любуются на его молодца.

А у того-то на камзоле — заплата на заплате и между заплат кое-где видно смуглое, голое тело.

— А отчего же ты босой? — спрашивает старик Сильвана, ощупав его голые ноги.

— Башмаки очень узки, натирают ноги! — не обинуясь, отвечает сын. — Дома я снимаю их...

— А шляпу купил? — допрашивает заботливо отец.

— Как же, купил... — продолжает Сильван... — И отличная шляпа... такая, знаешь... с пером, вся обшита бархатом... чудесная шляпа!

— Покажи! — говорит отец, протягивая к нему руку.

— Я отнес ее, батюшка, к мастеру. Нужно было перо исправить... — нимало не смущаясь, объясняет Сильван.

— Ну! то-то же! — шепчет успокоенный старик. Сильван ест кое-как, ходит в чем попало, дрогнет от холода, а у старика зато зимой — и теплый, уютный угол, и теплая одежда и сытная еда...

Простые люди любили добродушного Сильвана, любили его простые песни. Он умел играть и невинные, детские песенки, и ребятишки с удовольствием плясали под звуки его арфы. Слушая арфу, отдыхал поселянин от своих тяжких трудов, бедняк позабывал свое горе, а веселый становился еще веселее и добрее. И звучала арфа по городам и селам, по полям и по большим дорогам, всем доставляя утешенье и отраду... Арфа была довольна, счастлива. Никогда еще ей не приходилось доставлять удовольствия такой массе народа, как теперь. Ей отрадно было сознавать, что все эти люди — мужчины, женщины и дети — незадолго перед тем горько плакавшие, заслышав арфу, осушали слезы и только тихо вздыхали. По-видимому, горе их смягчалось, утихало...

Так шел год за годом.

Слепой старик, отец Сильвана, умер, вполне спокойный за сына и уверенный, что тот щеголяет в новом камзоле. Вскоре за ним и Сильван отправился в ту страну, "откуда никто не приходит"...

Хозяйка Сильвановой каморки предлагала кое-кому арфу, но желающих купить ее не нашлось. Хозяйка с досады забросила арфу на чердак.

IX

Шел год за годом. Люди рождались и умирали. Земля в свое время то покрывалась снегом и деревья опушались белыми узорами инея, то цветы расцветали и летнее солнце обдавало землю ярким светом и теплом. То черные тучи сгущались на небе, с шумом и вихрем проносясь над землей, то легкие, белые облака, как воздушные барашки, тихо плыли по голубому небу...

А арфа, всеми оставленная, всеми позабытая, валялась на чердаке, в сору, в пыли и в паутине.

Теперь была в большом ходу и в моде ярко расписанная красками трехструнная балалайка, вся покрытая аляповатыми

117

украшеньями из сусального золота. Ярко сверкала и горела она на солнце своим дешевым блеском. Конечно, музыка ее была довольно односложна: "трень–брень" — и только. Но ее трескучая, залихватская музыка – по большей части плясовая – очень нравилась... Балалайку можно было услышать и в театрах, и в концертах, на улицах и площадях — всюду: она не брезгала никаким обществом, не разбирала ни места, ни времени... Немало и доставалось ей: ее роняли, стучали ею по чему попало, — однажды даже треснули ее кулаком. Но балалайка — выносливый инструмент, не обидчивый, не особенно нежный...

А балалайка так и старается, так и надсажается: "Трень–брень! Трень–брень!" Хотя из ее бренчанья не выходит никакого толку, но резких звуков, звону и треску много, очень много... Балалайка — в ходу, балалайка — в славе.

А там, в сумраке чердака, под самой крышей, посреди мусора, лежит наша забытая арфа. Ее прекрасное черное дерево треснуло и поломалось местами, одна струна лопнула, другая была уже надорвана. Жизнь помяла нежную, отзывчивую арфу...

Все прошлое порой проходит перед нею, как во сне.

Арфа помнит того славного старика, что вызвал ее к жизни; помнит милого, благородного Ивона и его несчастную безумную невесту; помнит Бланку Прекрасную; помнит сурового короля Гвидо, помнит, как он безжалостно хватил ее об пол и как вся она дрожала от боли; помнит, как Фабрицио в многолюдной, ярко освещенной зале, при помощи ее, приводил в неописанный восторг тысячи слушателей, — и как зальные колонны сотрясались от грома рукоплесканий; помнит, как она дрогла от холода во дворце богача и как глупые гости Миноя барабанили своими толстыми пальцами по ее нежным, отзывчивым струнам... Как ей было тогда больно и обидно!.. Помнит она несчастную уличную певицу; помнит веселого, добродушного Сильвана и его странствования по городам и селам, по полям и по большим дорогам...

Наслаждений и страданий была полна ее жизнь. Есть о чем вспомнить...

А теперь!.. Только крысы ночною порой иногда пробегают по ней, извлекая какие–то дикие, робкие звуки, да ветер, ворвавшись через слуховое окно, глухо гудит по ее струнам... Днем иногда солнце, в виде привета, шлет ей, словно украдкой, свой золотой, горячий луч; ночью месяц озаряет ее своим бледным, синеватым сияньем. И арфа в те минуты, как призрак, смутно мерещится в груде старого хлама, вся в пыли и в паутине...

АЗАЛЬГЕШ

I

Среди высоких гор бежит, шумит река Юрзуф. На берегу ее поныне видны на скале высокой, неподалеку от реки, мрачные развалины башни, а вокруг — следы могил, покрытых серыми камнями.

Здесь в старину жил Бурумир, могучий князь, с своей красавицей—женой. По склонам гор, в ущельях и долинах обитал его народ.

Княгиню горцы звали Азальгеш. Красивее ее не видали жен на свете. Ее голубые глаза горели, как звезды; волосы золотистою волной бежали по ее белоснежным плечам; улыбка ее алых губ была полна очарованья. Ее правая рука чудесным, волшебным свойством обладала: она светилася впотьмах... Азальгеш была добра и так же прекрасна душой, как и телом.

Бурумир похитил Азальгеш. Он примчал ее с далекого севера. Долго летел он с нею на своем славном вороном коне. Снежные метели и вьюги, словно в погоню, с воем и ревом неслись за ним с севера; снежные метели и вьюги бешено крутились за ним по бесконечным равнинам степным, порой обдавая его, как облаком, холодною снежною пылью. Бурумир в соболью шубку закутывал свою красавицу—невесту... И не догнали его северные вьюги и метели; умчался он от них с невестой на теплый, цветущий юг — в тот край благодатный, где вечно розы алеют и благоухает жасмин...

Красив был Бурумир, но мрачна была его красота. В народе его звали "железным"... Он был силен, высок и строен; волосы у него были черные, густые, как грива, и такие же черные, длинные усы и борода; смуглое лицо его дышало силой и темные глаза блестели, как горящие уголья. Вид у него был настоящий княжеский — воинственный и горделивый. Он носил красное платье, расшитое золотом, и алмазами горел его широкий золотой пояс...

Азальгеш не знала, что он был за человек. Он мог быть хороший человек, хотя ей и не нравились его темные, сросшиеся брови и выражение его тонких, крепко сжатых губ. Она согласилась быть его женой только с тем, чтобы он каждый день для своего народа делал добрые дела. Он нахмурил свои нехорошие брови и злой огонек сверкнул в его очах, как молния сверкает в темных тучах. Но, взглянув на прелестную Азальгеш, смело и открыто смотревшую ему прямо в лицо, он смирился и тут же страшной клятвой поклялся Азальгеш, что каждый день он станет творить добро для своего народа.

— Помни же, князь! — торжественно подняв руку, тихо промолвила Азальгеш. — У тебя в руках — сила, у тебя — власть. Ты можешь и должен делать добро... Эта земля в цветах и зелени создана не для того, чтобы человеческими слезами и кровью орошать ее. Ясное небо над нашими головами сияет так ласково и кротко не для того, чтобы — вместо тихих молитв и веселых, радостных звуков — возносились к нему с земли вечные жалобы и стоны... Помни! Небеса и земля слышали твою клятву... И небо тяжко покарает тебя!

Бурумир слегка вздрогнул и бледностью покрылось на мгновенье его смуглое лицо.

— Моя несравненная Азальгеш! — проговорил он, любуясь на ее лицо, пылавшее одушевлением. — Свет моих очей, мир души моей... Я — твой невольник, твой раб... Все, все — для тебя!..

— Сделай народ счастливым, а мне самой немного надо! — сказала Азальгеш. — Рабов, невольников не надо мне...

— Сделаю счастливыми всех! — в восторге повторял Бурумир.

Бурумир был человек свирепый и жестокий. Народ боялся и ненавидел его... Но бывают такие моменты, когда смягчается и самый лютый зверь. Под влиянием любви к Азальгеш, под влиянием взглядов ее кротких очей, Бурумир помнил свою клятву: мягче относился к людям и смирял порывы своего бурного нрава...

Они поселились в Долине Роз, в маленьком, прелестном дворце, утопавшем в зелени садов. Счастливо прожили они год... Народ успокоился и вздохнул свободно.

II

Бурумир был труслив и подозрителен, хотя хоронил свою трусость в душе глубоко. Опасно показалось ему жить в долине, посреди своего смиренного народа. С тайным страхом посматривал он с террасы своего дворца на пышные кусты роз, красовавшиеся в саду, и думал темную думушку: "Не ползет ли змея под этими кустами роз? Не кроется ли за ними враг?" С досадой и злостью взглядывал он иногда на свой густой, тенистый сад, на его великолепные, роскошные деревья. Они мешали ему смотреть на долину и наблюдать за тем, что делается там... "Под тенью их, быть может, скрывается какая-нибудь опасность?"

И Бурумир, наконец, решился свить себе гнездо, наподобие орлиного. Он задумал воздвигнуть башню на скале.

— Зачем же это? — спросила Азальгеш. — Нам было здесь так хорошо...

— Соседние народы войной мне угрожают! — ответил Бурумир.

Он повелел народу строить высокую, каменную башню, — и работа закипела мигом...

Прошли века после того, как выстроена эта башня. Все удивлялись крепости ее стен и необыкновенному искусству строителей. По времени в народе сложилось предание, что башню строили какие-то великаны, ворочавшие чуть ли не горами и одним махом бросавшие снизу на самую вершину скалы целые каменные глыбы. Но это — сущая неправда... Башню строили простые смертные, люди даже не особенно сильные, с утра до ночи ползавшие, как муравьи, около скалы, и лепившиеся по скале, люди трудолюбивые, терпеливые, покорные грозному владыке. Многие из них при создании башни лишились сил и здоровья, многие были убиты, задавлены или изувечены каменными глыбами.

Ее нижнее жилье вырубили в скале и вместо окон прорубили четыре щели: одну — на север, другую — на восток, третью — на юг и четвертую — на запад. После того уже началась постройка самой башни. Надо было нагромоздить два высоких этажа, а наверху, вместо крыши, сделать платформу и обнести ее зубчатым парапетом. Ни на быках, ни на ослах, ни на лошадях невозможно было таскать камни на скалу: скала, как прямая стена, — совершенно отвесная. Груды каменьев наносили к подножью скалы: к скале приставили лестницы. На лестницах непрерывною цепью стояли рабочие и передавали камни один другому, снизу вверх. В это время иные, изнемогши под тяжестью каменной массы, обрывались с лестницы, падали и расшибались до смерти. Потом и кровью кропили рабочие эти серые камни...

Каменья своим цветом походили на скалу и оттого издали вся башня казалась вырубленною в скале. От башни — из ее главного, большого окна с разукрашенной амбразурой — был

121

протянут к дереву на противоположном берегу реки висячий холщовый мост. Три года женщины той страны без устали ткали его из самых крепких ниток.

Готова башня, — и Бурумир в ней поселился с своей прекрасной Азальгеш.

В нижнем жилье помещались самые верные, испытанные служители Бурумировы: во втором этаже, убранном со всем великолепием восточной роскоши и неги, жил князь с княгиней; в верхнем этаже были их спальни.

Вокруг башни ютились воины в своих мазанках.

На новоселье жизнь пошла иначе, хуже... Темные демоны вновь овладели Бурумиром. Народ опять стонал от притеснений.

Каждый день с толпой вооруженных воинов уходил князь из башни "творить суд", как говорил он Азальгеш, а на самом деле для того, чтобы разбойничать. Он грабил беззащитных путников, страшным пыткам подвергал несчастных, вымогал последний грош у бедняков, казнил безжалостно людей невинных, казавшихся ему подозрительными. Воины на его глазах без милосердия и без пощады тиранили старцев, жен и детей. Бурумир словно наслаждался людскими страданьями. В траур оделся весь край...

Азальгеш ничего не знала: никаких слухов не доходило до нее из долин и ущелий гор. Под угрозой страшной казни Бурумир запретил передавать княгине об его злодействах.

Азальгеш скучала, оставаясь одна в угрюмой башне. Однообразно и уныло проходили ее дни.

III

Иногда Азальгеш подолгу сидела в амбразуре окна, как тоскующая голубка, приютившаяся в трещине скалы. Ее хорошенькая головка с распущенными белокурыми волосами склонялась на грудь. Азальгеш, пригорюнившись, смотрела на север и желала бы заглянуть в туманную даль, за высокие горы, что стеной поднимались перед ней.

Родимый север манил ее к себе, одиночество ее пугало. Горы, казалось, все надвигались и надвигались, теснили и давили ее... Ах, зачем тогда снежные метели и вьюги не догнали их, не отняли ее у Бурумира! Великолепен этот южный край, величественны его горы, много в нем чудес и диковинок, но родная сторона ей милее! Прекрасен этот громадный, пирамидальный тополь и темный кипарис, но рябина и черемуха, да белоствольная березонька милее и краше их! Пышны эти белые и алые розы — слов нет! царственно пышны они, но незабудки и ландыши внятней душе говорят...

Грезилась Азальгеш ее родная сторона — равнины, простор, даль бесконечная... Легче дышалось ей в этих сладостных грезах. В мечтах до нее доносилась порой вдали замиравшая унылая песня; слышалось ей чириканье знакомых птичек и степной ветерок сладким цветочным запахом ей веял в лицо...

И прекрасна была Азальгеш в те минуты! В ее голубых глазах, грустно, задумчиво смотревших вдаль, словно отражалось само голубое, сияющее небо... Она могла мечтать обо всем, пока взгляд ее тонул в небесной лазури...

При первом же взгляде на землю пропадала ее мечта. Она опять видела себя узницей в каменной башне... Опять перед нею бежит, шумит Юрзуф и скрывается во тьме дикого ущелья. Опять перед нею стеной встают высокие горы, по склонам их леса темнеют, а выше их нагромождены серые, голые массы каменных глыб. На вершинах гор снег белеет и блестит. Иногда облака спускаются низко, заволакивая горы густыми клубами, и в ту пору их снежные вершины как бы висят на воздухе... Горы и горы, одна другой выше; утесы да скалы, одна другой круче, и там и сям между гор — черные, зияющие трещины... Словно боги в минуту раздражения и гнева на род людской набросали эти горы одна на другую и, бросая как попало раскалывали, разбивали их на тысячи кусков и обломками их усеяли все окрестные долины, ложбины, ущелья и русла рек... Азальгеш грустно вздыхала и слезы туманили ей глаза. Конечно, и здесь природа была прекрасна во всей своей дикости: величавы эти горные громады, живописны их леса, красивы их цветущие долины. Но все эти прелести не могли утешить Азальгеш... Она тосковала. Сердце—вещун шептало ей, что вокруг нее творится что—то недоброе... Порой из селений смутно доносились до нее как будто крики, стоны и плач... "Что происходит там?" — в тягостном раздумье спрашивала она себя. Темные предчувствия томили ее...

Вечером Бурумир, возвращаясь домой, повсюду оставлял за собой скорбь и отчаяние. Перед мостом он раздавался со своими воинами и громко, пронзительно свистал. Этим свистом он давал знать жене о своем приближении. Если ночь была темна и месяц не светил, Азальгеш подходила к окну башни и, выставив свою правую светящуюся руку, озаряла ему путь. А путь был опасен: один неверный шаг и можно было полететь с этого холщового моста в холодные и быстрые волны бурливого Юрзуфа... Голубоватым, ярким светом сияла рука Азальгеш, и на этот спасительный огонек тихо и осторожно пробирался по висячему мосту князь Бурумир.

Бурумир являлся к жене, приняв свой обычный спокойный, беспечный вид.

— Не скучала ли ты, моя дорогая? — спрашивал он жену, раздвигая свои мрачно—нахмуренные брови.

— Мне было очень, очень скучно, князь! — со вздохом отвечала ему та.

— Ну, вот я опять с тобою! — утешал он ее.

— Мне слышалось, что там, в долине, как будто кто—то стонал! — говорила Азальгеш.

— То, вероятно, ветер в лесу завывал!.. — успокаивал ее Бурумир.

— Мне слышался чей—то плач... — продолжала она.

— Это на могиле матери плакала одна девочка—сирота...

— И ты утешил ее? — спрашивала Азальгеш.

— Утешил! — глухим голосом отвечал ей Бурумир.

— Мне чудилось, как будто, там, в селенье, кого—то били...

— Нет! Это — за селением сваи вбивали на берегу реки!..

— Князь! Рука твоя — в крови! — в ужасе вскричала Азальгеш, поднимаясь со своего ложа и пристально смотря на мужа.

— Да! Мы сегодня охотились славно! Я двух кабанов убил... — говорил Бурумир, подбоченившаясь и крутя свой черный, длинный ус.

— Князь! Помни клятву! — сказала ему Азальгеш.

— Помню! — как бы нехотя отозвался он. — А теперь — вина! Эй! — кричал князь и громко хлопал в ладоши.

И слуги с испуганными лицами сбегались на его зов...

IV

Князь ужинал вдвоем с Азальгеш; потом они шли на покой, но покоя не было для Бурумира... Подозрительность и тайные, темные страхи росли в нем не по дням, а по часам. Всю ночь вокруг башни стояла многочисленная стража. Звон вестового колокола, висевшего на башенной платформе, должен был извещать стражу о приближении неприятеля или вообще о какой бы то ни было опасности, угрожающей князю.

После ужина Бурумир приказывал всем служителям удаляться в нижнее жилье и сам, собственноручно, тяжелыми железными запорами замыкал за ними дверь. Потом по лестнице Бурумир пробирался с женой через люк в верхний этаж башни, где были спальни. Подвижную лестницу он поднимал за собою, люк закрывал подъемною дверью, дверь запирал каким-то мудреным замком и ставил на нее свою кровать.

Азальгеш не раз говорила ему: "Зачем столько предосторожностей и тревог?"

— У меня есть сильные враги! Людям нельзя доверять!.. — постоянно возражал он.

Вечер с женой, за стаканом вина, он еще коротал кое-как, но когда сгущались сумерки, страх нападал на него. Нечистая совесть мучила Бурумира... Он бродил из угла в угол, ища и не находя себе покоя. С замиранием сердца прислушивался он к каждому малейшему звуку, ко всякому шороху в башне и за стенами ее. Чу!.. Как будто кто-то крадется? Как будто трещат половицы? Уж не идет ли кто-нибудь? Не забрался ли кто-нибудь днем в башню и не притаился ли в укромном уголке?.. Или то, может быть, скребется мышь?..

И Бурумир, — бледный и трясущийся, как Каин, с ночником в руке бродил туда и сюда, заглядывая во все углы и шаря по полу...

Ночная тьма для Бурумира была полна ужасов. Особенно ночной ветер, завывавший вокруг башни, нагонял на него страх. Он не мог без дрожи слышать его диких, жалобных воплей. Бог весть что ему чудилось в шуме ночного ветра...

— Что с тобой? — спрашивала его Азальгеш. — Ты сам не свой... Скажи мне, что страшит тебя?

— О! Я ничего не боюсь... только я должен быть осторожен и всегда наготове! Соседние народы грозят мне войной... — с напускным спокойствием отвечал Бурумир, но дрожащий голос и лицо, покрытое бледностью и холодным потом, выдавали его душевные муки.

Несносные ночи, тяжелые ночи...

Тут вокруг него — и цветы, и ковры, и благоухающие курильницы, и разноцветные восковые свечи ярко горят; блеском и роскошью поражает убранство этой башни, снаружи такой суровой и угрюмой... Но ничто его не веселит: он постоянно дрожит за свою безопасность...

125

Только один раз в жизни светлая радость озарила мрак его души. Это было тогда, как он полюбил Азальгеш и добрые человеческие чувства шевельнулись в нем. Но недолго длилось это просветленье. Злые демоны вновь овладели им... И вот теперь, в своей башне на скале, он изо дня в день трепетал за свою жизнь, бежал от своей собственной тени и не ведал тех тихих радостей, которыми, как цветами, скрашивается порой самая жалкая человеческая жизнь.

В ночной тьме ему постоянно мерещились призраки замученных им жертв. Эти бледные призраки, чудилось ему, длинными вереницами со всех сторон стекались к его башне, кутаясь в могильные саваны, и вместе с ночным мраком неслышимо—незримо наполняли пустые, безмолвные покои...

А поутру опять с вершины башни, как ядовитое пресмыкающееся из своей норы, выползал злой властитель гор и с толпою вооруженных воинов отправлялся на убийство и разбой...

V

Наскучило Азальгеш сидеть одной и решилась она выйти из башни и узнать, что делает в долине ее муж. Стала она плести тайком шелковую лестницу, плела ее долго—долго, целый год, наконец, сплела...

Однажды, когда мужа не было дома, когда он, по его словам, отправился на охоту, Азальгеш прикрепила один конец лестницы в амбразуре окна, другой сбросила вниз и по этой тонкой, паутинной лестнице смело и быстро спустилась наземь. Потом она перешла Юрзуф вброд в том месте, где река была мелка и каменисто ее дно.

Азальгеш, крадучись, пошла по селеньям и тут—то увидела Бурумира в его настоящем свете. Много ужасных, потрясающих картин прошло перед ее глазами... Азальгеш видела, как Бурумировы воины мучили насмерть какого—то дряхлого, седого старика, допытываясь у него, где спрятаны его сокровища. Она видела, как воины, по его повелению, гнали целую толпу в подземные темницы. Нескольким человекам отрубили головы, и кровь по земле текла ручьем. Воины неистовствовали, но пуще их неистовствовал Бурумир. Где ни пройдет он со своей разбойничьей шайкой, там цветы не цветут и трава не растет, птички замолкают и лишь слышатся повсюду плач и стоны...

Азальгеш весь день ходила по долине из селения в селение, и сердце ее — доброе, жалостливое ко всем людям — кровью обливалось: нигде не видала она ни одного веселого, оживленного лица, нигде не слыхала ни песен, ни смеха, ни звонких детских голосов...

Бледная, как снег, блестевший на вершинах гор, возвращалась в тот вечер домой Азальгеш.

— Мой муж — разбойник... А я до сих пор не знала... верила ему! — шептали ее побледневшие губы. — Я умру... убью себя...

В ужасе и отчаянии смотрела она вокруг своими широко раскрытыми, помутившимися глазами и сжимала судорожно в руке свой маленький, блестящий кинжал... "Твоя смерть никому не поможет! — подсказывала ей совесть. — Никому не станет легче от того, что ты умрешь..."

— О, я несчастная! — в порыве жгучего горя вскричала Азальгеш, и ее прелестные, золотистые волосы волной рассыпались по белоснежным плечам. — Мое слово бессильно и бессильна моя рука... Зверь не поймет меня и не смирится... Что ж мне делать?.. Ох, горемычная, горемычная я...

Она закрыла лицо руками и плакала горько... Картины, виденные ею за день, въявь восставали перед ней.

— Что мне делать? — шептала она.

Ни тополь, склонявшийся над нею, ни перелетный ветерок, шелестевший кустами роз, ни волны бурливого Юрзуфа не давали ей ответа...

Азальгеш по шелковой лестнице опять поднялась в свою башню.

VI

Наступила ночь. Синеватый сумрак окутал долину. Вершины гор еще светились, но вскоре и они стали меркнуть и потускли... Тьма залила мир.

Ночь была мрачная, бурная. Ветер, как бешеный, проносился по долине, со свистом врывался в ущелья и грохочущим эхом отдавался в каменных недрах гор. Юрзуф бурлил, шумел и белой пеной хлестал в крутые, утесистые берега.

В небесах было так же темно и мрачно, как и на земле: ни месяца, ни звезд не было видно в ту ночь. Грозные тучи надвигались с запада.

Вестовой колокол на башне сам собой раскачивался от ветра и жалобно, уныло перезванивал, словно о покойнике...

Бурумир на тот раз запоздал. Расставшись со своими воинами, он, как всегда, один вступил на висячий мост. Опасно было идти: ветер рвал и раскачивал легкий холщовый мост. Бурумир остановился, свистнул и посмотрел вверх. Тяжелый, мрачный силуэт башни, торчавшей на скале, едва—едва выделялся на темном небе. В окне, как всегда, брезжил свет. Там, как всегда, стояла Азальгеш, положив на подоконник свою правую, светящуюся руку. И посреди все более и более сгущавшегося ночного мрака только это одинокое голубоватое сияние озаряло Бурумиру путь.

Он пошел... Внизу, глубоко под его ногами шумел, бурлил Юрзуф. Ветер с силой потрясал холщовый мост. Вспыхнула молния и фосфорическим сияньем обдала всю окрестность. И при этом брезжащем, дрожащем свете на мгновение, как в громадной панораме, показались селенья в глубине долины, и леса, темневшие по склонам, и высокие вершины гор, пропадавшие во мраке, и черные, грозные тучи, тяжелою, безобразною массой низко нависшие над землей. Миг — и все опять погружено в беспросветную тьму...

Гром грянул со страшным треском и далекими раскатами рокотал между гор, и долго еще его отголоски отдавались посреди ущелий и скал, словно там какое—то чудовище глухо, сердито рычало...

Бурумир уже дошел до средины моста и вдруг остановился над клокочущей бездной, как вкопанный...

Правая светящаяся рука Азальгеш в это мгновенье померкла, затмилась... Голубое сиянье пропало в окне. Свет, так долго светивший Бурумиру и уже не раз спасавший его, теперь исчез, оставив его посреди мрака.

— Азальгеш! — хриплым, задыхающимся голосом крикнул Бурумир...

Ему почудилось, что в окне он видел не кроткую, смиренную свою Азальгеш, но грозного божьего ангела, нисшедшего на землю покарать его за великие прегрешения. Дрогнул Бурумир, пошатнулся, как пораженный громом... еще один неверный шаг, еще один порывистый налет ветра, и Бурумир повалился с моста... Холодные, бурливые волны Юрзуфа поглотили его в тот же миг, закрутили и повлекли вниз по течению, разбивая его в дребезги об острые каменья...

128

Ветер по-прежнему бушевал, Юрзуф по-прежнему ревел, небо чернело и грозовые тучи ходили над потемневшею землей. Высокая башня по-прежнему мрачно и сурово высилась на скале. Вестовой колокол уныло перезванивал, раскачиваясь от ветра...

У окна стояла Азальгеш в своем белом одеянье, бледная, с распущенными волосами, слегка развевавшимися от ветра. Скрестив руки на груди и прислонившись к амбразуре окна, она задумчиво смотрела на расстилавшийся перед нею мир, все еще погруженный во мрак. Губы ее сжаты; ее страдальческое лицо серьезно и строго, решимость во взоре... А правая рука ее опять начинала светиться слабым голубоватым сияньем...

Азальгеш, измученная пережитыми ужасами, заснула только перед утром, вернее сказать, вздремнула тут же, в амбразуре окна, прижавшись к холодной стене.

Во сне ей являлся какой-то седовласый старец и говорил:

— Азальгеш! Люби народ, будь жалостлива к нему и светом истины просвети его!

И Азальгеш исполнила завет старца.

Она любила народ, всегда была жалостлива к нему и просветила его светом истины.

При ней, говорят, люди были счастливы...

Одно старинное преданье повествует, что Азальгеш приняла христианство и сама ходила из края в край, проповедуя народу учение Христа.

Много чудных песен сложили о ней певцы; иные из этих песен еще и до сего дня живут в народе.

БЕЛЫЙ ДЕДУШКА

I

Пришел старик и рассказывал... Он рассказывал о дремучих лесах, о полях с рожью, овсом и ячменем, о лугах, покрытых сладко пахнущими цветами. Он рассказывал и о летнем деревенском приволье, и о зимней стуже, о деревушках, полузанесенных снегом, о деревенском житье—бытье.

Был тихий зимний день. С темно—серого облачного неба летели снежинки.

В деревне Залесной, заметенной снежными сугробами, собралась среди улицы толпа ребятишек — мальчишек и девочек. Много тут было шуму и споров. Слышались возгласы: "Свалится!" — "Устоит!" — "Лучше бы под березкой!" — "Нет, братцы! Нужно его на виду поставить!.." Серый кудластый Медведко, помахивая хвостом, с тревожным видом бегал кругом толпы и отрывисто взлаивал, как будто с досады, что никак не мог сообразить: для чего сошлась эта толпа и галдит, и шумит тут все утро.

Наконец, одна девочка в длинной и широкой мамкиной кацавейке, подпоясанной обрывком веревки, и в темном рваном платке на голове протискалась через толпу вперед и, высунув из—под платка покрасневший кончик носа, крикнула:

— Что ж, ребята! Долго еще будем толковать? Ведь уж пора!.. День нынче короткий. Того гляди — смеркнется!..

Эту девочку звали Машей; ей было девять лет. Ее маленький братишка, Степа, — тремя годами ее моложе, — цепляясь за ее кацавейку, вместе с нею протолкался через толпу и крикнул товарищам:

— Делать, так делать!

В толпе засмеялись и кто—то сказал: "Ай да Степа!" А другой добавил: "Вот он — настоящий—то делец пришел!.."

Посреди толпы стоял мальчуган—подросток лет 12 — в полушубке нараспашку и в облезлой бараньей шапке, сдвинутой на затылок. Он опирался на длинную палку, и легкий ветерок порой раздувал его темные кудри.

— И правда! — сказал мальчуган. — Чего ж тут время напрасно проводить... Бегите—ка за лопатами! Живо!

Ребятишки пустились в разные стороны, только пятки

замелькали. Медведко тоже рванулся с места, но впопыхах не знал, куда броситься; сначала было кинулся в одну сторону, потом в другую и, наконец, уселся среди улицы и стал задумчиво следить за вороной, прыгавшей по жердочкам плетня.

На улице было пусто. Бабы сидели в избах за работой: пряли, ткали, обшивали своих семьян. Мужики на ту пору поехали в лес за дровами, иные уехали за сеном на дальнюю пустошь.

Вскоре ребятишки опять всей гурьбой собрались за колодцем — в проулке между двумя избами. У всех в руках были теперь лопаты и заступы. Степа притащил большой банный ковш. Неподалеку от того места, где сошлись ребятишки, был плетень; у плетня стояла береза, вся увешанная снегом. К плетню нанесло большие сугробы... И из этих-то сугробов ребята принялись копать снег и сносить его в одну кучу на средину проулка. Гаврюшка, мальчик с длинной палкой, заправлял всей работой, покрикивал и указывал: где лучше брать снег и куда его сваливать. Степа трудился не меньше других. Его круглые щеки разгорелись на морозе, весельем блестели большие голубые глаза, его волосы — светлые и золотистые, как чесаный лен — выбились из-под шапки и весь перед его синего тулупчика был в снегу. Степа зачерпывал полный ковш снега и, кряхтя, нес его туда, где стоял Гаврюшка. Маша носила снег лопатой и тоже старалась изо всех сил; рваный платок ее сбился набок и темные волосы растрепались... Ребята, как трудолюбивые муравьи, бродили между сугробами. Иной носильщик спотыкался, падал, и тогда веселый, громкий хохот далеко разносился по деревне. А снежная куча с каждой минутой все росла и росла...

— Маша! А, Маша? Ведь большой будет? — спрашивал Степа.

— У-у! Страсть какой! — отвечала девочка и, оттопырив губы, делала страшные глаза. — Ни в одной деревне такого еще не бывало!

— Выше избы? — допытывался Степа.

— Может, и выше! — говорила Маша. И Степа был в восторге.

Носильщики уже начали уставать. Маша все чаще и чаще заплеталась ногами в своей длинной кацавейке. Ковшик казался Степе все тяжелее и тяжелее; ковшик оттягивал ему руки... В это время Гаврюшка и еще два мальчика—подростка принялись за работу. Они стали проворно руками и ногами работать над грудой снега: то лопатой по снегу похлопают, то

131

коленами нажмут на него, и сами они все, с ног до головы, запорошились снегом и ходили, как белые статуи. Их большие рукавицы намокли от снега... Гаврюшка работал бойчее товарищей, старался больше, запыхался и все–таки без отдыха возился над снежными комьями.

— Довольно, ребята! Снегу больше не надо! — крикнул Гаврюшка.

Носильщики побросали лопаты и расселись кто на плетне, кто прямо на снегу, а иные подошли к работавшим и, заложив руки за спину, с любопытством следили за всеми их движениями...

II

И вот — под руками работавших из безобразной груды снега мало–помалу стала выходить большая, высокая человеческая фигура — только без ног; ноги ее как будто ушли в землю. Вот стали уже видны грудь, спина, немного горбатая, толстая шея и большая нескладная голова. Вместо рук воткнули в плеча две согнутые палки и толсто облепили их снегом. Теперь оставалось доделать только лицо: вместо глаз пальцами продавили две ямки, вместо носа приставили толстый кусок снега, палкой проделали беззубый рот, прилепили довольно большие уши, а вместо шапки насыпали на голову пушистого снега...

Когда сизые вечерние сумерки спустились над деревней, громадный и безобразный снежный дедушка был уже готов. Ребятишки собрались теперь кругом него и с торжеством разглядывали его. "Ого–го! Вот так дедушка!" — слышалось в толпе. Очень маленькая девочка, лет пяти, засунув ручонки в рукава и загнув голову вверх, посмотрела на снежное чудовище и одобрительно пролепетала:

— Ай, дедуся! Какой холосой!..

Степа и Маша радовались вместе с прочими. Да и как им было не радоваться: ведь и они помогали делать белого дедушку.

— Такого дедка, поди, нигде больше нет! — сказал Степка.

— Известно, нет! — со смехом заметил ему Гаврюшка. — Где ж такого сделать! Это только мы ухитрились...

— Ай да мы! Вот так мы — молодцы! — говорил Степа, от удовольствия прищелкивая языком.

Медведко вертелся тут же и с громким лаем бегал вокруг снежного великана. Ребятишки смеялись и науськивали его на белого дедушку... Все были рады и веселы, и веселые, и довольные разошлись в тот вечер по избам.

Два дня после того Гаврюшка с приятелями окачивал дедушку водой из колодца, чтоб он был крепче. На счастье ребятишек, вскоре хватил сильный мороз, и дедушка весь обледенел и блестел на солнце, точно серебряный. С этой поры для ребятишек любимым местом игр стала та площадка, где стоял их безобразный снежный дед.

Здесь они играли и в свою любимую игру — Журьку. Один из них садился на землю и рыл ямку, а другие, ухватившись сзади друг за дружку, вереницей ходили кругом него — и передовой говорил: "Округ Журиньки хожу, колокольчик навяжу, вокруг ленточки-позументочки". И потом он обращался к копавшему ямку: "Здорово, дедушка! Бог помочь!"—"Спасибо!" — отвечал тот.

"Что делаешь, дедушка?" — спрашивал передовой. — "Ямку копаю!" — отвечал Журинька. — "Зачем тебе ямку?" — "Камышек ищу!" — "Зачем тебе камышек?" — "Иголочки точить!" — "Зачем тебе иголочки?" — "Мешочек шить!" — "Зачем тебе мешочек?" — "Камышки класть!" — "А зачем тебе камышки?" — "В твоих деток швырять!" — "Что же тебе мои детушки сделали?" — "Всю капустку у меня переломали!" — "Так ты бы их пестом!" — "Пест-то изломался". — "Ты бы их лопатой!" — "Лопата-то раскололась". — "А ты бы их ступой!" — "Ступа-то развалилась". — "Так ты бы их блином!" — "А блин-то я и сам съем!.."

Тут Журька быстро вскакивал и с криком "кыр—кыр" принимался гоняться за ребятами; ему нужно было поймать передового. Ребятишки тоже с криком "кыр—кыр" бегали от него и всячески старались заслонить и защитить от него своего передового, — матку... У деревенских ребят нет игрушек; поэтому им самим приходится выдумывать себе игры.

Сюда же, к подножию белого дедушки, ребята приходили и с куском пирога или с ломтем хлеба, густо посыпанного крупною солью, и закусывали; здесь они возились, боролись и подолгу сидели около плетня, под березой, и вели тихую беседу. Иногда кто-нибудь принимался сказывать сказку или страшную бывальщину, — и тогда все с большим вниманием слушали рассказчика. А высокий белый дедушка, сгорбившись, стоял перед ними и тоже как будто прислушивался...

Место для белого дедушки выбрали отличное — высокое, ровное. Тут неподалеку и колодец, и береза, увешанная снежными узорами, точно вырезанными из белой бумаги, и плетень тут же под боком. За плетнем ровною гладью расстилалось, как скатерть, белое поле, далее шло кочковатое болото, за болотом — темный лес, где по ночам волки выли, а за лесом — синеющая даль.

III

Зима подходила к концу. Снег на земле облежался, сделался плотнее. Солнце в ясные дни пригревало снег сверху и покрывало его настом — тонкой ледяной корой. И на снегу не оставалось ни собачьих, ни заячьих следов; даже ребятишки бегали теперь по снегу, не оставляя следа. Деревенские охотники легко скользили по насту на своих длинных лыжах, и скользили без всякой помехи, куда глаза глядят: по лесам и полям, по рекам и по оврагам, — снег везде сдерживал их...

С Василия Капельника — с 28 февраля — солнце стало припекать сильнее. В полдень с крыш начинало капать, а к ночи эта капель замерзала и в виде хрустальных, прозрачных сосулек висела вдоль крыш. Днем на солнце опять начинало таять, к вечеру снова подмораживало, — ледяные сосульки делались длиннее, иные из них, наконец, обламывались и со звоном, как разбитое стекло, летели на улицу. Ребятишки поднимали их и сосали, как леденцы, и уверяли, что это очень вкусно.

Вот наступил и март месяц.

Хоть в деревнях и говорят, что после Евдокии (1-го марта) иногда снегу еще выпадает в сидячую собаку, но зима со своими морозами и метелями все-таки уже проходила. Медведь встряхнулся после своей зимней спячки, поднялся, встал из берлоги и пошел по лесу. Трескоток только послышался в лесной чаще... Прошел и Герасим Грачевник (4 марта), — и деревенские старожилы говорили: "Коли грачи прямо на гнезда полетят, весна будет дружная!" Грачи в тот год прямо полетели на гнезда, и все думали, что будет дружная весна. Прошли и Сорок Мучеников (9 марта), — и в деревне старики сказывали: "Будет еще сорок утренников!" Такое уж у них было поверье... Дожили и до Алексея, человека Божия.

"Алексей с гор потоки" — привел с собой настоящую весну. Стало сильно таять. На крышах солома была уже видна, снег на деревенской улице потемнел и по сторонам дороги сделался какой-то серый, невзрачный. У изб стояли лужи, на полях темнели проталинки и на них была видна прошлогодняя блеклая трава. В оврагах и в низких местах зашумела вода, потекли ручьи...

А белый снежный дедушка все еще стоял, только немного поосел, сделался ниже и как будто покривился на один бок. На земле около него стояла лужа. Понемногу таял дедушка, но еще держался и по-прежнему днем собирал вокруг себя толпу ребятишек. Теперь, когда стало таять, ребятишки уже знали, что теплое солнышко скоро растопит весь снег, растопит и их зимнего деда, и любопытно им было знать: упадет ли дедка на одну сторону, или весь вдруг развалится, или незаметно, мало-помалу истает...

Однажды ребятишки сошлись сюда и толковали между собой.

— Долго ли то еще простоит наш дедка? — заметил кто-то из ребят.

— Уж скоро от него только мокренько останется! — со смехом сказал Гаврюшка.

Степа смотрел на белого дедушку и думал: вот они старались — складывали его, а он вдруг возьмет — растает и уйдет невесть куда, точно сквозь землю провалится...

— Скоро он уплывет, сердечный! — промолвила Маша. — Вон уж у него под боком — лужа...

Какой-то мальчуган бросил в дедушку палкой. Палка с треском стукнулась об его обледеневшую голову и отлетела прочь.

— Еще крепок, волк его задери! — крикнул мальчуган.

— Не швыряйся! — остановил его Гаврюшка. — Пускай он помирает своею смертью!

День был ясный, солнечный...

Степа долго смотрел на белого дедушку, засмотрелся до того, что у него перед глазами стали разноцветные круги расходиться — красные, зеленые, желтые. И чем дольше Степа смотрел, тем больше ему казалось, что дедушка стоит перед ними, как будто живой, стоит, сгорбившись, и посматривает на ребят своими дырявыми глазами.

— Какой он страшный! — прошептал Степа, дергая Машу за рукав.

— Кто? Дедка-то страшный! — спросила девочка. — Вот уж ничуть не страшный!..

Она подошла и с веселым хохотом погладила дедку по спине.

Маленькая девочка была тут же и пристально глядела на белого дедку. Она слышала, как говорили, что деда уже скоро не станет, что он растает, — и теперь, ходя вокруг дедки, она жалобным голосом лепетала:

— Дедуся, не утикай! Постой хось малесенько... Не утикай, дедуся!

Но дедуся помаленьку "утекал"...

Солнце закатилось. Наступили синие сумерки. В избах зажгли лучину; красный огонек забрезжил в окнах, — и свет из окошек полосой падал на улицу. В синем небе затеплились яркие звезды. Бледный полумесяц высоко стоял над деревней и озарял ее своим ровным, спокойным светом.

Ребятишки разбрелись по избам. Только Степе не садилось дома. После ужина, перед сном, он в одной рубахе — даже без шапки — побежал в проулок еще раз посмотреть на белого дедушку и проведать: не развалился ли он?

Прибежал Степа и видит: по-прежнему стоит дедушка, озаренный серебристым месячным светом, — сгорбился дедушка, покривился набок, а все стоит... Степа обошел его кругом, потрогал его за плечо. Плечо — холодное... Степа прислушался: что-то шумит вдали! То — вода шумит, то — весенние ручейки бегут. И около дедушки где-то вода пробирается, тихо журчит, бульбулькает... В ночном безмолвии все звуки слышатся явственно...

Посмотрел Степа вверх, — вверху месяц и яркие звезды горят, и нет им числа. И далекие звезды как будто мигают ему. Заглянул Степа дедушке в лицо — и вздрогнул, отшатнулся. Дедушкины дырявые глаза блеснули при месяце, точно живые, а на ледяных губах как будто улыбка мелькнула. И жутко, страшно стало Степе, бегом пустился он домой, не чуя земли под ногами. Задохся Степа — и испуганный прибежал домой. Его ухода из избы не приметили, и он никому ничего не сказал.

На другой день у Степы голова заболела, стало в горле покалывать, поднялся кашель. Весь день Степа ходил невеселый, пасмурный, только один раз сбродил посмотреть на дедушку, а все больше сидел в избе под окном. Лицо у него горело и в глазах был жар.

— Ты что, Степа, куксишься? Али лихоманку подхватил? — спрашивала его мать. — С утра до ночи толчешься на улице... Смотри ты у меня!

IV

Степа простудился и заболел, два дня кое-как перемогался, на третий — слег... Маша не хуже матери ухаживала за больным.

Днем Степу клали на палати, чтобы ему было потеплее, а на ночь перетаскивали на лавку, где было не так жарко. Через неделю Степу было уже не узнать: так сильно он изменился. Его пухлые румяные щеки опали и побледнели, голубые глазки его потускли и весь он похудел и как-то вытянулся. Отец смотрел на исхудалое его личико, хмурился и говорил:

— Пожалуй, не выживет малец!

Мужику очень жаль было Степу: он у него был один сын.

— Ну, даст Бог, поправится! — утешала его жена. — Ведь не от всякой болезни помирают!

Мать сходила к фельдшеру, принесла какое-то горькое лекарство и поила им больного. Но Степе делалось все хуже и хуже...

С каждым днем снежный дедушка таял все больше и больше. Таял и Степа... Голова у него трещала от боли, руки и ноги ломило, его бросало то в жар, то в озноб. Иногда он не узнавал своих, не замечал ни дня, ни ночи, все в голове его смешалось, перепуталось, и страшные, мучительные сны посещали его...

Однажды он дремал на лавке. Был уже темный вечер. Отец куда-то ушел, мать пряла, Маша сидела у его изголовья. Долго лежал Степа с закрытыми глазами, — и вдруг почудилось ему, что солнышко спускается над ним, спускается все ниже и ниже — такое большое, красное — обдает его жаром и ярким пламенем брызжет на него. Степа отворачивается, закрывает голову руками — все хочет спрятаться от солнца. А солнце багровое, раскаленное все пуще на него надвигается, жжет его и палит немилосердно. Вот уж оно совсем близко... Степе невыносимо горячо. Он начинает задыхаться.

— Солнышко! Солнышко! — стонет он и ворочается на лавке, — хочет уйти подальше и спрятаться от солнца.

Маша приглаживает его золотистые, льняные волосики и говорит ему:

— Что ты, Степа! Какое же солнышко!.. Ведь теперь вечер!

Степа раскрывает глаза и как будто ничего не видит и не понимает.

— Вечер! — шепчет он своими сухими, запекшимися губами.

Через минуту вместо палящего жара его начинает прохватывать озноб. Степе чудится, что в избу вошел белый дедушка и оттого подуло на него холодом. Степа дрожит, ёжится, а дед подступает к нему, наклоняется над ним, протягивает к нему свои скрюченные снежные руки и смертельным холодом дышит на него...

"А—а! — глухим голосом рычит на него дед, широко разевая свою беззубую пасть. — Вы, дрянные ребятишки, всю зиму потешались надо мной, палками в меня швыряли... Еще недавно вы говорили, что я скоро растаю, уплыву, что от меня только мокренько останется... Нет, постой! Погоди! Не торопись меня хоронить... Ты, может быть, скорее меня растаешь и уплывешь! Вот как я обниму тебя да прижму к себе покрепче, так у тебя искры из глаз посыплются и голова повалится с плеч!"

И он обнял Степку. Ледяной смертельный холод пронизал мальчугана насквозь. И в правду из глаз его искры посыпались: голова у него так болела, как будто хотела разорваться. Весь дрожа от холода и страха, Степа мечется по лавке, старается сползти с нее и укрыться где—нибудь от объятий страшного деда, — а сам невнятно шепчет:

— Ой, дедушка пришел!.. ой, белый пришел!..

Маша держит его за руку, ласково гладит по голове и успокаивает:

— Что ты, Степа! Что ты, милый! Никого здесь нет... В избе только я да мамка.

Степа слушает и как будто не слышит, раскрывает глаза и ничего не видит: в глазах жар, смотреть ему больно, тяжело, голова кружится и валится с плеч.

И лежит Степа без памяти, без движенья, как пласт...

Однажды вечером после ужина отец печально посмотрел на него и сказал жене:

— Видно, Степке не жить на белом свете!.. Надо ему гроб припасать...

— Погоди! Успеешь!.. Гробик сделать недолго... — молвила ему жена.

А время шло. Снег давно стаял, и ручьи прошумели и белый дедушка уже давно исчез под лучами горячего солнца. От дедки осталась только мутная лужа, да и та давно высохла... Прошла и страстная неделя, прошла и Пасха с веселым колокольным звоном, с куличами и с красными яичками, прошел и Егорий...

Степа не умер, стал понемногу поправляться. Размялись все его болезненные страхи и ужасы. Багровое солнце уже не спускалось над ним, не жгло, не палило его; белый дедушка также оставил его в покое, и не обдавал его своим ледяным дыханьем. Но Степа был очень слаб, и все больше лежал. Отец, и мать и Маша — все были рады, что не пришлось делать гробик для Степки.

V

В ясный и теплый майский день Степа, в первый раз после болезни, выбрел с Машей из избы. Маша скоро убежала к своей подружке, а Степа остался один. Он присел у завалинки. Ноги еще плохо слушались и худо держали его.

Прежде всего Степа заслонил глаза рукой от солнца и посмотрел в тот проулок, где стоял зимой белый дедушка. Там уж никого не было. Степа вздохнул с облегчением. Очень напугал его снежный дед во время болезни. Будет помнить его Степа, долго не забудет... Степа все смотрел в страшный проулок: вон — колодец, за ним и то место, где стоял дед, далее — береза, плетень, за плетнем — поле... В проулке зеленела травка, береза опушалась молодым листом...

В поле, за плетнем, в ту пору крестьянин пахал на тощей вороной лошади, а вороны и грачи летали над пашней, отыскивали зернышки и всяких насекомых. Воробьи весело чирикали, прыгая по плетню; к ним порой налетали и снова скрывались пеночки, варакушки и другие малые птички. А в ясных сияющих небесах жаворонок заливался.

И слышит Степа, как на другом конце деревни ребята запевают знакомую песенку: "Солнышко, солнышко! Выгляни в окошечко!.." Степа с удовольствием прислушивается к песне, улыбается и сам вполголоса начинает напевать:

> *"У Христа есть сирота,*
> *Отпирает ворота*
> *Ключиком, замочком —*
> *Серебряной цепочкой..."*

Для взрослого, постороннего человека в этой песенке не было ни складу, ни ладу, а нашим деревенским ребятишкам она нравилась: они, видно, понимали ее по—своему... Эту песню они пели во всякую пору, когда вздумается, но чаще всего в такое время, когда солнышко скрывалось за облака или небо грозило дождем и непогодой. Ребята любят красное солнышко... Своею песенкой они как бы вызывали его из-за темного облака, просили его не прятаться от них...

И сидел Степа у завалинки, грелся в солнечных лучах, дышал свежим пахучим весенним воздухом и с любовью смотрел вокруг себя на все знакомое... на голубое небо, на зелень березы, на молодую травку, на первые желтые цветочки, на куриц, рывшихся середи улицы... Степе казалось, что еще никогда не было ему так хорошо, никогда не был он так счастлив, как теперь, после болезни, когда сидел у завалинки на солнечном припеке и смотрел на светлый божий мир. Все перед ним было знакомое, родное, но в то же время во всем этом знакомом было как будто что-то новое для Степы. Он глядел на небо, на зеленую травку — и не мог досыта наглядеться; он слушал чириканье воробьев, далекое пенье жаворонка — и не мог вдоволь наслушаться...

Степа как будто воскрес из мертвых: так близок он был к смерти. И теперь он был рад жизни... Теперь он хотел бы обнять не только всякого человека, но и Медведка, и кошку, и ее котенка, и цыпленка малого, только что вылупившегося из яйца, — ну, прямо сказать, был бы рад приласкать и пригреть всякое живое существо...

Белый дедушка чуть не заморозил Степу: отец о гробике уже поговаривал... А Степа остался жив и — Бог даст — будет жить долго, вырастет, сделается здоровым, хорошим работником, будет покоить отца и мать в старости и станет любить Машу и всех деревенских — "всех людей"...

Так думал и чувствовал Степа в те минуты. Старик кончил и ушел.

ЛЮТИК

I

Вся как на ладони

Ей шел тринадцатый год. Она была среднего роста, стройная; на щеках нежный розовый румянец, глаза большие, синие, как вечернее летнее небо. Ее густые волосы, тонкие, как шелк, и черные, как вороново крыло, перевязанные пунцовою бархатной ленточкой, спускались ей на спину, бежали по плечам. Она была очень красива, но чернилами мне не написать ее портрет.

При крещении ее назвали Людмилой, родные звали ее Лютиком.

Она жила с отцом, — с матерью в усадьбе, в деревенской лесной глуши. С первого дня жизни ее все баловали: у нее не было ни братьев, ни сестер, и вся любовь родных досталась ей одной. Когда она была маленькою, ее все носили на руках; когда же подросла, все стали смотреть ей в глаза, как своей повелительнице. Все желание и капризы ее исполнялись: для того ей стоило только сказать слово... Все ласки и все услуги она принимала, как должное. И девочке мало—помалу стало казаться, что весь мир создан для нее...

Солнце светило с небес для того, чтобы ей было приятнее гулять; дождь шел для того, чтобы поливать ее любимые цветы; буря с громом и молнией проносилась, конечно, затем, чтобы Лютик после нее могла подышать свежим, благорастворенным воздухом; по ночам месяц и звезды горели в небе также для ее удовольствия, и все люди вокруг нее жили, разумеется, для ее пользы и забавы... Ей, значит, не за что и некого было благодарить.

И, действительно, девочка относилась к людям холодно и безучастно. Если она улыбалась, то с таким видом — как будто оказывала великую милость. Не даром же няньки и мамки натрубили ей в уши, что "как взглянет она весело, так, словно, рублем подарит". И Лютик иногда под веселый час очень охотно дарила окружающим эти дешевые "рубли", ничего ей не стоившие. Даже мать и отца целовала она не потому, что ей хотелось выразить им свою ласку и нежность, а просто по

141

привычке, из приличия, ради раз навсегда установившегося обычая. В ответ на шутки она охотно и весело смеялась, хотя бы и не чувствовала особенной веселости: у нее были белые, ровные зубы, и смех очень шел к ее хорошенькому личику; она уж давно узнала это, смотрясь в зеркало. Нельзя сказать, чтобы она была зла, но не было в ней и добра: любви не было в ее сердце. Лютик много думала о себе и очень мало о других.

Она жила в холе, на приволье, как растение, как красивый цветок, и если бы она была действительно цветком, то, конечно, чувствовала бы себя совершенно счастливою; но она не была цветком и поэтому не могла быть счастлива и довольна своею "растительной" долей. Лютик чувствовала себя одинокою: люди жили сами по себе, она — сама по себе. Иногда она страшно скучала — не знала: куда девать время и куда деваться ей самой. Всевозможные детские книги, всевозможные куклы и игрушки были у нее и все они уже давно ей надоели.

— Мне что–то скучно, мама! — бывало, жаловалась Лютик.

— Отчего же тебе скучно, милочка? — спрашивала ее мать.

— Да так... я не знаю... скучно! — надув губки, печально отвечала Лютик.

— Ну, займись чем–нибудь или поиграй!

"Поиграй! Займись!" — легко сказать... Старые игры — все одни и те же, — опротивели, а новых нет. Заняться?.. но чем же? Работать ей не для кого и не для чего... А работать что ни попало, без толку, без цели — так же скучно, как черпать воду решетом.

Девочка была ленива, училась плохо, да ее особенно и не принуждали. Нянюшки и мамушки говорили, что "барышне не Бог весть что и надо", что "ей ведь, слава Богу, не на службу идти!" Да и мать также думала, что "Лютик еще успеет выучиться"...

Она ни о чем не заботилась, ни над чем не задумывалась, и все впечатление скользили по ней мимолетно и бесследно... Однажды, например, она услыхала на дворе шум и, высунувшись из окна, увидала какую–то маленькую деревенскую девочку, с плачем бегущую по двору.

— О чем она плачет? — спросила Лютик.

— Она забралась в сад яблоки воровать... А ее там увидали, оттаскали за волосы и вытолкали вон! — отвечали Лютику.

— А–а! — безучастно протянула она и через минуту уже забыла и про девочку, и про зеленые, кислые яблоки, так дорого доставшиеся ей...

Только один отец замечал, что Лютик растет каким-то бесчувственным истуканом.

— Не знаю: что выйдет из нашего Лютика... Боюсь я за нее! — сказал он однажды жене. — Она какая-то странная... какая-то черствая, холодная! Никого она не приласкает, никого не пожалеет, вечно занята собой и совсем не обращает внимание на других. Ты замечаешь: она никому ничего не дарит, она ничем не поделится...

— Ах, полно, мой друг! — возражала ему жена. — Чего же ты требуешь от ребенка... Что же она еще понимает?.. Вот, погоди, вырастет...

Отец, молча, задумчиво качал головой.

Неизвестно; что вышло бы из Лютика, если бы не приключилась с ней одна интересная история. Эта-то история и будет рассказана здесь...

II

Няня открывает тайну

Однажды вечером няня рассказывала Лютику, что около их усадьбы, в Суходольной пустоши, в старые годы зарыт разбойниками клад. Над кладом насыпан высокий бугор и он уж давно травой весь зарос; у подошвы бугра три сосны стоят, клад сторожат.

— Денег, серебра, и золота и камней самоцветных там — тьма! — говорила няня.

— А как же добыть этот клад? — спросила Лютик, внимательно выслушав рассказ.

— Трудно его достать, очень трудно... — кряхтя и позевывая, толковала няня. — Ночью накануне Иванова дня надо идти туда одному, а крест нужно снять с себя, оставить дома... Ну вот, как придешь туда, в самую полночь, и надо встать на бугор, три раза топнуть ногой в землю и молвить: "Клад, клад, дайся мне!" А тут уж только держись... Зашумит кругом тебя, затрещит, загремит, всякие ужасы поднимутся... Оборачиваться уж нельзя! Стой да дожидайся!.. Не испугаешься — клад твой, а ежели побежишь — все пропадет.

— Значит, няня, нужно три раза топнуть ногой о землю... только и всего? — спросила Лютик.

— Нет, голубка! — продолжала старуха. — Нужно еще взять с собой цветок папоротника. Он цветет только один раз в год — в Иванову ночь... Надо сорвать его так, чтобы ни один людской глаз не видал того, и никому не показывать этот цветок. В нем — вся сила. Без него клад не покажется и во веки веков.

— Няня! А много там денег? — немного погодя, задумчиво спросила Лютик.

— Страсть! Видимо—невидимо... просто, конца краю нет... — отвечала няня. Так старые люди говорят...

— На эти деньги я могу все купить, все сделать? Да? — приступала девочка.

— Все, что твоей душеньке угодно! Все...

Девочка обеими руками облокотилась на стол и задумчиво смотрела в темный угол. Там ей чудились золотые горы... Густой румянец заливал ее щеки, глазки горели... "Вот где они, деньги—то !" думалось ей. А она уж знала силу, могущество денег. Все вокруг нее говорили о деньгах, говорили о том, что с деньгами можно все сделать...

С того вечера прошло много дней и ночей, но Лютик крепко запомнила сказание о кладе. Клад не выходил у нее из головы. Девочке захотелось достать его, и она не раз принималась расспрашивать няню о том, где находится заветный бугор, как пройти к нему. Лютик с нетерпением дожидалась "ночи на Ивана Купалу". Только одно смущало ее: как найти цветок папоротника.

— Где он растет? — спрашивала Лютик.

— Говорят, в болоте... — отвечала няня.

— Каков же с виду этот цветочек? — допытывалась Лютик.

— Сама—то я не видала его... — поясняла старуха. — А сказывают, что такой беленький, да красивый, на высоком стебельке... И весь—то он светится, как жар горит...

Наступило, наконец, 23 июня.

— Вот и до Аграфены Купальницы дожили... — говорила няня. — А завтра — Иванов день... а там — Петра и Павла... Охо—хо—хо! Как времечко—то идет, ровно вода льет... Не увидим, как пройдет и лето красное...

Лютик промолчала, ничего не сказала няне и весь тот день провела в страшной тревоге. Она не могла ни за что взяться, не могла посидеть спокойно; то ей было душно, то дрожь пробирала ее от нетерпенья и в виду ожидающих ее ночных ужасов...

— Что с тобой, милочка? Здорова ли ты? — спрашивала ее мать.

— Так что—то тяжело... — ответила Лютик.

— Да! Сегодня душно в воздухе... — заметила мать.

— К ночи, вероятно, соберется гроза! — сказал отец.

"Вот еще беда!" — подумала девочка.

Мать посоветовала ей выкупаться. Лютик пошла с нянькой на реку и выкупалась, но ей легче от того не стало.

День 23 июня показался Лютику томительно—долгим, мучительным днем.

III

Ночь накануне Иванова дня

Наступает ночь — тихая, ясная...

Лютик лежит уже в постели с закрытыми глазами, но не спит. Она заложила руки под голову, и волосы ее темною, густою волной рассыпались по подушке. А сердце ее бьется, бьется... Страшно идти одной ночью... Ведь нужно будет зайти в лес, найти цветок папоротника, потом пройти по степи, к бугру... Положим, до леса недалеко, не более версты... А все-таки хорошо было бы взять с собою няню... Да!.. но нет! нужно идти одной, и она пойдет одна, и достанет клад и будет богатая, богатая...

В раскрытое окно льется из сада аромат цветущих лип, видно темно—синее небо, какая—то ночная птичка поет в кустах сирени...

Лютик сегодня, сейчас пойдет за кладом и только ждет, чтобы все поскорее улеглись, угомонились, чтобы не мешали ей. Наконец, в доме все затихло... Старинные дедовские часы, висевшие на стене против кровати, сказали Лютику: "пора!" Стрелка их приближалась к XI, и няня уже давно храпела...

Час настал. Лютик тихо поднялась, сняла с себя крест, положила его под подушку, оделась потихоньку, осторожно сошла с лестницы, пробралась через окно в сад, из сада в поле. Там она скоро напала на тропинку и пустилась бегом.

Когда она подошла к лесу, ей стало жутко. Лес стоял темный, безмолвный, величаво поднимая к небу свои раскидистые, зеленые вершины. Ночные тени лежали в чаще леса, и по лесу расходился какой—то таинственный шорох... Ах, Лютик! Не пойти ли лучше назад? Страшно ночью в лесу... Нет! она пойдет вперед: ей необходимо нужно достать цветок папоротника. А он расцветает только один раз в год, говорит няня, сегодня ночью... Если бы кто—нибудь указал ей этот цветок! Лютик не знала никаких цветов, кроме тех, что растут у них в саду, да и к тем она мало присматривалась.

— Няня говорила: белый, красивый, на высоком стебельке! Буду глядеть в оба... — вполголоса пробормотала Лютик и, вооружившись всем своим мужеством, стала продираться сквозь лесную чащу.

Крапива ей ноги жгла, верес цеплялся за платье, березы хлестали ее по плечам своими гибкими ветвями, ели кололи ей руки и лицо, сосны—великаны, гнилые пни и колоды загораживали дорогу, несносные комары и мошки больно кусали ее, слепили ей глаза. А Лютик упорно, терпеливо пробиралась в самую глушь... Мать ее, право, упала бы в обморок, а старая нянька сошла бы с ума, если бы узнали они, что их ненаглядная девочка, вся растерзанная, в оборванном платье, с растрепанными волосами, как безумная, бродит одна по лесу в такую позднюю пору...

Около получаса прошло в поисках; подходящего цветка не находилось. Лютик уже устала, но не хотела отступаться от клада.

Вдруг девочка заметила, что она спускается в болото... Лес стал редеть, земля сделалась зыбкою, пошли кочки.

Белесоватая роса стлалась понизу... Лютика обдавало сыростью, а ноги все глубже и глубже уходили в мягкий, желтоватый мох. Наконец, за деревьями показалась вода, а среди воды на кочке росла высокая, густая трава и из нее виднелся большой белый цветок. "Вот он!" — с восторгом подумала девочка и пошла за цветком в воду. Она поднесла к нему руку и сильно вздрогнула... Из травы мелькнула ей серая голова змеи. Змее зашипела и метнулась в сторону... Тут Лютик вспомнила о сказочных чудовищах, и ей подумалось: не стражем ли была приставлена нечистою силой к цветку эта серая змея? Лютик в ту же минуту сорвала цветок, запихала его за пазуху и — ни жива, ни мертва — бросилась на берег...

Она идет. А кругом нее зеленою скатертью расстилается ровная, неоглядная степь и ночное безмолвие царит над степью. Синею, полупрозрачною тенью подернута даль... Вот и высокий бугор, тот самый, что описывала няня. Вот и три старые, полузасохшие сосны темнеют у подошвы бугра... Все так, все точь—в—то чь, как говорила няня.

В то время, как Лютик подходила к бугру, черная туча быстро заволокла небо, одною мрачною пеленою завесив его от края до края. Когда Лютик взбежала на бугор, вся окрестность

146

кругом нее уже тонула в непроницаемом мраке. Собиралась буря... Поднялся ветер, сухие листья носились в воздухе. Девочка вынула из-за пазухи цветок, топнула ногой о землю и вскричала:

— Клад, клад, дайся мне!

А ветер бушевал все пуще и пуще. Молния зажигала небо и гром грохотал, как будто, в самом деле, кто-нибудь в гремящей колеснице катался по темным облакам.

Сосны у подошвы холма скрипели и трещали... Лютик не робела; она в другой и третий раз топнула ногой о землю и громким голосом произнесла свое заклинание и ждала...

Вдруг ослепительная молния загорелась над землей и в ее неверном, красноватом освещении на несколько мгновений озарились степные дали, три высокие старые сосны и холм и на холме девочка. С белым цветком в руке, выпрямившись и слегка закинув голову, стояла она на вершине холма, обратив свое побледневшее лицо к черным, грозным тучам, тяжело нависшим над ее головой. Порывистый ветер, как бешеный, рвал и крутил на ней платье, развевал ее черные волосы...

Молния погасла, гром с таким страшным треском прокатился над степью, как будто в ту минуту земля и небо готовы были распасться. Сильный порыв ветра чуть не сбил Лютика с ног, — она покачнулась и в то же мгновенье при зареве вспыхнувшей молнии увидала, как ближняя к ней сосна повалилась наземь, вырванная с корнем. Сосна тяжело рухнула... Девочку обсыпало землей и мелким каменьем.

Лютик задрожала и слабо вскрикнула, но скоро опять оправилась и стала прямо. Ей было жутко, но она все-таки не хотела бежать. Она помнила: зачем она пришла сюда, помнила слова старушки-няни, что "очень трудно достать клад", что "зашумит кругом тебя, затрещит, загремит, всякие ужасы поднимутся", что "ежели побежишь — все пропадет, а не испугаешься — клад твой!"...

Сколько сокровищ, сколько денег лежит вот тут в земле, под ее ногами! Как же после этого убежать!.. А страшно! Ух, как страшно... колени дрожат, ноги сами собой подгибаются, а сердце... сердце так колотится в груди, как будто хочет выскочить оттуда... Первая половина няниных предсказаний исполнилась в точности: вокруг Лютика, действительно, "трещало и гремело" и творились всякие ужасы. Теперь, значит, можно ожидать, что и вторая половина предсказаний исполнится — клад дастся в руки смелой девочке...

Лютик то поглядывала наземь: не показывается ли клад из-под бугра, то посматривала на небо и в темную даль. Буря

147

свирепела все пуще и пуще, а клад, разумеется, не показывался. Стал было накрапывать крупный дождь, но скоро прекратился.

Прошло еще с полчаса. Забрезжил рассвет. Тучи умчались и ветер стих. Обрывки серых облаков медленно ползли по небу и из-за них кое-где просвечивала лазурь. Румянцем зарделась восточная окраина неба...

Вся минувшая ночь, проведенная в лесу в поисках за цветком папоротника, встреча с змеей, наконец, ужасы ночной грозы, с ее оглушительным громом и ослепительной молнией, все это теперь Лютику казалось каким-то диким сном. Ей казалось, что не она, а как будто кто-то другой за нее переживал все страхи последней ночи. Но, нет! то был не сон... Труп сосны с вывороченными вверх корнями темной, безобразной массой лежал у подошвы холма... Девочке очень странно было в такой ранний предутренний час видеть себя не в постели, не в своей спальне, а в какой-то дикой, глухой местности, в степи. Лютик вздохнула и, не дождавшись клада, грустно понурившись, отправилась домой.

Ей только нужно было пройти через кусты, примыкавшие к лесу. За кустами шла дорога в усадьбу... Через полчаса она будет дома. С каким наслаждением ляжет она на свою постель и отдохнет от всех треволнений минувшей ночи!.. И ей живо представилось: как сладко теперь спит ее няня и как встревожится, если, проснувшись, не найдет на постели свою маленькую барышню... Завтра Лютик расскажет ей про свои ночные скитальчества, — вот-то старуха заахает и закрестится...

По рассеянности девочка как-то сбилась с пути и попала в лес. Заметив свою ошибку, она тотчас же спохватилась и стала искать выхода из леса. Она поворачивала то направо, то налево, то возвращалась назад, то шла вперед, и с каждым шагом углублялась все дальше и дальше в чащу. Лес становился все темнее, все дремучее... Несмотря на усталость и волнение, девочка с изумлением и любопытством оглядывалась по сторонам. Лес впервые открывал перед нею свои тайны... Лес — не то, что сад, совсем не то. В своем саду Лютик знала каждый куст, каждый уголок. А здесь, в лесу, она — как в неведомом царстве, где на каждом шагу она ожидает встретить какое-нибудь диво. Ей жутко и приятно...

В лесу — зеленый полусвет; тихий скрадывающийся шорох расходится кругом, как будто кто-то невидимый, крадучись, пробирается легкою стопой по вершинам деревьев. Лютик видит, как низко над головой ее порхают и чирикают лесные птицы. Вон рыжая белка, прикрывшись пушистым хвостом, смотрит на нее с дерева своими бойкими темными глазками... Там заяц, насторожив уши, сидит за кустом и, почуяв приближение человека, скрывается в чаще... А тут ёж пробирается между кочками, показывая из травы свою иглистую спину...

Сыч, забравшийся в темную чащу, таращит во все стороны свои большие, круглые глаза... Старый черный ворон тяжело хлопает крыльями, перелетая с дерева на дерево... Сломанная бурей, белоствольная береза мерещится из чащи, как бледное привидение. Черный обгорелый пень резко выделяется среди нежной зелени. Пучки цветов мелькают там и сям... Громадные корни, вывороченные из земли вместе с дерном, таращатся, как какое-нибудь сказочное страшилище...

На каждом шагу Лютику может встретиться волк или медведь. Ох, страшно, страшно! Куда она зашла? Что станется с ней?.. Наступает утро. В барском доме скоро уже встанут, мама с папой сядут за чай, а она... несчастная! Она будет блуждать по лесу, может быть, до тех пор, пока не попадет на зубы медведю или волку...

Лютик страшно устала, измучилась. Она уж еле тащилась, с трудом перебираясь через кочки, колоды и пни, запинаясь о валежник и поминутно задевая за сучья елей и берез. Ноги ее отяжелели и вся она чувствовала себя разбитою, точно палками отколотили ее по спине и по ногам. "Если я свалюсь, мне уже не встать, — думала она про себя. — Чувствую, что не встать..." Ее начинала мучить жажда, во рту пересохло, в висках стучало... Первый раз в жизни Лютик проводила такую ужасную ночь...

— Господи! Что я наделала! Что со мной будет! — простонала она. — Пропаду я в этом темном лесу...

И она с ужасом смотрела на обступавшие ее со всех сторон могучие деревья. Деревья как будто протягивали к ней свои гибкие, длинные ветви, цеплялись за нее, тянулись к ней со всех сторон, словно хотели остановить и удержать ее навсегда в своей дикой лесной глуши. Но нет! Лютик не пропала в темном лесу... напротив: она из мрака вышла к свету...

IV

Клад

Лютик уже собиралась заплакать, хотела кричать, звать на помощь... Кого хотела она звать на помощь — неизвестно, да и сама она того не знала... Не могла же она думать, что нянька услышит ее и прибежит за нею сюда, в лес! Она ничего не думала: она просто одурела с отчаяния...

Вдруг она вышла на какую—то дорогу. Дорога была не широкая, но, по—видимому, проезжая, хотя и не торчали вдоль нее полосатые верстовые столбы. На ней были заметны следы колес и лошадиных подков. Дорога серой, пыльной лентой вилась по лесу; высокие деревья и густой кустарник зеленою стеной обступали ее с обеих сторон. Только вверху, над головой, видна была узкая полоса синеющего голубого неба. Солнце уже взошло, — его красноватые лучи пробегали по зеленым вершинам сосен, елей и кудрявых берез. В воздухе, после ночной грозы, сильнее пахло цветами; птичье пение, гомон, щебетанье неслись отовсюду... Лютик думала: "Эта дорога спасет меня, долго ли, коротко ли выведет из леса, приведет меня к деревне или хоть к какой—нибудь жилой избушке... Наконец, здесь — не то, что в лесу — могут встретиться проезжие или прохожие..."

Лютик остановилась, как вкопанная...

В трех шагах от нее, близ дороги, под плакучей ивой сидел какой—то старик с длинной седой бородой. Его белая, холщовая рубаха, вся в дырах и заплатах, была подпоясана обрывком веревки; холщовые штаны его далеко не доходили до пят; ноги босы, в пыли. На коленях его лежала меховая шапка — вовсе не по летнему времени. Его худощавое, загорелое лицо, словно вылитое из темной бронзы, все было изрезано глубокими морщинами. Рядом с ним, на траве, лежал кошель, стояла дырявая корзинка, прикрытая грязною тряпицей, и валялся страннический посох, гладкий и блестевший от долгого употребления, словно покрытый лаком.

В то время, как Лютик увидала старика, тот занимался серьезным делом: он доставал из корзины кусок черного ржаного хлеба и старательно посыпал его солью. Посмотрев в ту сторону, где был восток, старик набожно перекрестился и собрался есть... Он не замечал маленькой странницы и весь был

150

углублен в свое занятие. Старик показался Лютику совсем не страшен, и она решилась подойти к нему.

— Здравствуй, дедушка! — сказала Лютик, сделав шаг к нему.

Старик поднял голову и с изумлением посмотрел на девочку своими серыми, тусклыми глазами.

— Здорово! — промолвил он, шамкая беззубыми челюстями. — Да ты как попала—то сюда?.. Ты ведь, кажись, барское дитя?

— Да! Я из усадьбы... я заблудилась в лесу... и так устала... — говорила Лютик.

— Устала — так садись, отдохни! — предложил старик, указывая ей место около себя.

Лютик опустилась на траву и вздохнула с облегчением. Первый раз в жизни она была так рада встрече с человеческим существом. Если бы не было неловко, она, право, обняла бы этого жалкого старика в лохмотьях. Первый раз в жизни в ее хорошенькой головке мелькнула мысль о том, что все люди — люди, в какой бы одежде ни ходили они — в шелковой или в холщовой... Она уже недавно испытала тяжелое чувство одиночества и беспомощности и теперь с живейшей отрадой смотрела на старика. Зайцы и белки в лесу бежали от нее, как от недруга, а сама она страшно боялась медведей и волков. Старик же не бежит от нее и в то же время она не боится его, потому что он — человек.

"Он, кажется, добрый, даром что у него такие густые, седые брови..." — рассуждала Лютик, смотря, как старик ел свой черствый кусок хлеба, забеленный солью. Теперь она находилась в безопасности и была совершенно спокойна. Чего ж ей бояться! Она теперь — не одна. Она не думала о том, что хилый старик не мог бы оказать ей большой защиты хоть, например, от тех же медведей и волков, которых она страшилась несколько минут тому назад. Для нее достаточно было чувствовать, что теперь рядом с нею сидит человек.

До сего времени барышня никогда еще не разговаривала с первым встречным. Теперь первый раз в жизни она почувствовала сильнейшее желание, почувствовала потребность побеседовать о чем бы то ни было с этим незнакомым человеком.

— Куда, дедушка, идешь? — спросила Лютик.

— Я, голубка, все лето хожу из деревни в деревню! — ответил старик, жуя сухую корку. — Хожу, да милостыню Христовым именем собираю, запасаю хлебушка на зиму...

— Так ты, значит, нищий? — перебила его Лютик,

вспомнив, как при ней иногда с брезгливостью говорили о нищих.

— Нищий! — отозвался старик. — Что будешь делать! Работать не могу, сил нет... Стар, зажился на белом свете, так зажился, что и могила–то не принимает... А есть–то все–таки охота... Вот и бродишь лето–то красное! Спасибо добрым людям, дай Бог им дожить до хорошего... У иного — и у самого–то мало, а все же хоть крохой поделится. Народ–то уж больно обеднел...

— А разве денег у тебя нет? — спросила Лютик.

— Ой, дитятко! Какие у нас деньги... — качнув головой, промолвил старик. — Так иной раз грошик перепадет, вот и все наши деньги... И без денег живем. Без доброты нельзя жить на свете, а без денег — можно...

— И родных у тебя нет? — допрашивала Лютик.

— Брат есть. У него зиму–то и живу, на печке лежу, да кое-когда лапти ковыряю... — рассказывал старик. — Да братан–то беден, самому с женой прокормиться впору...

— А если мало насбираешь? Если не хватит хлеба да весны?.. Тут что? — заметила девочка.

— Ну, немножко и попостишься, поголодаешь — не беда... Что ж делать! — со вздохом проговорил бедняк.

— Ведь ты, дедушка, я думаю, устаешь ходить–то! — заметила Лютик.

— Ну, что ж! устанешь и отдохнешь... Слава Богу, хоть ноги–то пока еще носят...

— Приходится тебе и под дождем бывать, под грозой?

— Да ведь как же — всего случается... Дождиком вымочит, солнышком высушит, ничего! — спокойно проговорил старик.

— Может быть, ночь иногда застает тебя где–нибудь в поле, в лесу? — с участием расспрашивала Лютик.

— И это бывает... Случается ночевать и под березкой, и под сосенкой! — тем же спокойным покорным тоном отвечал нищий. — Да летом–то, голубка, везде хорошо!.. Как хлеба край, так и под елью рай. Вон хоть теперь скажем: теплынь, благодать... В лесу–то еще лучше, чем в избе. Воздух — вольный, простор, ни ты никому не мешаешь, ни тебя никто не задевает... А вокруг–то, глянь–ка: цветы цветут, ягоды краснеют... А птиц–то, птиц–то! и песен не переслушаешь...

И живо представилось Лютику, как этот хилый старик, подпоясанный веревкой, босой, опираясь на посох, бродит все лето по полям и лесам, по пустынным дорогам и, переходя из деревни в деревню, просит хлеба Христа ради. Совершенно новое чувство, еще ни разу не испытанное Лютиком, больно защемило ей сердце. Ей стало жаль старика... Первый раз в жизни она пожалела не себя, а другого, своего ближнего.

Старик, между тем, кончил свой кусок хлеба, собрал крошки, упавшие ему на колени, взял их на ладонь и высыпал в рот. Лютик еще никогда не видала, чтобы так бережно обращались с "простым, черным хлебом". Она иногда целые корки выбрасывала за окно... Впрочем, теперь она уж понимает, что бедняк должен дорожить каждой крошкой хлеба — для того, чтобы жить.

— А ты, дитятко, не хочешь ли хлебца? — спросил старик, заметив, что девочка пристально глядит на него.

— Пожалуй, я съела бы кусочек! — сказала проголодавшаяся барышня.

— Ну, что ж! Ешь на здоровье... У меня хлеб есть! — промолвил старик, доставая из корзины соль, завернутую в тряпочку, и кусок хлеба и подавая их Лютику. — На, голубка! Поешь...

— Спасибо, дедушка! — пролепетала маленькая барышня и с великим удовольствием стала грызть своими белыми, блестящими зубами черствый ржаной хлеб.

Старик, добродушно усмехаясь, посматривал на нее.

— Как мне пить хочется! — сказала Лютик, доевши свой хлеб.

— И вода у нас есть! — утешил ее старик, вытаскивая из корзины небольшой берестовый бурак и подавая его Лютику.

Та с наслаждением припала к бураку и жадно, не отрываясь, пила из него чистую, прохладную воду, слегка припахивавшую берестой. Ни квас, ни чай, ни шоколад, ни кофе никогда не казались ей так вкусны и приятны, как эта чистая, ключевая вода. За каждый ее глоток Лютик с радостью отдала бы целую чашку чая или кофе с сахаром и со сливками...

— Ах, как хорошо!.. — вскричала она, отрываясь от бурака. — Я точно ожила... Благодарствуй, дедушка!.. Благодарствуй, голубчик!

— Не за что, дитятко! Вода божья и все божье... — отозвался старик.

Теперь, когда Лютик закусила, напилась и успокоилась за свою участь, усталость окончательно сломила ее. Ее клонило ко сну, глаза сами слипались и голова отяжелела...

— Ты, дедушка, еще не скоро уйдешь отсюда? Ты посидишь? Я соснула бы немножко... — с трудом пробормотала она, ложась на траву.

— Пожалуй, посижу... Спи! — сказал старик. Лютик уже спала...

Когда она проснулась, солнце поднялось высоко, и зеленый лес весь с верху до низу был пронизан золотом горячих, полуденных лучей.

— Вставай, дитятко! Мне пора идти... — сказал старик, завязывая свой кошель и собираясь в путь. — Нам нужно идти в разные стороны... Ты ступай туда (он указал рукой на дорогу). Пройдешь немного, увидишь две дороги... Одна — прямо, это в лес, а другая — вправо... Вот по этой дорожке и ступай! Выйдешь в поле, а там близко и деревня. Из деревни кто-нибудь проводит тебя домой...

А Лютик раздумывала: чем ей отблагодарить старика. Он накормил, напоил ее, охранял ее сон, указал ей дорогу... В ее кармане ничего не было, кроме носового платка. На шее у нее был повязан голубой, шелковый шарф... Зачем старику этот шарф! Вдруг она случайно в ту минуту взглянула на золотое колечко, бывшее у нее на безымянном пальце правой руки. Это — подарок матери. Мать говорила ей, что это кольцо дорогое... Чего же лучше! Если старик проживет этим золотым кольцом месяц или два — и то ладно... Он будет вспоминать о Лютике. Девочка стала снимать кольцо и насилу стащила его с пальца.

— Вот, дедушка! Возьми... — сказала она, подавая ему кольцо.

И удивительное дело! Первый раз в жизни Лютик чувствовала желание отблагодарить человека, первый раз в жизни она дарила такую красивую, ценную вещь и не только не жалела ее, но была сердечно рада, что может подарить что-нибудь... До сего времени она, обыкновенно, принимала только подарки от других и не думала ни с кем делиться ими...

— Что ты, что ты, Христос с тобой! Нет, нет! Оставь себе... — отнекивался старик, почти с испугом поглядывая на кольцо. — Куда мне его, дитятко! Что ты! Этакая дорогая штука...

— Да! дорогая... это правда! — говорила Лютик, стараясь сунуть ему в руку кольцо. — Тебе за это кольцо дадут много денег... тебе не придется нынче долго ходить по деревням... ты отдохнешь!.. Возьми же, дедушка! возьми, пожалуйста... сделай милость, возьми!

Старик все отнекивался. Девочка упрашивала, и как же она обрадовалась, когда ей, наконец, удалось оставить свое золотое кольцо в загорелой, морщинистой руке нищего.

— Ну, дай тебе Бог здоровья... — вздыхая и кряхтя, проговорил старик, поднимаясь с земли.

Они распрощались и расстались. Старый нищий пошел в одну сторону, барышня — в другую. Лютик еще несколько раз оглядывалась назад и видела, как бедняк брел по окраине лесной дорожки, тяжело опираясь на посох. Наконец, на одном из поворотов дороги старик скрылся за деревьями — исчез из глаз девочки, но не из ее воспоминаний. До конца жизни не забудет она того куска хлеба, которым поделился с нею нищий...

Лютик скоро вышла из лесу, миновала поле и очутилась перед деревней. Глядя на деревушку, можно было подумать, что как будто сильный вихрь разнес, разметал и наклонил как попало в разные стороны ее жалкие, серые избушки с соломенными крышами. Одна избушка сползала в овраг, другая стояла прямо на юру, третья словно в испуге отшатнулась от нее, а там далее две избы рядом близко наклонились одна к другой, как старики, мирно и дружно вместе прожившие жизнь... Далее еще несколько избушек стояло на отлете; еще далее видны были амбарушки, запертые большими замками.

Лютик прямо подошла к крайнему жилью и остановилась перед ним в нерешимости. Это была маленькая, почерневшая от времени, покривившаяся избушка с одним крохотным оконцем; нижняя часть стекла была разбита и заткнута какой-то синей тряпицей; серая, полусгнившая соломенная крыша склонилась на один бок, как будто ежеминутно готовясь упасть и рассыпаться. Жалкая избушка!

Такие избушки Лютик еще никогда не видала вблизи, не рассматривала их так пристально, как теперь. Конечно, она нередко с матерью и с отцом проезжала по деревням, но проезжала быстро — так, что куры, рывшиеся в песке средь улицы, кричали с испугу и едва успевали лётом спасаться из-под ног скакавших пристяжных. Деревни мелькали перед нею, и все они казались ей похожи одна на другую, как две капли воды. Теперь первый раз в жизни она очутилась лицом к лицу перед убогой деревенской избой. Эта изба напомнила ей сказочные избушки на курьих ножках и те хижины, какие встречала она на картинах в очень живописном виде.

Лютик оглянулась: на улице никого было не видать. Конечно, летнее, рабочее время, все ушли на поле или в луг... Лютик подошла к окошку... Ей почудилось, что в избе кто-то глухо простонал... и затем вдруг послышался жалобный, детский голос: "Ой, мама!.. Мама, не помирай!"

В этом детском крике прорывалось такое горе, такое отчаяние, что Лютик вся вздрогнула и сердце ее замерло... Она вошла в сенцы, тихо отворила дверь и вступила в избу.

Хотя день был ясный, но в этом несчастном человеческом жилище было мрачно и темно. Лютик не могла сразу рассмотреть то место, куда она теперь попала, а когда глаза ее немножко свыклись с темнотой, увидела перед собою грязный, щелеватый пол, черную закоптелую печь, закоптелые бревенчатые стены, закоптелый потолок и потемневший образ в переднем углу... Девочка просто пришла в ужас: она еще никогда не бывала в таких домах... Люди, жившие здесь, показались ей еще более жалкими, чем эта закоптелая лачуга.

Какая-то больная женщина почти в беспамятстве лежала на лавке; голова ее покоилась на груде грязного тряпья; какие-то лохмотья, вместо одеяла, покрывали ее; ее сухие, всклокоченные, светло-русые волосы густыми прядями падали на пол; смертельная бледность подернула ее лицо; потухший взгляд ее полузакрытых глаз был мутен, как будто эта женщина уже ничего не понимала и ничего не видела перед собою. Больная беспокойно металась на своем жестком ложе и с трудом поворачивала голову то в ту, то в другую сторону; дыхание со свистом вырывалось из груди; сухие, посиневшие губы шевелились, но ни одного звука не слетало с них... Лишь изредка больная протяжно, тяжело, мучительно стонала.

Тут же у ног больной сидел мальчуган лет 5—6, свесив с лавки свои худые, голые ножонки. Его светлые, льняные волосы свешивались на лоб; лицо его было очень печально, и крупные слезы текли по щекам. Мальчик был худ и бледен. Из-за расстегнутого ворота его синей пестрядинной рубахи видна была впалая, костлявая грудь.

В изумлении исподлобья посмотрел он на барышню, как на необычайное явление, и стал тереть глаза кулаком. Лютик села с ним рядом и ласково взяла его за руку.

— Это кто? Твоя мать? — спросила его Лютик, указывая головой на больную.

— Да! — тихо, чуть слышно промолвил мальчуган, стараясь отвернуться от гостьи.

Он, очевидно, дичился, боялся ее, и девочке стоило большого труда заставить его разговориться. Из отрывочных ответов ребенка Лютик узнала, что мать его заболела уже давно, стала было поправляться, но ее послали в поле на работу и она опять свалилась... "Сегодня ей больно худо... Кабы не померла!.."

— Зачем же ей не дали поправиться и послали на работу? — вполголоса спросила Лютик.

— Надо было сено убирать, вот и погнали... — отвечал мальчуган.

— С кем же ты живешь?..

— Живу с мамкой и с тятькой... еще баушка есть!..

— А где же они теперь? — допрашивала Лютик.

— Тятька на работе, а баушка в лес ушла по грибы... — со вздохом шептал мальчуган.

— Как же они оставили больную одну — с тобой?

— Да как... Тятьке дома сидеть нельзя, работа не ждет... А баушка сердитая, все ворчит... то говорит, что мама притворяется, что ей на работу идти не охота, а то забранится, "хоть бы убиралась, говорит, поскорее, только мешаешь, руки нам связываешь"... Вот мне мамку–то и жаль... За что баушка ее так...

— Пить... пить... — чуть слышно прошептала больная.

— Пить просит... — пояснил мальчуган. — А чего ей дашь... воды нет!

— Как "нет"? Воды–то нет! — живо заговорила Лютик, поднимаясь с лавки. — Отчего же ты не принесешь?.. Вы откуда берете воду?

— Берем–то ее из колодца, да мне не начерпать... — плаксивым голосом отвечал ей мальчуган.

— Так дай ты мне что–нибудь... хоть ведро, что ли... да покажи мне, как черпать... Я сама начерпаю воды! Пойдем! — торопила его Лютик.

Никогда в жизни барышня не хлопотала так усердно о других, да к тому же еще о простой деревенской бабе...

Мальчик взял ведро, и они отправились. Колодец находился среди деревни; колодезный сруб — гнилой, обслизлый, подернутый зеленью наполовину прикрывался такою же ветхой крышкой; с одной стороны колодца помещалась деревянная колода для поива скота, а с другой стороны — корявая рябина раскидывала над колодцем свои жидкие ветви. Мальчуган растолковал барышне, как надо опускать бадью и как потом осторожно поднимать ее вверх, чтобы вода не расплескалась. Бадья, хотя и окованная железом, была не особенно тяжела, но для непривычных рук изнеженной девочки она, разумеется, показалась "страх какой тяжелой". Опустить бадью вниз — в зияющее отверстие колодца — было еще дело довольно легкое, зачерпнуть ею воды оказалось уже труднее, а для того, чтобы вытащить бадью с водой на поверхность земли — Лютику пришлось пустить в ход все свои силы. Опершись коленом на сруб, нагнувшись над темным отверстием колодца, она самым неумелым образом тянула бадью и по своей неловкости легко могла полететь в колодец. А тут еще мальчуган приставал к ней со своими предостережениями...

— Ты смотри, за стенку–то не задевай... а то прольешь! —

рассудительно замечал он. — Ну, вот так... Тяни хорошенько... Еще! еще! Ну!.. Вот!

Лютик вся раскраснелась, как маков цвет. Волосы ее растрепались. Она запыхалась и с трудом переводила дыхание... Несколько раз она уже думала, что веревка выскользнет у нее из рук и ей придется снова начинать свою тяжелую работу. Наконец, бадья—мучительница показалась на Божий свет из отверстие колодца.

Лютик докрасна натерла руки о веревку, оцарапала себе палец о бадью, все платье спереди облила водой и все—таки достала для больной воды... Первый раз в жизни Лютик оказывала такую услугу своим ближним: до сего времени только ближние услуживали ей...

Больная напилась, то есть сделала несколько глотков и как будто успокоилась. Мальчик опять поместился около нее. Лютик села с ним рядом и вполголоса спрашивала его об их житье—бытье, мальчик отвечал ей, как умел... Вдруг больная заметалась и застонала пуще прежнего. Мальчик опять захныкал и припал к ее ногам.

— Ой, мама!.. Ой, милая!.. Не помирай! — причитал он сквозь слезы.

Лютик чувствовала, что в то мгновенье в сердце ее происходите что—то особенное, что—то совсем новое, никогда еще не испытанное ею. Ей стало так жаль этого маленького плачущего мальчика, так жаль... Ей страстно хотелось утешить его чем—нибудь, успокоить его, сказать или сделать ему что—нибудь приятное, — ну, одним словом, принести ему отраду, облегченье... В эту минуту она не могла придумать никаких особенно хороших слов и не знала, что ей делать. А между тем ей было невыносимо больно, тяжело смотреть на мальчика и слышать его рыдание, надрывающее душу...

В совершенно непонятном для нее волнении, почти как—то машинально, она наклонилась к этому крестьянскому мальчугану, одетому в грязную изорванную рубашонку, крепко обняла его за шею, как своего младшего брата, как своего самого близкого друга, и приклонила его голову к себе на плечо. Она ласково гладила своею нежною ручкой его нечесаные, всклокоченные волосы, целовала его в лоб и в бледные щеки, теперь мокрые от слез, и шептала ему:

— Ну, не плачь, не плачь же! Полно... Мама твоя поправится, выздоровеет, и все будет хорошо...

Тут Лютик почувствовала, что и на ее глаза набежали слезы и теплые капли их падали ей на руку и на волосы этого крестьянского мальчика, и на его лоб, и на его полузакрытые глаза... Лютик плакала... Конечно, плакала она и прежде не раз — о пустяках, из-за разных капризов и вздоров... Но теперь первый раз в жизни заплакала она о чужом горе.

Вдруг стукнула дверь. Лютик оглянулась и увидала, что в избу вошла какая-то баба и с удивлением смотрела на нее.

— Барышня!.. Да вы как же зашли-то к нам? — спросила ее пришедшая.

Она бывала в усадьбе и видала Лютика. Барышня вкратце рассказала ей, что она гуляла и заблудилась в лесу.

— Хотите, я провожу вас домой? Мне нужно идти в вашу сторону... — сказала ей женщина.

Лютик, конечно, была очень рада ее предложению. Ей только жаль было оставить больную женщину и плачущего мальчугана, но она утешила себя тем, что непременно упросит мамашу навестить эту несчастную больную и помочь ей... И она, действительно, упросила мать... Расставаясь с мальчиком, Лютик оставила ему свой шелковый, голубой шарф, носовой платок, даже пунцовую бархатную ленточку с головы. Одним словом, она отдала ему все, что можно, отдала бы и платье, если бы скромность не удерживала ее...

В усадьбе, разумеется, все были в тревоге. "Барышня пропала! Исчезла неведомо куда!.." Мать просто с ума сходила... И все, разумеется, очень обрадовались, когда Лютик жива и невредима возвратилась домой...

Напрасно Лютик в Иванову ночь запасалась каким-то цветком папоротника: разбойничий клад не достался ей. Она пришла с пустыми руками... но зато, вместо разбойничьего клада, она во время своих странствований нашла клад более ценный...

Она пошла из дому за тем, чтобы достать несметную массу денег и накупить себе на эти деньги ненужную всякую всячину. Она ушла из дому холодной себялюбивой девочкой, думавшей только о себе, скучавшей от нечего делать, а возвратилась совсем другим человеком... Теперь она любила людей, чувствовала сострадание к несчастным и искренно желала жить и трудиться для счастья ближних.

Это — самый дорогой, самый лучший клад в мире: он приносит с собой человеку высшее счастие, доступное ему в жизни — спокойствие совести и душевное довольство...

ТРАГИЧЕСКАЯ МИНУТА

I

В жизни иногда встречаются нам такие картины, такие потрясающие сцены, которые никогда потом не забываются. Они глубоко и резко запечатлеваются в памяти во всех своих подробностях, со всеми красками и оттенками. Например, проживи я хоть сто лет, не позабыть мне ни за что одной из таких поразительных сцен...

Это было не очень давно... Я с сестрой гостил в усадьбе нашей старой тетушки. Усадьба небольшая, и стоит она над рекой, в затишье, посреди лесов, полей и лугов; старый барский дом почти совсем спрятался в саду. Тетка безвыездно жила в своем старом деревенском доме в обществе старой ключницы и серого кота. Кота звали Матросом или — чаще, попросту — Матроской. Матросом прозвали его за то, что он, разыгравшись, с изумительною легкостью и быстротой карабкался на деревья, с ловкостью акробата цепляясь когтями за малейшие неровности коры; таким же образом спускался он с дерева и с саженной высоты прыгал на землю.

Матроско был любимцем моей тетушки: старушка всегда уделяла ему вкусный кусочек и поила его со своего блюдца чаем, то есть сливками, разбавленными теплой водой. Матроско, со своей стороны, был замечательно привязан к ней: он ходил с нею в огород, в сад, в поле, одним словом, бегал за нею повсюду, как собачонка. Он спал, обыкновенно, на мягком кресле, рядом с креслом тетушки, но при всяком удобном случае норовил забраться к ней на колени. Если ему удавалось попасть к ней, он, по—видимому, тогда чувствовал себя самым счастливым котом в мире и громко запевал свои песни. Если же старушка гладила его по его мягкой, шелковистой спине или чесала у него за ухом, тогда пение его звучало таким самодовольством и делалось так громогласно, что даже слышно было из другой комнаты. Бывало, в таких случаях, разляжется он с полным комфортом, вытянется, одной лапкой легко и осторожно ухватится за тетушкин рукав, приклонит к ней голову со всей своей кошачьей нежностью и грацией и, полузакрыв глаза, сладостно, томно мурлычет...

Я люблю животных и всегда чувствую к ним жалость.

160

Жестокое обращение с животными возмущает меня... Конечно, какому-нибудь господину ничего не стоит толкнуть, ударить или даже придушить какого-нибудь жалкого, заморенного котенка. Но спрашивается: по какому же праву? За что же это?.. Не за то ли, что это несчастное маленькое животное слабее, беззащитнее какого-нибудь глупого верзилы? Не за то ли, что это животное не может думать так же хорошо, как думаем мы, и не в состоянии говорить с нами человеческим языком, выражать нам свои нужды и желания?.. Но ведь и животное по-своему думает, чувствует, и у него так же есть своя душа!..

Кошка так же, как женщина-мать, защищает своих котят, совершенно забывая о себе и вступая из-за них в бой с неприятелем во сто раз сильнее ее. Если у нее отнимут котят, она несколько дней после того ищет их, чрезвычайно трогательно зовет их к себе, ходит грустная, убитая и жалобно мурлычет. Значит, она по-своему, своею маленькою, кошачьею любовью любит своих детенышей... Собака во сне бредит, лает, визжит: значит, она видит сны; значит, у нее сильно развито воображение. И почем знать! Во сне она, быть может, создает целые поэмы — в собачьем вкусе: может быть, видит себя на охоте, видит какое-нибудь бесконечное болото, покрытое кочками, поросшее густою травой, с массой уток или дупелей, или видит дремучий лес и шмыгающих в его полумраке волков, зайцев и лисиц... Иные животные, как, например, лошадь, олень, умирая, плачут и смотрят на окружающих так грустно, так печально, что и сомневаться нельзя в том, что они в эти горькие минуты, действительно, тоскуют, скорбят душой...

Мне особенно жаль животных именно потому, что они лишены возможности ясно, словами, высказывать нам свои желания, потребности, свои радости и страдания...

Матроско был добрый, смирный, ласковый кот. Я скоро познакомился с ним, и мы сделались друзьями...

Мы вместе с ним гуляли по саду. Я с книгой ходил по аллее взад и вперед, а Матроско следом бродил за мной. Иногда он, бывало, сядет в сторонке, посидит и опять ко мне. Он всегда был очень доволен, когда я брал его к себе на плечи. Если же я долго не обращал на него внимания, он или терся около моих ног, выгнув спину и задрав хвост, или же садился среди аллеи, прямо на дороге, так что я неминуемо должен был натолкнуться на него... Он ходил со мной даже в поле. Если я шел скоро, то он трусил за мной рысью, и серая спина его была чуть видна из-за густой травы. Он также хаживал со мной и на берег реки и катался со мной в лодке. Он обыкновенно входил в лодку с некоторым опасением и во все время плавания осторожно переходил с одной стороны лодки на другую, с тревожным видом посматривал на воду, нюхал, прислушивался и вообще выражал большое беспокойство.

Не позабыть мне, как жалок и смешон показался мне Матроско, когда я в первый раз в сопровождении его отправился купаться. Когда я, раздевшись, бросился в воду и поплыл на середину реки, Матроско забегал по берегу и жалобно замяукал, вероятно, считая меня уже безвозвратно погибшим. (Кошки, как известно, боятся воды и добровольно никогда не войдут в воду, хотя, в случае крайности, и могут держаться на воде.) Матроско не мог следовать за мной, не мог спасти меня, но что мог — он делал... Он бегал взад и вперед по самой окраине берега, так что порой даже ступал в воду. Я видел, как он потом, выйдя на сухое место, тряс то одной, то другой лапкой... Я цел и невредим возвратился на берег, и Матроско радостно терся около моих ног.

II

Матроско, как всякий порядочный кот, ловил мышей и крыс. Я не думаю, чтобы у него, как утверждают некоторые философы, была врожденная склонность к этому занятию. Мать научила его ловить мышей и крыс в ту раннюю пору его жизни, когда он только что "вступил в свет", то есть когда выполз с места своей родины, из-под печки, и стал бродить по щелеватому кухонному полу. Мать сначала приносила ему мертвых мышек, а потом стала давать ему наглядные уроки, которые, разумеется, не прошли бесследно: при нем она подкарауливала мышей, спрятавшись за каким-нибудь лукошком, и терпеливо, затая дыхание, выжидала удобного момента, затем стремглав бросалась на свою добычу и хватала ее. С течением времени Матроско и сам попробовал свои силы на охотничьем поприще. Впрочем, особенных подвигов он по этой части не совершал, потому что почти всегда был сыт по горло.

У Матроски было странное обыкновение — тащить домой свою добычу, где бы он ни поймал ее. Из-за этого у нас бывало много шуму. Тетушкина ключница-старушка и сестра моя очень боялись мышей и, завидев Матроску с его добычей, поднимали страшный гвалт.

— Ай—ай! Батюшки—светы! — кричали они. — Матроска мышь несет! Возьмите, возьмите его скорее!..

Матроску хватали и с его запрещенным товаром высаживали в сад или на двор. А он, между тем, глухо урчал, вероятно, воображая, что хотят отнять у него добычу. В следующий раз, как ни в чем не бывало, он опять с мышью тащился в столовую, несмотря на внушаемые им ужас и отвращение, и опять его торжественно изгоняли вон...

Ловил он также в саду птичек, когда те бывали слишком беспечны и слетали на нижние ветви кустов. Но благодаря его привычке — тащить домой свою добычу, — мне не раз удавалось живьем освобождать птичек из его когтей. Если же птички не попадались ему в лапы и, заметив происки своего серого неприятеля, щебеча летали над ним, тогда Матроско с самым меланхолическим видом бродил по саду, в тени деревьев и кустов, как—то необыкновенно жалобно мурлыча и посматривая по верхам. Он казался в те минуты обиженным и словно жаловался на птичек. А птички как будто подтрунивали над ним, с громким щебетом и писком налетали на него, носились за ним по пятам, перепархивая с дерева на дерево, с кустика на кустик, и, очевидно, отводя его от своих гнезд. Они иногда доводили Матроску до того, что тот, наконец, печально опустив хвост, удалялся на балкон и с горя заваливался спать.

Иногда — тоже, должно быть, с горя — бросался он на куричьих цыплят. Но если птичница замечала его проделку, тогда Матроске за его смелость приходилось платиться собственными боками. Вообще, два—три цыпленка, съеденные им, чрезвычайно повредили его репутации и навлекли на него массу более или менее чувствительных неприятностей. Пропадет ли как—нибудь цыпленок, унесет ли его ворона или ястреб, закусит ли его сдуру чужая собачонка, случайно забежавшая на двор, каждый раз темные подозрения падали на Матроску, хотя он в сущности ни душой, ни телом не был виноват в пропаже цыпленка. Даже тетушка в таких случаях бывала к нему несправедлива.

— Ой, уж ты мне, птицелов негодный! — говорила старушка, грозя ему пальцем. — Ты опять принялся за свое... Я тебе дам!..

Но у Матроски совесть была чиста, а поэтому он спокойно лежал, растянувшись на балконе, и, полузакрыв глаза, в какой—то ленивой истоме прислушивался к нескончаемому птичьему пенью и щебетанью, раздававшемуся вокруг него по саду.

В летнюю пору балкон был его любимым местопребыванием. Здесь он то лежал, как убитый, растянувшись во весь рост, то спал, свернувшись клубком, то сидел в классической позе, сгорбившись, поджав под себя лапы, и с необыкновенно глубокомысленным, философским видом посматривал на мир из−за перил балкона...

Я уже сказал, что Матроско был добрый, смирный, ласковый кот. Только не было у него миру с рыжим котом, жившим в скотной избе. Как только, бывало, сойдутся они где-нибудь в саду, за кустом или между гряд, так сейчас же оба и начнут реветь в один голос. Усядутся и злобно смотрят друг на друга, не сводя глаз: шерсть на них поднимется дыбом, хвосты распушатся, а зрачки глаз переливаются всеми цветами радуги, — и шипят они, фыркают, воют и ревут так дико, так невыносимо, что я брал иногда прут и шел разгонять их...

А они были в состоянии целые часы сидеть таким образом, друг против друга, реветь и фыркать. Я не знаю причины этой ненависти, но знаю только, что недели не проходило без драки между Матроской и рыжим котом.

Впрочем, должно отдать справедливость Матроске: он не искал встреч со своим рыжим ненавистником, никогда не заходил в его владения — к скотной избе. А рыжий, напротив, лез к нему, забирался в сад и первый принимался реветь самым вызывающим образом. Вероятно, чувство рыцарского достоинства не позволяло Матроске уклоняться от боя. И вот — он усаживался почти нос к носу со своим неприятелем и начинал дико завывать... Если их не разгоняли во время, то в конце концов слышалось неистовое фырканье и шипенье; коты бросались друг на друга и царапались с яростью... После того усталые, взволнованные, с расцарапанными мордами и с окровавленными ушами расходились они в разные стороны, — точь−в−то чь, как и люди, основательно посчитавшиеся между собой...

III

После одной из таких ожесточенных боевых схваток, Матроско возвратился домой в самом жалком виде: у него была надорвана часть уха и оцарапан глаз. Но и рыжий кот после того долго не показывался в сад: вероятно, и тому досталось на орехи.

Через несколько времени заметили, что у Матроски

заболел раненый глаз, стал подергиваться какою-то беловатой пленкой и, наконец, весь затянулся ею. Матроско окривел...

Когда на следующее лето я опять приехал к тетке в ее старый дом, у Матроски уже болел другой глаз, — так же затягивался пленкой и затянулся совсем. Теперь глаза его представлялись двумя бесцветными, мутными кружками. Матроско наш ослеп... Свет навсегда потуск для него. Он уже не видал ни голубого неба, ни зеленых деревьев, ни птичек, ни мышей, ни рыжего кота, ни знакомой лежанки, где он грелся по зимам, ни своей барыни—старушки, ни плошки с едой. Мы жалели его...

И, действительно, грустно было смотреть на него, как он бродил по комнате, поминутно натыкаясь на мебель, ища двери и не находя ее. Иногда, после напрасных поисков, совершенно растерявшись и не зная, куда идти, он садился середи комнаты, печально поникнув головой... Он сделался мрачен и уныл, все больше сидел дома, спал в тетушкиной полусумрачной комнате или по целым дням лежал на балконе. Он старался держаться в стороне, забивался под стулья, под кресла; ходившие обыкновенно пинали его, когда он попадался им на дороге. Он как будто понимал, что мешает людям, — и поэтому старался как можно меньше ходить по комнатам. Матроско редко показывался в сад, всегда пробирался осторожно, неуверенно и не решался отходить далеко от дома, — особенно после того, как он однажды заблудился...

Выпустили его как-то на двор. Покружился, покружился он по двору, растерялся и — вместо того, чтобы идти к дому — побрел в поле за околицу, все дальше и дальше. Его нашли уже в соседней деревне, на гумне: он бродил между ворохами соломы и отчаянно мяукал. Деревенские мальчишки с удивлением увидали его и окружили всей гурьбой.

— Ребята! Кот-то никак слепой! — догадался кто-то из них, видя, что Матроско ходит, на все натыкаясь.

Мальчишки, желая положительно убедиться в его слепоте, подносили ему палец к глазам, тыкали ему в нос прутиком, махали перед ним пучком соломы... Тут Матроско еще пуще замяукал и не знал, куда ему деваться. В это время один мальчуган, когда-то бывавший в усадьбе, признал, Матроску.

— Ребята! Ведь это кот-то барский! — вскричал он, сделав это открытие. — Право барский!.. Отнесем-ка его в усадьбу! Барыня нам пряников даст...

— Ой ли? — усомнились его приятели.

— Верно, барский!.. Уж я знаю! Вишь, какой мягкий, да гладкий... — продолжал паренек, поглаживая кота.

165

— А что, в самом деле, — давай — отнесем! — согласились товарищи.

Мальчуган, первый признавший кота, проворно подхватил его на руки и скорым шагом пошел по направлению к усадьбе. Остальные ребятишки, в числе шести человек, следовали за ним. От скорой ходьбы голова Матроски, бывшая на весу, покачивалась из стороны в сторону, и бедный кот время от времени продолжал мяукать. Вероятно, неизвестность его положения беспокоила и пугала Матроску. Он положительно не знал, где он, кто его несет, и куда, и что ожидает его?.. Несут ли его домой, на балкон? Или ожидают его какие-нибудь новые неприятности? В самом деле, положение его было невеселое...

Уже подходя к усадьбе, эта процессия встретила двух дворовых ребятишек, посланных барыней на поиски за Матроской. Так как за кота им были обещаны пряники, то, очевидно, столкновение с деревенскими мальчишками было неизбежно.

— Это — наш кот! Давайте его нам! — приступили дворовые.

— Мы нашли его у себя на гумне, мы и отнесем его барыне! — отвечали деревенские, уже мысленно сосавшие сладкие барские пряники.

— Нет! Мы отнесем... Подавай! — кричали дворовые, также мечтавшие о пряниках, и отважно заступили дорогу деревенским ребятишкам.

Распря из-за Матроски загорелась не на шутку.

Несший кота, не долго думая, бросил Матроску наземь и напал на дворовых мальчуганов; товарищи поддержали его. Произошла свалка, причем и на долю слепого Матроски досталось невзначай несколько пинков. Деревенские победили... Дворовые с воем бежали домой. Победители торжественной процессией вступили в усадьбу, рассуждая о том, что они задали важную колошмятку этим ревунам... Процессия чинно явилась в дом, и несший кота, ласково поглаживая его, передал его барыне. Старушка оделила мальчишек пряниками и отпустила с миром.

Идя по двору, они поддразнивали побежденных.

— А что взяли! Что взяли! На-кось!.. — кричали они, припрыгивая и показывая из кулака кончик пряника.

— У—у, кошатники! — огрызались дворовые, смотря на них исподлобья.

Вот с той-то поры Матроско и не отходил далеко от дома...

Он по чутью узнавал только тетушку и меня. По-прежнему

166

он бывал доволен, когда его брали на руки, но мурлыкал он уже тише прежнего и вообще выглядел невеселым. Когда я теперь смотрел на его жалкую фигуру, мне невольно припоминалось: какой он был прежде славный, живой и игривый котик... И что теперь сталось с ним! Он был еще вовсе не стар, — но несчастье, видно, и животного не красит и не молодит — так же, как и человека...

IV

В конце того же лета мне, совершенно невзначай, пришлось быть свидетелем странной и страшной сцены. С первого взгляда в этой сцене, пожалуй, не было ничего особенно поразительного, тем более что действующими лицами здесь явились не люди, а только два кота, но смысл этой сцены был положительно ужасен. Я не мог тогда спокойно смотреть на нее, да и теперь еще не могу спокойно вспомнить о ней...

Возле самого дома рос тополь. Во время ветра его верхние ветви с шумом стучали по крыше и на старушек наводили уныние в темные осенние и зимние ночи...

Однажды вечером, проходя мимо этого тополя, я вдруг заметил в его темной листве какое-то движение, заслышал какой-то смутный, легкий шорох — и остановился. В первую минуту мне подумалось: "Не белка ли забралась на тополь?" Белки нередко забегали в сад... Но лишь только я остановился, как с тополя на крышу дома прыгнул рыжий кот. Очевидно, он был испуган... нет! мало того — просто, казалось, какой-то панический ужас обуял его. Шерсть на загривке у него стояла дыбом, хвост распушился, глаза дико сверкали. Он весь как-то съёжился, сгорбился... Он остановился на самом краю кровли и, дрожа, вполоборота, пристально смотрел на тополь, в одну точку, словно не мог глаз отвести от какого-то предмета... Что могло так напугать его? Кот в те минуты выглядел совершенно обезумевшим... Я уже знал, что этот толстый, откормленный рыжий кот был вовсе не трусливого десятка и не побежал бы от другого кота, будь тот хоть семи пядей во лбу, — сам, напротив, обратил бы его в бегство... От кого же он мог с таким страхом убегать на крышу? Какой такой страшный для него неприятель мог скрываться на тополе?

Я невольно посмотрел по направлению его взгляда и

увидал, что следом за ним лез ощупью, цепляясь за ветвь тополя, слепой Матроско. Я удивился, да и теперь удивляюсь тому, каким образом он, слепой, с таким жалким, беспомощным видом бродивший по комнате и поминутно на все натыкавшийся, мог забраться почти на самую вершину тополя... Матроско шел очень решительно, но, дойдя до тонкой части ветви, вдруг остановился. Ветвь стала гнуться под тяжестью его тела... Вероятно, он знал, помнил, что крыша от тополя недалеко: прежде в своих странствованиях он не раз взлезал на этот тополь и перебирался с него на крышу. Но теперь он не видал расстояния между им и крышей и поэтому не мог соразмерить силы и направления своего прыжка.

Матроско не ревел, не мяукал, стоял молча на качавшейся под ним ветви, с сосредоточенною яростью устремив свои мутные, ничего не видящие глаза в том направлении, где находился его заклятый враг, ослепивший его, лишивший его света, погрузивший его в беспросветную ночь и осудивший на жалкую, безрадостную жизнь — в вечных потемках... Холодом веяло от его неподвижной, словно, оцепеневшей фигуры... Его угрожающая поза и кажущееся спокойствие были поистине ужасны... Он чувствовал близость врага и не мог достать до него.

Я не знаю, что ранее, до моего прихода, происходило между ними, но только Матроско казался на этот раз торжествующим победителем. Он, по—видимому, преследовал неприятеля, а рыжий толстомясый кот трепетал при виде своего ослепшего противника и озирался на него с тем тайным, непреодолимым ужасом, с каким мы смотрели бы на какое—нибудь страшное привидение, неожиданно представшее перед нами.

Если рыжий кот справлялся с Матроской, когда тот был зрячий, то теперь со слепым уж, конечно, он сладил бы легко. А между тем, он теперь убегал от Матроски. Что же такое заставляло его бежать, если не панический страх!

Выразительные позы этих животных и вся обстановка, их встречи невольно нагоняли ужас...

Эти животные только—то лько что не говорили... да, может быть, они и говорили по—своему и говорили, может быть, друг другу ужасные вещи... Впрочем, теперь и самое молчание их было очень выразительно. До тех пор я никогда еще не подозревал, чтобы физиономии животных могли быть выразительны до такой степени...

Кончилось тем, что я подставил к тополю лестницу и полез за Матроской: ему самому, вероятно, было бы трудно

168

спуститься вниз. Рыжий кот, увидав меня, разумеется, исчез моментально, юркнув в слуховое окошко... Я благополучно снял Матроску с тополя и унес его на балкон. На этот раз он не обращал ни малейшего внимания на мои ласки и, казалось, весь был погружен в свои думы. Вскоре он ушел от меня в столовую, забился в угол, под кресло, и неподвижно, не шевельнувшись, просидел там весь вечер... Бедняга!

ВОЛК

I

Жил-был на свете большой, здоровый, сильный волк.
Шерсть у него была серая, густая, лохматая и отлично грела его
в зимнюю, студеную пору. Его крупные, желтоватые зубы
заставляли дрожать и замирать от ужаса не одно заячье
сердечко, — да что толковать об зайце, когда животные
покрупнее и посильнее зайца готовы были совсем одуреть со
страху при виде этих щелкающих, отвратительных зубов. Глаза
у него, хотя и нередко наливавшиеся кровью, были бойки,
дальнозорки, а ночью, впотьмах, они горели, как угольки,
переливаясь красноватым и зеленоватым светом. Чутье у него
было прекрасное: еще ни разу во всю свою жизнь не наскочил
он невзначай на охотника, ни разу не попал под выстрел или
под топор...

Правда, когда волк был еще молод и неопытен, вздумал он
однажды сдуру напасть на мужика, дравшего в лесу луб. Мужик
показался ему что-то больно смирен, мал и тщедушен.
Втемяшилось с чего-то ему в голову, что будет очень легко
перегрызть горло этому мужичку. Выскочил он из-за кустов,
оскалил зубы по-волчьи и — на мужика... А мужик, не будь
плох, — видно был не трусливого десятка, — нимало не
смутившись при виде этого неожиданного посетителя серой
масти, схватил топор, развернулся, да — на волка... Волк —
налево кругом, перемахнул через стоявшую тут же корзинку с
мужицкой едой и удрал в кусты.

С тех пор волк больше не глупил. Теперь уж он — старый,
матёрый, опытный волк, — его не проведешь. Теперь уж он
знает, что мужицкая наружность иногда обманчива бывает.
Хитер, лукав, осторожен он стал...

Его гнездо — волчье логовище — находилось в дремучей
лесной чаще, глухой и дикой, заваленной буреломом,
почерневшими пнями и корнями вывороченных и упавших
деревьев. В логовище жила волчица с волчатами, пока те были
малы и не могли сами добывать себе еду. Волк же все больше
странствовал, бегал по перелескам, по полям и пустошам, да
близ селений, ища себе живой добычи или, за неимением ее,
какой-нибудь падали. Он тащил своим волчатам все, что ни

попало: собачонку, неосторожно выскочившую за околицу, и зайца, зазевавшегося посреди лесной прогалины, и ногу палой лошади или иной домашней скотины.

Когда же волчата подрастали, волк с волчицей выводили их "в свет", то есть сначала на опушку леса, а потом и далее; их приучали охотиться, гоняться за добычей. Для первого начала выбирались самые безопасные, безоружные и притом самые легкомысленные животные — овцы. Волчата, шутя и играя, гонялись за овцами и барашками и душили их очень ловко. А родительские сердца трепетали от восторга при виде того, как жалобно блеявшие ягнята беспомощно бились в лапах волчат, совершенно потеряв голову от страха и боли, наконец, падали наземь и задыхались, обливаясь кровью.

Впрочем, сам волк редко занимался делом воспитания; волчица большею частью воспитывала детенышей и руководила их первыми шагами на поприще грабежа и убийства. А волк все больше рыскал...

То он присоединялся к стае волков, живших в той местности, то бродил в одиночку. В стае он ходил только зимой, да и то неподолгу. В глухую зимнюю пору иногда в самой стае поднималась такая отчаянная грызня, что Боже упаси! кто кого — смог, тот того и — с ног; бывало, только клочья летят. После такой битвы, волки, израненные, изувеченные, бежали вразброд. Случалось, что иным и горло перегрызали, — ну, от таких, разумеется, оставались потом только уши да хвост.

В зимнюю пору волку было очень скучно. В это время по целым неделям не приходилось ему отведывать свежего мясца. Белый снег покрывал всю землю; у плетней, у заборов и в лесу наносило его глубокие сугробы. Лошади, коровы, телята и овцы стояли в теплых хлевах, жуя сено или овсяную солому. А волку, между тем, приходилось питаться жалкою падалью, да и ту надо было иногда с большими усилиями выгребать из-под мерзлого снега. Зло разбирало волка, когда он представлял себе мысленно: сколько всякого скота стояло той порой в хлевах совершенно зря, без всякой пользы — для него, для серого волка.

Ночью иногда, под влиянием глубокой меланхолии, забирался он в лес и в самой грустной, унылой позе садился посреди занесенной снегом прогалины. Вокруг него торчали из-под снега гнилые колоды, черные, корявые пни и мрачною тенью поднимались лохматые ели и сосны... И подолгу, бывало, сидит голодный волк, понурив голову и вспоминая красные летние дни и первые дни золотой, желтолиственной осени; то вдруг приходит в ярость и, подняв кверху свою серую морду, дико воет на весь лес, воет протяжно, жалобно... А в лесу вокруг него — тихо, как на кладбище; угрюмо, неприветно темнеет лесная чаща. Месяц бледным пятном выступает на сером, заоблочавшем небе; тусклый, сумеречный свет разлит над землей...

В деревнях, заслышав дикие завыванья, люди говорят: — Вон как волки—то воют!

Вдруг волк затихает и настораживается. Где—то в деревне, далеко—далеко, тревожным, хриплым лаем ответили собаки на его отчаянный вой. Собаки, точно, дразнят его... Он наверное знает, что теперь они бегают по улице от одного угла избы до другого, — теперь они очень смелы. А вздумай волк подбежать к деревне, эти дрянные собачонки тотчас же шмыгнут в подворотню, заберутся на двор, куда—нибудь под крышу и, почуяв волка, начнут самым глупым, досадным манером тявкать оттуда, чувствуя себя в безопасности от его вострых зубов.

II

Порою и зимой волку бывает пожива.

Однажды, поздно вечером, заслышал волк назойливый собачий лай в барской усадьбе и поскакал туда со всех ног. Но собака, приманившая его своим лаем, была старая опытная дворняжка "себе на уме", уже видавшая виды на своем веку. Почуяв приближенье волка, наш черный Жучко мигом забрался в кухонные сени, а оттуда — для пущей безопасности — махнул еще на чердак. "Не удалось!.."

Раздосадованный, обозленный, волк обошел весь сад, прошел под деревьями, увешанными пушистым инеем, по—над кустами, занесенными снегом, по цветочным куртинам, где из-под снега виднелись кучи соломы, прикрывавшей какие—то растения, обошел двор и в задумчивости остановился за поленницей дров. Жучко не показывался... Волк со злости щелкнул зубами и, притаившись за поленницей, стал посматривать на двор.

— Да что вы, черти! сговорились видно, с голоду уморить меня! — с яростью проворчал он, озираясь по сторонам.

Зимний вечер выдался тусклый и мглистый. Беловатые облака заволакивали небо. В деревнях и на полях все было пусто и сумрачно; только в барском доме да в людской избе еще горел огонь.

Волк услыхал, как в барском доме стукнули дверью, какая-то женщина, закутанная в большой платок, торопливо прошла в кухню, а следом за нею на дворе, у крыльца, появилась маленькая комнатная собачонка. Динка была любимица старой барыни, прехорошенькая собачка, черная с белыми пятнами, с мягкою, шелковистою шерстью, с умными, карими глазками, — милое, ласковое созданье. Весь вечер спала она на подушке у ног барыни, в теплой, уютной комнате, а теперь вышла немного погулять. Волк при виде ее подался из-за поленницы дров, вытянул шею и, наклонив слегка голову, впился глазами в собачонку. А та, между тем, отбегала от крыльца все дальше и дальше. Волк шагнул раз, шагнул другой и вдруг показался из-за поленницы.

Динка еще ни разу не видала волков. Не догадываясь, что за гость пожаловал в усадьбу в такой неурочный час, и, вероятно, желая поиграть с ним так же, как она играла с Жучком, Динка, без всяких страхов и подозрений, доверчиво бросилась к волку. Волк даже не успел удивиться тому, что добыча сама лезет к нему живьем...

Впрочем, собачка скоро увидала, к кому навстречу разбежалась она, — сообразила, что дело ее плохо, вся съежилась, поджала хвост и пустилась с визгом улепетывать назад. Но было поздно... Не бывать ей больше в теплой, уютной комнате, не лежать у ног барыни, на мягкой подушечке... Волк ухватил ее за шею.

— Ой, дядинька, больно... Пусти! — запищала Динка, задыхаясь и вся дрожа от ужаса и боли. — Я ведь, дядинька, хотела только поиграть...

— Гм! — прошептал волк, скаля свои отвратительные, желтые зубы. — Ты хочешь играть, а я хочу тебя сесть!

— За что же? За что?.. — немеющим голосом лепетала Динка, устремляя на него свой скорбный, угасающий взгляд.

— За что? За что? — передразнивая ее, зарычал волк. — Она еще спрашивает!.. еще смеет рассуждать! Ха!..

Раскрылась волчья пасть... Хам! только косточки захрустели... И все это произошло так быстро, неожиданно. Предсмертный крик, вырвавшийся у собачонки, крик боли и отчаяния, безответно замер в тусклой мгле зимней ночи. Волк схватил Динку за горло, утащил в поле и сел...

А старая барыня долго грустила по своей собачке...

В другой раз дело происходило также зимой, ночью, перед рассветом. На востоке узкою полосою едва мерещился тусклый свет. Бледный месяц еще высоко стоял в небе, прячась за дымчатыми облаками и обдавая землю белесоватым сияньем. В этот предутренний час мертвая тишина стояла повсюду — на полях, занесенных снегом, в лесах и перелесках. Ни звука, ни шелеста, ни дуновенья ветерка, — словно все застыло, замерло в каком-то заколдованном сне. Над крышами деревенских изб еще не вился синеватый дымок... словно вымерла, оцепенела на морозе вся эта снежная сторонка.

Волк в то время шатался по опушке леса, рассчитывая накрыть врасплох хоть какого-нибудь несчастного зайца. Понурившись и опустив хвост, бродил он между кустами. Вдруг он видит: по едва проторенной дороге едет мужик на дровнях. На нем — заплатанный полушубок, валенки, большие рукавицы и рваная баранья шапка на голове. Видны у него только заиндевевшая борода, усы и покрасневший от мороза нос, да серые глаза бойко светятся из-под бараньей шапки. За поясом у мужика блестит топор, а в руках — здоровенный арапник. Может быть, он едет в лес за дровами; может быть, пробирается за сеном на пустошь... Его кляча идет шагом по неуезжанной дороге. Собака бежит за дровнями.

Волку не с руки нападать на мужика... Плохи шутки с человеком, который, не говоря ни слова, норовит съездить тебя по башке топором или просто схватиться с тобой по волчьи, грудь с грудью и прямо — за горло. Крепки эти мозолистые, железные руки... Ох, крепки!..

Волк мало интересуется этим проезжающим. Правда, он не бежит от него без оглядки, да и близко к нему не подскакивает... Пробирается волк между кустами и все поглядывает на собаку. Неотступно манит его к себе свежее, живое мясцо. И старается он улучить такую минуту, когда собака поотстанет или отбежит в сторону. Долго волк дожидался, все бежал за кустами, да поглядывал на собачонку и, наконец, дождался... Собака приметила на снегу заячий след и вдруг бросилась в сторону — все дальше да дальше в кусты.

— Медведко! Медведко!.. Вот я тебя... бродяга! — кричал мужик, оглядываясь по сторонам и не видя нигде собачонки.

А волк той порой уже настиг собаку и впился ей зубами прямо в горло.

— Ой, хозяин, голубчик! Пропала моя голова... Серый волк душит меня... — взвизгивала собака, напрасно вырываясь из стиснувших ее лап.

Собака хрипела, задыхаясь и мутною влагой подергивались ее глаза. И слышно было, как мужик надсажался, кричал:

— Медведко! Медведко!

174

А волк, между тем, уже придушил Медведку, утащил в лес и с голоду съел его почти за раз, даже косточки обглодал...

Так, хотя зимой волку иногда и перепадало живое мясцо, но все-таки в эту пору ему бывало очень скучно, голодно, тоскливо. Вот поэтому он и воет так протяжно, жалобно, сидя ночью где-нибудь на лесной прогалине и смотря на мутное ночное небо и на пустынную лесную чащу, так неприветно чернеющую вокруг него...

"Месяц сквозь туманы
Льет свой свет на снежные поляны..."
И все вокруг — безмолвно, мрачно, угрюмо.

III

Весною волчьи дела поправляются.

Солнце в полдень начинает все выше и выше подниматься над землей; все теплее и теплее становятся его яркие лучи. Громче чирикают воробьи, перепархивая по изгороди. Тает обледенелый, безобразный "дедушка", сделанный мальчишками из снега, снег исчезает, на полях показываются проталины, в оврагах ручьи бегут, шумят, и особенно явственно в ночном безмолвии слышен шум весенних вод. По утрам жаворонок поет в голубых небесах... Вода уходит, травка начинает зеленеть, деревья опушаются молодою листвой. Первовесенние желтые цветы пестреют в лугах; птички в кустах запевают...

Лошади, коровы и овцы, отощавшие за зиму, тащатся в поле, с наслаждением пощипывая свежую травку. У волка глаза разгораются... Но броситься зря на скотину тоже нельзя, — не зима! ведь теперь везде бродят рабочие люди, с криком бегают повсюду надоедливые, непоседливые ребятишки. "Смотри, брат, в оба!" — говорит про себя волк.

"Теперь такое времечко, что можно отлично поживиться, да можно, пожалуй, и собственной шкурой поплатиться..." И он, "смотря в оба", рыскает туда и сюда, нюхает, озирается, высматривает себе добычу.

Вдали от деревни, на краю поля, он увидал стадо овец, бродивших без пастуха, без призора. "Вот это на руку!" — подумал волк. Он уже облюбовал для себя одну крупную, хорошую овцу и заранее предвкушал то наслаждение, которое она должна была доставить ему.

— Ах, как я люблю свежее мясо! — говорил он про себя, поглядывая на овец и ягнят, мирно щипавших травку. — Особенно с зимы, с зимней-то голодовки... ух! как приятно!..

Слюнки потекли у волка. Разгоревшимися глазами он, казалось, уже издали пожирал овец. Вот он идет, крадется... только один плетень остается между ним и тем полем, где гуляет "живое мясо". Все животные — слабее его — были для волка ходячим "мясом". Он так и звал их...

Во мгновенье ока перемахнул он через плетень и как снег на голову налетел на овец. Овцы, разумеется, тотчас же ошалели, шарахнулись в сторону и пустились от волка врассыпную... толкаются, суются, бегут, куда глаза глядят, то бросятся в одну сторону, то в другую, то летят стремглав, невзвидев свету, сами не зная, куда и зачем летят, то вдруг остановятся, блеют и толкутся на месте, с каким-то глупым любопытством оглядываясь назад, как бы поджидая волка...

Волк схватил намеченную им овцу.

Овца лежала на земле, не шевелясь, и тяжело дышала. Она уже не боролась, не сопротивлялась, но растянулась, как пласт, лишь вся вздрагивая и трепеща от ужаса.

Страх, на нее напавший, казалось, разом обессилил ее и как бы всю ее сковал невидимыми цепями. Она в беспамятстве то смыкала, то опять открывала на мгновенье свои глаза, помутившиеся от ужаса. Рот ее был полураскрыт и дыхание из него вырывалось как-то неровно, с трудом. Когда волк сдавил ей горло, овца с энергией отчаяния хотела было поднять голову, сделала последнее усилие освободиться из волчьих лап, но напрасно! — голова ее в туже минуту бессильно стукнулась о землю...

Вдруг овца чувствует, как острые зубы вонзаются ей в грудь, в горло, и начинают терзать ее тело. С невыразимым ужасом смотрит она на волка, навалившегося на нее. Ей больно, жутко, но она не в силах отвести своих обезумевших очей от этой свирепой морды, забрызганной кровью, ее собственной кровью.

— Волченька! Оставь... Ох, оставь! Пусти меня! — блеет овца прерывающимся голосом. — Пожалей ты меня, бедную... У меня двое ягняток; один пестрый, а другой — беленький. Ведь я сама их кормлю. Они еще маленькие... Как же они сиротами останутся! Ведь их обидят без меня... Ой, волченька! Отпусти, пусти! Пожалей!..

Овца задыхалась от волнения и от жгучей боли в груди и в боку. Алою струйкой текла кровь из укушенных мест, и ее мягкая серая шерсть уже смокла, окрасившись теплою кровью.

176

— Пожалей! А—а! — зарычал волк, щелкая зубами и наслаждаясь тем страхом, какой он нагонял на свою жертву, наслаждаясь ее мучениями, ее болью, ее тревожным, трепетным блеяньем и боязнью за участь сирот. — Пожалей! — повторил он с усмешкой. — А с чего я буду жалеть тебя, глупая голова? Ты говоришь: после тебя ягнята останутся... Тем лучше! В свое время, когда они подрастут, я их сцапаю. Не минуют моих лап твои ягняточки! Не бойся! Я не оставлю их...

Волк скалит зубы, и губы его окровавленные подергиваются злою, торжествующею усмешкой.

— Волченька! Послушай... — собрав последние силы, блеет овца. — Мужика—то хоть пожалей!.. Ведь у него и всей—то скотины я одна, с малыми ягнятами... Чем только живет человек... Совсем—то он бедный...

— А что мне за дело до мужика! — окрысился волк. — Мало хорошего я видал от него... Хоть бы все они переколели с голоду, твои мужики—то, так мне и горя мало... Ну, а с тобой я сейчас покончу!..

Овца уже не блеяла и только тихо плакала. Слезы заволакивали ей глаза и дрожали у нее на ресницах. Волк близко наклонился к ней и пытливо смотрел на нее. Грустные, кроткие глаза ее молили о пощаде, молили о жизни...

— Сейчас я тебя съем! Слышишь? — с дьявольским злорадством шептал волк, тормоша ее за голову и за ноги. — Я хочу только подольше помучить тебя, понимаешь? А потом и съем... Захрустят твои косточки... Я раздеру тебе грудь, выну твои теплые внутренности... Ах, как это вкусно! Прелесть!.. Я выпью твою кровь и всю тебя съем до последнего кусочка, даже костей не оставлю, разве только пустую голову твою брошу, когда высосу мозг из нее... Ну! и это будет сейчас, сию минуту... Смотри! Раз, два... Эй! (Волк с силой тряхнул овцу, уже лишавшуюся чувств, и заставил ее на минуту очнуться. Но ужас, казалось, окончательно сковал овцу. Она молчала и лежала неподвижно, едва дыша.) Умирай же, скотина! — продолжал волк, наклоняясь к ее уху. — И знай, что твои ягнята не минуют моих лап. Я потешусь над ними так же, как тешился над тобой. Непременно!.. Раз, два, три!..

Тут вдруг произошло что—то очень странное, необычайное. Даже волку, кажется, стало жутко... Умиравшая овца с неимоверными усилиями подняла голову, не обращая внимания на волка, как бы не видя перед собой его щелкающих зубов, словно позабыв все страхи и ужасы, и с решимостью повернулась в ту сторону, куда умчалось стадо.

В смертельной тоске посмотрела она на поле и жалобно, но громко, сквозь слезы, заблеяла: — Ягнятки мои... милые!..

Но в тоже мгновенье все было кончено. Волк бросился на овцу и, как уже ранее говорил, распорол ей грудь, вырвал оттуда еще горячее, трепещущее сердце и сожрал его... Захрустели нежные овечьи косточки на волчьих зубах...

IV

Вздумалось волку однажды отведать ягненка. Подкрался он к стаду, выхватил ягненочка пожирнее и, разогнав все стадо куда попало, сам пустился наутек.

— Дедушка! Миленький! Отпусти меня, не замай... — взмолился ягненок, когда волк затащил его в кусты и бросил наземь. — Мамка обо мне будет плакать... Голубчик, пусти меня к ней! Она меня так любит... Я у нее один!

— А что мне за дело до твоей матери, олух ты этакий! — зарычал волк. — Один ли ты у нее или не один — мне все равно... Я вот возьму да и съем тебя!

— Как это "съем"? — пролепетал ягненок. — Меня?

— Да! Именно тебя, мое сокровище! — с усмешкой проворчал волк. — Ты щиплешь травку и ешь... так? Ну, вот, и я точно так же перегрызу тебе горло и съем, и ничего от тебя не останется, мой свет!

— Господи! Да за что же, за что же это! — блеял ягненок. — За что ты меня, дедушка, так тормошишь, так больно давишь мне горло... Ой–ой–ой, больно!.. ой, больно!.. Что я тебе сделал?

— Ха! Что сделал! — шипел волк сквозь зубы, обнюхивая морду ягненка, как бы целуя его. — Если до сих пор ты еще ничего не сделал мне, так сделаешь, когда–нибудь после, ужо, когда вырастешь... Будешь блеять да глумиться надо мной. Знаю я вашу овечью братию! Очень хорошо знаю... В лапах у волка вы все смирны, воды не замутите, а пусти вас в поле, так вам и чорт не брат! Вы сейчас, как шальные, пуститесь в деревню, заберетесь на двор, да и ну оттуда дразнить меня... "бя—бя, бя—бя!.." Издыхай, негодное отродье!

— Ой, мама!.. ой, тошнехонько... — забился ягненок и через минуту уже валялся окровавленный в лапах у волка.

Волк потрошил его, с жадностью вылизывая сочившуюся кровь, ухмыляясь и рыча от удовольствия...

Волк не всегда с голоду нападал на "живое мясо". Иной раз, бывало, съест овцу, казалось бы, уж надо быть сытым... Ан — нет!.. Злая волчья похоть расходилась. Налетит на стадо овец и начнет зря бросаться направо и налево, только клочья летят... ухватит одну овцу, вырвет у нее бок и хлоп ее на землю; схватит другую, закусит, швырнет! Третью — свалит, разорвет ей грудь, попьет немного крови и бросит ее замертво... В такие минуты волк становился как бешеный.

В одну из таких минут ярости и злости он напал на мальчугана, собиравшего в кустах клюкву, укусил ему плечо, сбил с ног, да — к счастью для мальчугана — услыхал крик бабы, бежавшей на него с колом. Волк опрометью бросился в лес...

Вообще, все лето и осень волку — житье хорошее, умирать не надо.

И много на своем веку передушил он собак, зайцев, овец, ягнят, телят и других животных, бывших ему под силу. Он иногда нападал и на лошадей, на коров, но большею частью неудачно. Впрочем, случалось ему у коров вырывать из задней части лучшие куски мяса, и эти коровы, едва дотащившись до дому, в страшных страданиях умирали. Иногда попадало и волку... Однажды лошадь, защищая своего жеребенка, так ловко лягнула его, что чуть не своротила ему скулу.

Много вреда волк приносил крестьянам; много бедняков поплакало из−за него... Много свежего мяса поел он на своем веку, много попил теплой крови и надеялся, что еще достаточно попьет ее...

Но и для него, наконец, наступила роковая зима.

V

Никогда еще волк так не голодал, как в эту последнюю зиму.

Однажды ночью бродил он под лесом, прислушиваясь и нюхая. И вдруг почуял он неподалеку запах падали. Конечно, падаль не то, что свежее мясцо, но за неимением лучшего и оно годится... Осторожно крадучись, озираясь, подходит волк и видит: лежит дохлая лошадь, худая, тощая, бока у нее впалые, — все ребра знать, — а голова почти совсем зарылась в снег... Тут же голые сучья какого−то кустарника торчат из−под снега...

Волк оглядывается по сторонам, нюхтит, прислушивается чутко. Но — нет! Все тихо... Только ветер проносится порой над белою равниной и метет—несет снег. Ясное, звездное небо синеет над этой белой, мертвой стороной и словно ледяным дыханием обдает ее.

Осторожно подходит волк...

И вдруг посреди ночного безмолвия послышался сухой металлический звук, что—то громко треснуло, хряснуло, и волк с глухим рычанием повалился в снег...

Что такое? Что это значит? Какая невидимая, неведомая сила сбила его с ног?.. — То был большой, тяжелый, железный капкан. Волк попал в него правой передней ногой. Капкан захлопнулся с такой силой, что у волка даже кость ноги треснула. Волк напрасно старался приподнять капкан, напрасно возился и ворочался. С неистовством, с ожесточеньем бился он, желая освободиться из капкана. Тщетные усилия... Он только пуще повредил себе лапу и причинил невыносимую боль. Наконец, он совсем выбился из сил, щелкнул со злости зубами — и усталый, измученный опустился на снег, истекая кровью. Снег вокруг него скоро окрасился яркими кровяными пятнами.

Волк задыхался от ярости. Он — такой хитрый, такой опытный, так удачно избегавший охотничьих выстрелов, так счастливо до сего времени отделывавшийся от всяких засад и волчьих ям — вдруг теперь, на старости лет, попал в ловушку, из—за какой—то падали заскочил в этот проклятый капкан. Больно, горько и обидно, уж так—то обидно, что волк — при взгляде на капкан и на свою изувеченную, окровавленную ногу — только молча тряс своею лохматой головой да принимался порой лизать лапу.

Положение его, действительно, было скверное. Если бы еще капкан был полегче или если бы он попал в капкан которою—нибудь из задних ног, тогда, несмотря на боль и на громадную потерю крови, волк все—таки постарался бы уйти отсюда, волоча за собой злодейское железо, — и он наверное ушел бы и забился бы в какие—нибудь непроходимые лесные дебри. Если бы еще к этому хорошенько разгулялась метель — так, что было бы не видно света божьего, о! тогда волчьи следы окончательно занесло бы снегом, и охотники, покружив по перелескам туда и сюда, должны были бы ни с чем возвратиться домой — без капкана и без волка... Ах, как это было бы хорошо!.. Потом волк как—нибудь отделался бы от железа, хотя бы для того пришлось пожертвовать ногой. Лучше же скакать на трех ногах и жить, чем лежать колодой, как теперь, с минуты на минуту ожидая смерти... Ужасно!

Перешибенная нога его болела, ныла и вся горела, как в огне; снег вокруг него все пуще и пуще окрашивался кровью. Страшная жажда томила волка; он набирал снегу полон рот и с жадностью сосал его. Он чувствовал, как — от потери крови — неприятный, пронизывающий холод пробегал по телу.

— Мне что–то холодно! Я зябну... — прошептал волк, стуча зубами.

Тягостные, мучительные и томительно—долгие, долгие минуты переживал волк...

Он на то время забыл, сколько собак, овец, зайцев, телят передушил он на своем веку; сколько страданий причинил животным, сколько горя принес мужикам своею лютостью и злобой. Словно память у него отшибло, все это он забыл теперь и расчувствовался сам над собой, глядя на свою перешибенную ногу.

— Эх, люди, люди! — шипел он, поникнув головой. — Что только ни придумывают они на нашу погибель! Как только ни притесняют они нашего брата, серого волка! У них — против нас и ружья, и отрава, и всякие дреколия... Мало еще этого!.. Выдумали капкан. Надо же было изобрести его! Ведь это — целая, сложная машина. Адская машина!.. И на что, подумаешь, разменивается человеческий ум — этот хваленый прославленный ум? На что тратятся человеческие знания? Срам! Позор!.. И с каким ехидством все это было подстроено... Теперь уже очевидно, что эту жалкую падаль нарочно притащили для приманки сюда, в лес, подальше от всякого жилья, поставили около нее убийственный капкан и все это так ловко замели, запорошили снегом... Злодеи! Изверги!..

С глухим стоном поднимает волк кверху морду. Безучастно расстилается над головой его зимнее ночное небо и миллионы блестящих звезд холодно сияют над ним, переливаясь голубоватым светом. Все пустынно и тихо кругом...

— Ну, пускай бы выходили на меня с ружьями, это — другое дело! — продолжал волк. — Я живо показал бы им хвост! Ищи, лови меня, как ветер в поле! Так ведь — нет!.. Подлым изменническим образом, из засады... ух, как это мерзко, как это гнусно!.. И как же лукавы, как злы они, эти "добрые люди!" О! я ненавижу вас всеми силами моей волчьей души!.. Говорят, один римский император (должно быть, хороший человек) желал, чтобы у всех людей была одна голова... и не будь я — серый волк, если бы я не отгрыз эту голову!.. О—ох, разбойники!

181

Волк стонал и ёжился от боли.

— И ведь нет в них жалости ни капли! — шептал он, скрыпя зубами. — Ну, вот, например, взмолись я теперь, да разве они послушают меня, разве смилостивятся эти варвары? Ни за что!.. Уж я знаю их жестокую натуру... Как только они увидят меня в таком бедственном, беспомощном положении, то сейчас — я уверен — схватятся за ружье, за топор или какой-нибудь стяг, которым можно одним взмахом десять волчьих голов разнести в дребезги. Разве же чувство сострадания знакомо им!.. Злодеи! Душегубцы!

И волк еще долго продолжал повторять свои жалобы на людское жестокосердие и шептал страшным шепотом: "Разбойники, злодеи, душегубцы!" Душегубец жаловался на душегубство, безжалостная тварь заговорила о жалости... Волк забыл, как несчастная овца плакала и напрасно молила отпустить ее. Он забыл, как бедный ягненок бился и замирал от ужаса в его лапах, просился к своей мамке. Он забыл, как жестоко поступил с маленькой Динкой, подбежавшей поиграть с ним. Он забыл, как терзал и душил для потехи беззащитных овец и ягнят, как глумился над ними в последние минуты их жизни... Он поедал иногда последнюю скотину у мужика. Он ни с того ни с сего искусал крестьянского мальчика и не загрыз его до смерти только потому, что баба с колом бежала на него... Злодей забыл свои злодейства и теперь упрекал в злодействе людей, желавших избавиться от него и поставивших для него капкан.

Наконец, волк притих и молча, неподвижно, лежал на снегу, мысленно утешая себя тем, что он, "по крайней мере, умрет с достоинством, без жалоб, без упреков..."

Глупец! Да ему ничего более и не оставалось делать, как только лежать, ждать смерти и подохнуть под ударом увесистой палки или топора. Поневоле он станет лежать неподвижно, когда не может пошевелиться с места.

Песня его была спета...

VI

Ночь прошла. Морозное зимнее утро зарумянилось над землей. Ясное, голубое небо — без тени, без единого облачка — раскидывалось над снежными полянами. Багровая, красная

182

полоса, как зарево пожара, горела на востоке. Резкий северный ветер проносился порой, слегка вздымая снег, крутя и неся его далее. Наконец, золотистый край солнышка показался над горизонтом, блеснул, сверкнул искрами по снежной равнине и нежным, розовым румянцем окрасил все небо.

Волк догадался, что ему не пережить этого морозного, голубого дня.

Два мужика шли прямо к нему, и темные фигуры их резко обрисовывались на белом, блестящем фоне снеговой равнины... Волк завидел их и подумал: "Однако, какие они ужасные с виду со своими лохматыми бородами, побелевшими на морозе, с свирепыми лицами, с разбойничьими ухватками. Боже!.." Один идет с ружьем, у другого за поясом поблескивает топор, — и, словно, синеватая молния, сверкает он в первых лучах ярко восходящего солнца. Блеск топора неприятно, невыносимо режет волку глаза. Волк старается не смотреть на это сверкающее, убийственное лезвие, но глаза его как-то невольно поворачиваются в ту сторону, откуда приближаются две темные фигуры...

Пришли.

— А—га! Попался, голубчик! — сказал охотник. — Валяй, брат, его топором, да не испорти шкуру... Смотри: норови по голове!

Волк ежился и дрожал, щелкая зубами в припадке бессильной ярости. Много еще злости было в нем... С каким наслаждением впился бы он в горло этому мужику, запуская зубы все глубже и глубже.

Мужик вынул топор и замахнулся. Только в эту последнюю минуту оказалось, до чего волк был труслив. Он застонал, зарычал и начал отчаянно биться, силясь вырваться из капкана. Как бы он желал быть теперь далеко — далеко от рокового места, забиться бы в лес, в самую дикую чащу, в какую—нибудь непроходимую дебрь!..

Волк оскалил зубы и вытаращил глаза, налившиеся кровью...

— Жги! — крикнул охотник.

Топор сверкнул в ясном воздухе, и сильною рукою ловко намеченный удар пришелся волку по носу, другой ударь — по голове.

С глухим хрипеньем волк повалился на бок.

— Шабаш! — проговорил мужик, опуская топор.

Волку пришел конец.

В МЕТЕЛЬ И ВЬЮГУ

I

День 25 декабря был сумрачный. Над городом низко нависли серые облака; шел снег. Смеркалось раньше обыкновенного; в три часа в домах зажгли огни. В сумерки весь город уже казался занесенным снегом. Все было в снегу: мостовые, крыши, заборы, деревья в садах... На улицах не видно было ни души. Только по красноватым огонькам, мерцавшим в окнах, можно было догадываться, что в этом белом, снегом занесенном городе жили—были люди.

Вечером разыгралась метель. Снег крупными хлопьями повалил с затянутого тучами неба. Холодный северо—восточный ветер бушевал... Как бешеный, как лютый зверь, с цепи спущенный, носился он по городским улицам и площадям, рвал и метал, дико завывая в трубах, и с ревом и стоном уносился за город — в поля, в леса, вздымая облака снежной пыли. Под напорами ветра деревья гнулись и скрипели жалобно. Флюгера на крышах как будто совсем растерялись и в недоумении, с визгом, вертелись туда и сюда, точь—в—то чь как люди, застигнутые внезапно налетевшей бедой.

— Вот так погодку Бог дал для праздника! Свету Божьего не видать, говорили они, сидя в теплых комнатах и посматривая в окна.

— Да! Хорошо теперь тому, кто под крышей, — замечали другие, с великим удовольствием думая о том, что им самим тепло и хорошо и никуда им не надо идти в такую снежную бурю.

На улицах по—прежнему было не видать ни проезжего, ни прохожего.

— Господи, спаси и помилуй, ежели теперь кто—нибудь в дороге, в степи! — со вздохом говорили сидевшие в тепле.

— В такую погоду добрый хозяин собаку на двор не выгонит, — рассуждали жалостливые люди.

Действительно, даже собак было не видно и не слышно. Все они попрятались в сени, в сараи, забрались на вышки... Правду говорили добрые люди: свету Божьего было не видать, и хозяин собаку на двор выгонял... но человек выгнал человека из дома, даже в такую непогодь!...

На конце пустынной, широкой улицы в снежном вихре вдруг показалась какая-то девочка. Она тихо, с трудом брела по сугробам. Она была мала, худа, бедно одета. На ней было серое пальтишко с узкими, короткими рукавами, а на голове платок, какая-то рвань, вроде грязной тряпки. Платок прикрывал ей лоб, щеки, подбородок; из-под платка только блестели темные глаза да виден был кончик носа, покрасневший от холода. На ногах ее были большие черные валенки, и они, видимо, ей приходились не по ноге. Она медленно подвигалась вперед; валенки хлябали и мешали ей идти... Левой рукой она поминутно запахивала раздувавшиеся полы своего серого пальтишка, кулак же правой руки она крепко сжимала и держала у груди.

А снег все шел и шел, и вьюга бушевала. Ветер с яростью налетал на девочку, обдувая всю ее холодом и снегом. Он бесновался и крутился вокруг этой малютки, словно желая подхватить ее с земли, закружить в снежном вихре, вместе с ее черными валенками, и невесть куда умчать на своих холодных крыльях. А девочка все брела, пошатываясь и спотыкаясь...

Вдруг ветер с такой силой ударил ее, что девочка невольно протянула руки вперед, чтобы не упасть, и кулак ее правой руки разжался на мгновение. Девочка остановилась и, наклонившись, начала что-то искать у себя под ногами. Наконец, она опустилась на колени и своими худенькими посиневшими ручонками стала шарить по сугробу. Через минуту пушистый снег уже покрывал ей голову, плечи и грудь, и девочка стала похожа на снежную статую с живым человеческим лицом. Она долго искала чего-то, долго рылась в снегу...

— Господи! Что же мне теперь делать? — растерянно прошептала она.

Глаза ее были полны слез и смотрели жалобно... Она подняла голову и взглянула вверх... Белые хлопья падали и падали на нее с темного мглистого неба.

— Как же я теперь?.. — шептала девочка, беспомощно оглядываясь по сторонам.

Сквозь метель и вьюгу в окнах были видны брезжащие огоньки... "Счастливые! — подумала девочка. — Хорошо им теперь под крышей, в тепле, у огонька". Слезы катились по ее щекам и застывали на ресницах. Девочка вся дрожала от холода, от пронизывающего ветра. Она опять стала смотреть вверх. А вверху — все то же... Ночное небо — темно и мглисто.

Девочка уже не пыталась идти и, закрыв глаза, только тяжело вздыхала. Шум и завывание ветра уже смутно доносились до нее. Ее начинало клонить ко сну... Она чувствовала, что замерзает, собрала последние силы и приподнялась.

— Эй! Помогите!.. Добренькие... — с отчаянием, дрогнувшим голосом крикнула она сквозь слезы, но звуки едва успевали слетать с ее губ, как ветер подхватывал их, рвал и заглушал, разнося на все четыре стороны.

Ни души живой не было вокруг; никто не слыхал ее слезного призыва.

Девочка снова опустилась на снег. Еще несколько минут — и она заснет беспробудным, смертным сном...

А снег все шел и шел — и заносил несчастную малютку.

II

В это время с противоположного конца пустынной улицы шел какой–то высокий, рослый человек с палкой в руке, одетый не очень красиво, но зато тепло. Ветер изо всей мочи бесновался над ним, вьюга слепила ему глаза, но он твердой поступью шел вперед, опираясь на палку; видно, человек был здоровый, сильный и крепкий на ногах.

— Дуй, дуй, — весело говорил он налетевшему на него ветру, сыпавшему ему снегом прямо в лицо. — Дуй!.. Небось, не сдунешь! Ведь наш брат, рабочий, тяжел на подъем... Видали мы и не такие метели, да...

И вдруг он остановился, прервав на полуслове свой разговор с метелью. С изумлением увидал он перед собою полузанесенное снегом живое человеческое существа.

— Кто тут? — спросил он, наклоняясь.

— Это я! — послышался слабый детский голосок.

— Гм! Что же ты тут делаешь? — спрашивал рабочий.

— Денежку ищу...

Девочка, стоя на коленях, вся в снегу, смотрела, как спросонок, на стоявшего перед нею великана.

— Какую денежку? — переспросил тот.

— Денежку — трешник!.. — вяло, как со сна, бормотала девочка, еле ворочая языком. — Хозяйка послала за свечкой... в лавку... дала два трешника... а я выронила!.. Один трешник — вот, а другого не нашла...

Девочка разжала кулак и показала на ладони темную медную монетку.

— Отчего же домой не идешь? — сказал рабочий.

— Боюсь!.. Хозяйка опять станет бить... — пролепетала малютка.

— Ну, будет толковать! Тут и я с тобой, пожалуй, замерзну... Вставай–ка! Живо! Пойдем ко мне! — заговорил великан, поднимая девочку на ноги и отряхивая с нее снег. — Идти–то можешь? — спросил он, посмотрев на нее.

— Ноги не слушаются... — отвечала девочка, пошатываясь.

— Эх, девка, девка!.. Ну, да ладно, как–нибудь до дому доберемся! — сказал рабочий и поднял ее, как перышко.

И пошел он, одной рукой крепко прижимая ее к груди, чтобы ей было теплее, а другой опираясь на палку. Ветер с бешенством обрушился на него, словно злясь за то, что у него отняли добычу. Он налетал на рабочего то справа, то слева, то хлестал в спину снежным вихрем, то ударял в лицо и заслеплял глаза.

— Тьфу ты, провал тебя возьми! — не выдержал рабочий, шатнувшись в сторону со своей маленькой живой ношей. — Ведь с ног же, однако, не сшибешь. Шалишь, брат!..

Девочка широко раскрыла глаза и прислушалась.

— Вишь, сегодня сердит больно, разбушевался на беду, — ворчал рабочий. — Не нашел другого–то дня! В самое Рождество этакую кутерьму затеял. Да добро! Нашего брата не проберешь... Мы и в жару не горим, и в стуже не мерзнем...

— Ты, дяденька, с кем же разговариваешь? — спросила девочка, высовывая из–под рваного платка кончик своего красного носа.

— С Ветром Ветровичем говорю! — отвечал великан. — Нс все же ему одному зверем реветь, надо и человеческому голосу свою речь повести...

Миновали они широкую пустынную улицу, прошли один переулок, завернули в другой и вскоре очутились на берегу речки, почти за гордом. Тут рабочий вдруг заметил, что к нему пристала какая–то рыжая, жалкая, лохматая собачонка. Она шла за ним, запорошенная снегом, вся как–то сгорбившись, поджав хвост и низко понурив голову. Так ходят люди, забитые бедностью и горем... Собака шла за человеком, и человек не отгонял ее.

На берегу стояло несколько хат, теперь почти совсем занесенных снегом. В одну из этих хат вошел рабочий, — рыжая, всклокоченная собачонка шмыгнула за ним. Под конец дороги девочка дремала, и теперь, вдруг очутившись в тепле, она с изумлением раскрыла глаза и увидала себя в чистенькой, светлой комнате. На белом деревянном столе горела жестяная керосиновая лампа. Новые бревенчатые стены были не оклеены и пахли еще сосновой смолой. Лавки и две—три желтых стула стояли в комнате. На стене висели календарь, небольшие часы и какая—то дешевенькая раскрашенная картинка, а в переднем углу — образ. Маленькая дверь вела за перегородку в кухню. В кухне стояла большая русская печь и одной стеной выходила в комнату, и тут несколько приступочков вели на печь. Кухня оставалась впотьмах; свет из комнаты смутно проникал в нее через дверь и поверх перегородки, на четверть аршина не доходившей до пола. Рабочий спустил девочку с рук, снял с нее платок и пальто.

— А теперь садись, вон, на приступочек у печки, и разувайся! — командовал он. — Валенки—то, поди, мокрехонькие...

Девочка села и лишь только шевельнула ножонками, как валенки моментально сползли на пол. Хозяин сходил на кухню и принес оттуда рюмку. В рюмку было налито немного водки.

— Пей! — сказал он, подавая девочке рюмку.

Та выпила и поморщилась.

— Горько небось? — спросил хозяин.

— Горько, дяденька, страсть! — отозвалась девочка.

— Ничего! Горько, да с морозу полезно! — заметил великан, наливая и себе водки. — Будь здорова! — сказал он, кивнув девочке головой и осушая рюмку.

— Кушай на здоровье! — степенно промолвила гостья.

Теперь она сидела на приступочке, сложа руки, и пристально, не сводя глаз, смотрела на хозяина. Это был дюжий, широкоплечий мужчина, головой выше обыкновенного высокого роста. Пол дрожал под ним, когда он проходил по комнате.

"Вот такого и Ветер Ветрович не свалит с ног, — подумала девочка и мысленно же добавила: — И хозяйкину братцу не тягаться с ним!.."

Лицо этого великана было чрезвычайно добродушное; по его голубым глазам и по светлой улыбке можно было догадаться, что в этом большом, мощном тела жила чистая, детская душа... Его белокурые короткие волосы вились кудрями и падали на лоб; густая борода его свешивалась на грудь. Ему, казалось, было лет под 40. Теперь он был в праздничной серой блузе, подпоясанной красным поясом, и в длинных сапогах.

Поставив рюмку в шкаф, он подошел к девочке и,

упершись в бока своими громадными кулачищами, с веселой улыбкой посмотрел на нее... Девочка была в ситцевом полинявшем платьице с розовыми цветочками. Ноги были босы. Ее темные волосы, мягкие как шелк, без всякой прически падали ей на глаза. Ее большие карие глаза, оттененные густыми и длинными ресницами, смотрели теперь совершенно спокойно, беззаботно, как будто не над нею несколько минут тому назад бушевала вьюга—непогода и не она была на шаг от смерти.

— Встань—ка да походи, а еще лучше побегай!.. — сказал ей хозяин. — Согреешься отлично... Бежи! Я догонять тебя стану...

Девочка вскочила и побежала по комнате. Конечно, великану трудно было бы не догнать ее: не сходя с места, только протянув руку, он мог всюду ее достать. Он сделал вид, что бежит, гонится за нею, а сам, вместо того, топтался на месте и топтался так ужасно, что в комнате и в кухне все ходило ходуном.

— Ну, что? Ноги согрелись? Вот и ладно!.. — сказал хозяин. — Садись же опять на свой приступочек, у печки—то тепленько...

Он вытащил из кармана маленькую коротенькую трубочку, набил ее и закурил.

— А теперь, девчурка, мы станем с тобой разговаривать! — промолвил он, садясь перед нею на скамью и потягивая свою трубочку—носогрейку.

За стенами хаты метелица мела, вьюга бушевала. В хате было тихо, тепло и светло. Временами было слышно, как за печкой сверчок трещал.

Рыжая косматая собачонка смиренно свернулась у порога и, подремывая, одним глазом посматривала порой на собеседников.

III

Девочка уже совсем согрелась, ожила. На щеках ее яркий румянец горел, глаза блестели... Теперь, несмотря на свои распущенные волосы, на босые ножонки и на полинявшее платьице, она оказалась очень хорошенькой девочкой... Откинув назад свои растрепавшиеся волосы, она приготовилась со вниманием слушать "дяденьку".

Великан выпустил из-под усов седой клуб табачного дыма и начал:

— Прежде всего, моя красавица, как тебя зовут?

— Зовут Машей! — бойко ответила девочка.

— А меня — Иваном!.. — Вот и будем мы "Иван-да-Марья"... Скажи же мне, Маша, теперь: где ты живешь?

— Живу в людях...

— У чужих людей, значит?

— Да. У Аграфены Матвеевны... Знаешь?.. У нее дом в Собачьем переулке! — пояснила девочка.

— Собачий переулок знаю очень хорошо, а Аграфену Матвеевну не знаю... Но где же твои отец и мать?

— Умерли. Отца я совсем не знала, а маму чуть-чуть помню...

— Как же ты очутилась у чужих людей? Почему они тебя взяли к себе? — спрашивал хозяин.

— Не знаю! — отвечала Маша.

— С каких же пор, давно ли ты живешь в людях?

— Не помню!

— Гм! Вот так штука!.. — проговорил великан, смотря на свою гостью и в недоумении почесывая затылок. — Ну, кроме хозяйки, кто же еще жил с тобой?

— А жил еще хозяйкин муж и ее брат.

— Что ж, тебе плохо было у них?

— Хозяин-то ничего, смирный такой, тихий... Ни одной колотушки я не видала от него... — рассказывала девочка. — А сама хозяйка... ну, рука в нее тяжелая! Повесила она на стене, над моей постелью, ремень — и этим ремнем все била меня... А уж особенно хозяйкин брат... и—и—и, беда! Колотил меня — страсть! Вот и вчера еще он все руки мне ищипал... вон, видишь как!

Девочка засучила рукав, и действительно, повыше локтя, на белой коже были явственно видны сине-багровые пятна.

— Господи, Боже Ты мой! И поднимается рука на малого ребенка! — сказал великан как бы про себя. — Гм! Уродятся же такие люди... Диво!

Он удивлялся, потому что сам никогда не мог поднять руки на ребенка. Сильные люди обыкновенно бывают смирны и не драчливы.

— Ты жила у них в работницах, что ли? — спросил хозяин, немного погодя.

— Да, в работницах!

— Что же ты работала?

— Да все, — говорила девочка. — За водой ходила, в

горнице убирала, шила, вязала, в лавочку бегала, туда и сюда...
Летом работала в огороде, поливала, полола.

— Так ты умеешь шить и вязать? — спросил хозяин.

— Умею... Да что ж за мудрость! — серьезным тоном промолвила Маша, разглаживая на коленях платье.

— Ох ты, работница-горе! — сказал великан, с грустной улыбкой посмотрев на девочку.

— А что ж такое? — отозвалась та. — Я только кажусь такая маленькая, а лет-то мне уж много...

— А как много?

— Семь лет, восьмой пошел.

— И вправду много!.. — с усмешкой промолвил великан. — Ну, теперь слушай!..

Девочка уселась поудобнее и, притаив дыхание, собралась слушать "дяденьку", вообразив, кажется, что он долго станет о чем-то говорить ей.

— Оставайся у меня! Будем жить вместе... Вот и весь сказ! — проговорил великан, стукнув трубкой по колену.

Он быстро решался и быстро задуманное им приводил в исполнение. "Эта девочка — сирота, родных у нее никого нет, — рассуждал он, — значит, я имею такое же право, как хозяйка ее, Аграфена Матвеевна, взять к себе девочку. И я возьму ее, потому что у Аграфсны Матвсевны ей жить худо, а у меня ей будет хорошо". И великан, в знак решимости, еще раз стукнул трубкой по колену.

— Видишь... — продолжал он, — был у меня братишка немного поменьше тебя... Он помер! А ты вместо него оставайся у меня и зови меня братом! Слышишь?.. Ну! Остаешься у меня?

Девочка с изумлением смотрела на него.

— А как же хозяйка? — возразила она. — Ведь она меня за свечкой послала...

— Ну, свечку она сама себе купит! — сказал рабочий. — А два ее трешника я завтра отнесу ей.

"Если за прокорм девочки запросит денег, дам ей денег... Немного деньжонок-то у меня есть!" — подумал он.

— А есть у тебя какое-нибудь имение — платья, тряпки там, что ли?

— Ничего, братец, у меня нет! — отвечала Маша. — Есть две старые рубашки, да и те уж совсем развалились.

— Тем лучше, девчурка, — промолвил хозяин. — Это дело, значит, мы живо покончим. А если твоя Аграфена Матвеевна заартачится, так мы синяки покажем. А теперь, Маша, давай-ка ужинать!

Он вынул из печи теплых щей горшок, кусок баранины с

191

гречневой кашей и пирог с яйцами. Девочка с удовольствием ела и щи, и баранину, и вкусный пшеничный пирог. Рыжая собачонка той порой также подошла к столу и с живейшим интересом смотрела на Машу и хозяина.

— Как тебя звать? — обратился к ней хозяин.

Собака взглянула на него, хотела как будто встать, но вместо того только несколько раз хлопнула хвостом по полу.

— Гм! Сказать–то не можешь! Экое горе!.. А все–таки как–нибудь звать тебя надо, — говорил хозяин. — Ну, будь ты с сегодняшнего дня "Каштанкой"! Каштанка! — крикнул он.

Собака сорвалась с места и подбежала к нему.

— Ну, вот и отлично! Будем жить втроем, как–нибудь промаячим. А ты, Каштанка, береги без меня мою сестрицу, хорошенько сторожи ее! Слышишь?

Девочка весело засмеялась. Собака, посматривая на хозяина, самым решительным образом помахивала хвостом. Хозяин накрошил в кринку хлеба, облил его молоком и дал Каштанке. В комнате несколько минут только и слышно было на крынкой: "хлеп–хлеп–хлеп"... Поужинав, Маша сказала братцу "спасибо" и опять села на приступочек у печки: она уже привыкла к этому местечку, оно нравилось ей.

— Сегодня ты у меня еще гостья, а завтра принимайся за хозяйство, помогай мне! — сказал ей хозяин.

— Хорошо, братец! — промолвила Маша.

Убрав со стола и повозившись над чем–то в полуосвещенной кухне, хозяин вышел в комнату и увидал, что его сестренка сидит, пригорюнившись.

— О чем, Маша, задумалась? — спросил он ее.

— А думаю я, братец; если я останусь жить у тебя, кого будет бить моя плетка? Не возьмет ли хозяйка опять какую–нибудь девочку?.. Как бы, братец, сделать так, чтобы все хозяева были добрые, чтобы они не дрались?.. Тогда у них хорошо было бы жить! — Гм? Мудрено это сделать, — в недоумении проговорил великан, поглаживая бороду.

— И все мне не верится, что я совсем ушла от Аграфены Матвеевны и буду жить с тобой и с Каштанкой. А ну, как хозяйка придет сюда за мной?

— Приде—е—ет?! — угрожающим тоном проворчал великан, выпрямляясь во весь рост и с непреклонной решимостью смотря на дверь, как бы ожидая прихода сердитой, злой хозяйки. — Приди–ка! я ей пальцем погрожу, так у нее только пятки замелькают... Ха! вздумали малое дитё бить...

— А если она пожалуется будочнику? Тут что? — спросила Маша.

— Будочнику?.. Ну, что ж... Тогда мы синяки представим! Ведь за синяки нынче хозяев по головке не гладят, — успокоил ее великан.

— А все мне как-то боязно, братец! — призналась девочка, робко, с тревожным видом, поглядывая на своего защитника. — Ведь тебе, братец, не сговорить с ней, с Аграфеной-то Матвеевной. Ты слово скажешь, а она — десять! Право, не сговорить!

— Да я и говорить-то с ней не стану. Дуну — и улетит! — сказал хозяин.

— Ты не знаешь ее. Ведь она у—у—у какая бедовая!

— Вижу: напугали они тебя... А—ах! Сиротинка ты горемычная!.. — промолвил он, легко положив девочке на голову свою ручищу, и тихо, ласково погладил ее по волосам.

Вдруг губы у Маши задрожали, и, закрыв лицо руками, она горько, горько зарыдала. Горячие слезы текли по ее щекам, по пальцам и капали на ее полинявшее, старенькое платье.

— Ты что? Чего заревела? Маша! А Маша? — спрашивал скороговоркой великан, наклоняясь к ней и заботливо, с участием заглядывая ей в лицо. — О чем ты?.. Что ты, Бог с тобой!.. Ну, скажи, скажи же мне!

— Давно... давно... — всхлипывая, дрожащим, прерывающимся голосом шептала девочка... — Давно... с той поры, как мама... умерла... Никто... не гладил меня так по голове... а все только били... били...

Последнее слово Маша выкрикнула как бы с болью, словно, все горе, за несколько лет накопившееся в ее маленьком сердечке, вырвалось в этом скорбном крике.

В хате было тихо. Только слышалось всхлипывание, да за печкой сверчок трещал... А за стеной хатки по-прежнему вьюга бушевала, с воем и стоном носясь по снежным равнинам.

— Ну, ну! Полно же, уймись! — уговаривал плачущую девочку хозяин. — То все уж прошло... А теперь, развеселись, голубка! Посмотри-ка: что у нас тут будет!..

IV

Иван Пичугин был рабочий на одном пригородном заводе. За его громадный рост товарищи звали его "Коломенской верстой". Пичугин был добрый, смирный человек и хороший рабочий, дельный, трезвый и при том грамотный, получал порядочную плату, выстроил себе домик на краю города и жил безбедно со своим маленьким братишкой Митей. Митя был славный мальчик, лет 6—ти. Ровно год тому назад, перед Рождеством, он заболел, и через три дня дифтерит задушил его. Пичугин сильно горевал.

В сочельник, когда Митя был еще жив, он купил маленькую елку и украсил ее разноцветными восковыми свечками к всякими сластями; он не воображал, что его Митя болен опасно. Он собирался вечером в первый день Рождества зажечь елку, потешить братишку, но в тот самый день вечером Митя умер... "Ну!" — со вздохом подумал он, обрядив покойника и положив его. — "Если ты живой не успел порадоваться на мою елочку, так пусть же теперь она стоит над тобой!.." Он поставил елочку у изголовья Мити... Елочка склоняла над ним свои темно—зеленые, пахучие ветви, а Митя — холодный и неподвижный — лежал со сложенными на груди ручонками, и его мертвое, бледное личико было невозмутимо спокойно. Точно он заснул под зелеными ветвями этой ели... Иван сидел в ногах у маленького покойника и, упершись локтями в колени и опустив голову на руки, горько плакал... Опустела его новая хатка; не слышно в ней ни детского простодушного говора, ни детского доброго смеха...

Прошел год. И опять наступало Рождество; опять крестьяне повезли в город на продажу зеленые елочки. И задумал Иван Пичугин в память брата купить елочку, украсить ее по своему, попросту, вечером в первый день Рождества пойти в город и зазвать к себе на елку первого встречного бедняка. Жутко и тоскливо ему было бы одному сидеть в тот вечер... Конечно, Иван не мог знать, что именно в этот рождественский вечер заметет метелица и забушует вьюга.

"Взрослого, может быть, еще встречу сегодня, а ребят уж, конечно, нет на улице в такую непогодь!" — подумал он, выходя из дома и направляясь в город сквозь снежный вихрь и мглу. А в душе ему очень хотелось повстречать и привести к себе на елку именно какое—нибудь маленькое дитя.

И вдруг он находит в снегу полузамерзшую девочку... Сама судьба дарила ему гостью. Конечно, сначала у него не было и в помышлении оставлять у себя девочку, но, разговорившись с ней и узнав об ее горемычном житье, он сразу решился. И теперь ему было очень весело.

— Смотри—ка, что у нас будет! — повторил он, уходя в

кухню, и через минуту вынес оттуда зажженную елку и поставил ее посредине комнаты на табурет.

Маша как взглянула, так и ахнула. Она еще утирала рукой слезы, а на полураскрытых губах ее уже играла радостная, сияющая улыбка. Так иногда, тотчас после бури, из-за темной, грозовой тучи блеснет яркий солнечный луч.

Елочка была небольшая и совсем не напоминала собой те великолепные елки с цветами, с блестками и мишурой, какие, например, продаются в Петербурге у Гостиного двора. На этой елке горела дюжина разноцветных восковых свечей, да висели грецкие орехи, пряники и леденцы; были, впрочем, между ними и две или три конфеты с раскрашенными картинками. Эта скромная елочка показалась Маше восхитительной. Такой радости на святках у нее еще никогда от роду не бывало, по крайней мере, она не помнит. Маша забыла и хозяйку, и жестокого хозяйкина брата, и метель и вьюгу, бушевавшие за окном, забыла свое горе и слезы и бегала вокруг елки, хлопая в ладоши и наклоняя к себе то одну, то другую зеленую веточку. Восковые свечи ярко горели, но Машины глаза горели ярче их. Щеки ее пылали от изумления и восторга.

— Ах, как хорошо! Вот-то прелесть! — кричала девочка, всплескивая руками. — Господи! Свечей-то, свечей-то !.. — точно, в церкви перед образами... А орешки-то качаются... Видишь, братец?.. Вон, качаются!..

— Да, да! — говорил великан, тоже ходя вокруг елки. Добрая, простая душа его радовалась детской радости...

Прежде — до появления Маши, — при взгляде на елку, он невольно вспоминал своего милого братишку, и его бледное личико с закрытыми глазами не раз мерещилось ему под зелеными ветвями ели. Теперь же, при виде разгоревшейся, веселой девочки, это печальное воспоминание оставило его. Иван был не один со своими думами в этот рождественский вечер: с ним был живой человек.

— Теперь я поставлю елку на пол, а ты рви с нее все, что хочешь! — сказал он Маше.

— Можно взять и конфетку? — недоверчиво спросила его девочка.

— И конфетку можно — и все!.. Валяй!..

Маша осторожно сняла с елки конфетку, орех и два пряника.

— Бери больше! Бери! Вот так!..

И он сам начал обрывать сласти и бросать их Маше. Маша — довольна, Маша — счастлива... Хозяин загасил свечи и унес елку в кухню. Завтра они опять зажгут ее...

195

Великан сел на скамью и закурил трубку.

Тут девочка в первый раз решилась сама подойти к нему. Подходила она к нему не вдруг, исподволь... но наконец—таки подошла, обеими ручонками взяла его за руку и, молча, припала своей горячей, нежной щекой к этой мозолистой, грубой руке. Так Маша без слов благодарила великана, да и словами она не высказала бы больше того, что сказало ее ласковое, робкое пожатие руки... И великан отлично понял ее, взял ее за голову и по—братски, крепко поцеловал ее в лоб. После того девочка стала уже смелее. Она села с ним рядом на скамейку и прижалась головой к его плечу. А он легко и осторожно обнял маленькую девочку своей ручищей.

Рыжий, всклокоченный Каштанка той порой также стал смелее и преспокойно улегся у Маши в ногах.

— Что это такое? — спросила девочка, притягивая к себе трубку и с любопытством разглядывая ее.

Трубка вместе с крышкой изображала сидящего медведя; когда Иван курил, то из ноздрей и изо рта медведя валил дым. Хозяин объяснил Маше: кого изображала его трубка.

— А где медведи живут? — спросила его Маша. — В лесу?

— Да! В темных, дремучих лесах они живут, — отвечал Иван.

— Расскажи мне что—нибудь о них! — попросила его девочка, ежась при мысли о диких, медвежьих дебрях, теперь занесенных снегом и погруженных в ночную мглу. — Ах! Я думаю: теперь страшно в лесу! — говорила она, крепче прижимаясь к великану, посматривая в тусклое оконце, разрисованное морозом, и прислушиваясь к завыванию ветра.

Иван рассказал ей кое—что о медведях... Девочка с удовольствием слушала его.

— Не пора ли спать? — спросил он, посмотрев на свои стенные часы. — Уж одиннадцать часов.

— Посидим еще! — стала упрашивать его Маша. — Расскажи мне еще что—нибудь! Я люблю слушать.

— Что ж тебе сказать? Сказочку?

— Нет! — подумав, промолвила девочка. — Расскажи мне лучше, как Христос родился... Я один раз спрашивала об этом Аграфену Матвеевну, да она сердилась... "А тебе, говорит, что за дело? Он, говорит, родился не для таких дрянных девчонок, как ты!.." Разве это правда, братец?

— Конечно, неправда! — отвечал рабочий. — Он родился для всех — для дрянных и для хороших.

— Ну, так расскажи же!..

Хозяин достал с полки книгу Священной Истории —

"Новый Завет", с картинками и, показывая Маше картинки, начал свой рассказ, как водится, с появления волхвов. Девочка внимательно слушала его; простой рассказ простого человека, очевидно, произвел на нее сильное впечатление. По окончании рассказа, Маша пересмотрела снова все картинки, относившиеся к Рождеству Христову, задала Ивану еще несколько вопросов и затем замолкла... Скоро она закрыла глаза и приникла головой к ласкавшей ее руке великана. Она устала, бедняжка, измучилась, иззябла, натерпелась сегодня немало страхов и волнений, и теперь, пригретая, успокоенная, она невольно задремала и тихо заснула... Иван посмотрел на спящую девочку и подумал: "Ну, выращу тебя, выкормлю, поучу как-нибудь, а там — даст Бог — будет видно..." И в ту минуту он окончательно, бесповоротно решился не расставаться с Машей...

Иван постлал ей на печи постель; осторожно, бережно взял он девочку на руки и уложил на печь. Маша не проснулась...

Каштанка уже давно спала у дверей, свернувшись в рыжий комок.

— Ну, спите! — как бы про себя сказал хозяин и, потушив лампу, сам отправился на покой.

В хате было тихо, даже и сверчок замолк. За окном вьюга бушевала.

V

Маше тепло на печи; спокойно, крепко спится ей... И вот стены хаты мало-помалу раздвигаются, — и Маша видит перед собой громадную, великолепную залу, с высокими окнами, с колоннами, и в глубине той залы, на позолоченном троне, в сияющей короне сидит царь. Брови его мрачно нахмурены и лицо покраснело от гнева. Какие-то старцы с седыми бородами, в темных одеждах, почтительно стоят перед ним и говорят: "Мы видели звезду Его на востоке и пришли поклониться ему!" Царь, видимо, сильно встревожен. Он хватается за свою блестящую корону, задумывается на мгновенье, потом подзывает к себе своих советников—вельмож и шепотом о чем-то разговариваете с ними. Наконец, царь понемногу успокаивается и ласково, приветливо обращается к старцам: "Идите, говорит он, и разведайте о Младенце; когда найдете, известите меня, и я пойду поклониться Ему!" Старцы уходят... пышный дворец исчезает...

Перед Машей расстилается обширное, ровное поле... Над землей еще лежат ночные тени. Небо ясно и все искрится звездами, но одна звезда горите всех ярче... Необыкновенно ярким, серебристым светом горит она в синих небесах. Вдали темнеет город, и яркая звезда горит прямо над ним... Маша видит: пастухи пасут овец. И вдруг они встают, берут свои длинные, крючковатые посохи и идут к городу, — и Маша с ними...

Они идут по городским улицам и переулкам и приходят в какой-то жалкий, убогий сарай; тут навалены груды соломы, сена и стоят ясли... В яслях Младенец покоится и мать с любовью склоняется над Ним. Тут же в тени, около ясель стоит, опираясь на посох, какой-то пожилой мужчина почтенного вида, с большой бородой и в темной одежде. Та яркая звезда, которую уже видела Маша, светит теперь через дырявую крышу сарая, озаряя своим небесным светом чудный лик младенца... Маша смотрите на него и не можете глаз отвести. И вдруг так радостно, так светло и весело стало у нее на душе...

Вдруг все пропадаете — и сарай, и ясли, и пастухи...

Опять перед Машей царский пышный дворец и на троне опять царь в короне сидит. Суров он и грозен, как темная туча. Глаза его злобой пылают. Он облокачивается на ручку трона и говорит: "Волхвы осмеяли, обманули меня! Я сказал им, чтобы они разведали о Младенце и известили меня... А они не зашли ко мне и иным путем возвратились в страну свою..." Вдруг он порывисто поднимается с трона; корона ярко блещет на голове... "Воины! Сюда! Ко мне!" — зовет он громким голосом. И отовсюду бегут к нему воины в железных шапках, в железных латах, с копьями, с секирами, с мечами, с бердышами; клики воинов, стук и бряцанье оружия сливаются в один неясный гул. Маша дрожит, замирает со страху... Царь говорит своим воинам: "Идите и избивайте в Вифлееме и в окрестностях его всех младенцев до двух лет! В числе их вы, наверное, убьете и того младенца, которому ходили поклоняться волхвы... Идите!.." И видит Маша, как железные люди с железными мечами в руках пускаются исполнять повеление царя. И с ужасом Маша слышит бряцанье оружия, отчаянные, жалобные детские крики, стоны и плач матерей... "Господи! Что ж это будет?.. Они младенцев избивают!.." — говорит она себе, и ее маленькое сердце кровью обливается... Ей жаль этих несчастных, ни в чем не повинных детей...

В это время, откуда ни возьмись, является ее хозяин —

великан. При нем грозный царь кажется Маше совсем маленьким человеком. И Иван—великан говорит царю: "Не перебить тебе, Ирод, всех младенцев! Да и напрасно ты избиваешь их... Христос жив!.." Едва он проговорил эти слова, как черные тучи заклубились над землей, грянул гром, поднялся страшный вихрь и в том вихре все исчезло — и пышный дворец, и железные воины, и царь Ирод с троном и с сияющей короной... Стало тихо, тихо... И слышит Маша чудесное пение... Словно музыка, доносится до нее это пение откуда—то издалека, как будто с облаков. Не ангелы ли то поют?

Маша открывает глаза.

Ясное зимнее утро уже заглядывало в окна хаты. Ветер стих; вьюга умчалась. Снег ослепительно блистал в золотисто—розовых лучах восходящего солнца. Яркое, голубое небо раскидывалось над землей. Метель прошла, как сон; ее как не бывало...

В душе Маши так же, как и за окном, было спокойно, ясно и светло... А в ушах ее все еще отдавалось тихое, дальнее пение, лившееся, словно с заоблачных высот:

"Слава в вышних Богу, и на земле мир..."